별나게 부는 바람

별나게 부는 바람

초판발행일 | 2019년 7월 27일

지은이 | 김복근
펴낸곳 | 도서출판 황금알
펴낸이 | 金永馥

주간 | 김영탁
편집실장 | 조경숙
인쇄제작 | 칼라박스
주소 | 03088 서울시 종로구 이화장2길 29-3, 104호(동숭동)
전화 | 02) 2275-9171
팩스 | 02) 2275-9172
이메일 | tibet21@hanmail.net
홈페이지 | http://goldegg21.com
출판등록 | 2003년 03월 26일 (제300-2003-230호)

값은 뒤표지에 있습니다.

ISBN 979-11-89205-39-3-03810

별나게 부는 바람

김복근 산문집

황금알

서문

깊은 밤이다. 문을 열고 밖으로 나간다. 어두운 하늘에서 별이 쏟아진다. 손에 잡힐 듯 초롱거린다. 달뜬 마음에 심호흡을 한다. 처음 보는 남극 하늘이다. 별자리를 제대로 알지 못하지만, 하늘에 가득 찬 별을 바라본다. 유난히 반짝이는 네 개의 별을 보면서 십자성이겠거니 짐작해보지만, 남극성은 도무지 찾을 길이 없다. 뉴질랜드 크라이스트 처치에서의 일이다.

가고파 바다에서도, 낙동강이 흐르는 적포 다리에서도, 백암온천 숲 속에서도, 백담 계곡의 바위 위에서도 제대로 보지 못한 별이다. 쏟아지는 별을 자랑하는 몽골 여행에서도 구름과 비 때문에 제대로 보지 못했는데, 예기치도 않은 별을 느닷없이 보게 되어 눈 호사를 하게 된다. 뉴질랜드의 자연환경은 청정 그대로다. 개울물과 수돗물을 그냥 마셔도 되고, 맑은 공기는 숨쉬기 편하다. 아름다운 대자연을 보전하기 위해 그들은 정성과 노력을 세심하게 기울이고 있다. 우리 어린 시절에는 어머니의 무릎을 베고 밤하늘에서 쏟아지는 별을 바라보곤 했다. 개울에는 송사리가 놀고, 남강에는 숭어가 올라왔다. 금수강산이라 부르면서 마음 놓고 강물을 마실 수 있었으며, 미세 먼지에 대한 걱정도 없었다. 자연에서 태어나 자연과 더불어 살면서 마음은 살찌우고, 꿈을 키우면서 자랄 수 있었다. 그런데 어쩌다가 아름답던 자연이 오염되고 훼손되어 생존을 위협할 지경에 이르게 되었는지 알 수 없다.

문명화를 추구하면서 인위가 판을 치고 있는 우리나라는 이제 시골에 가도 별을 보기 어렵게 됐다. 고향 마을에 가도 비닐하우스와 보안등에서 비치는 불빛 때문에 별을 보지 못한다. 불빛이 없는 깊은 산 속에 가야 겨우 볼 수 있을 정도다. 별이 보이지 않는 이유는 여러 가지가 있겠지만, 불빛에 의한 광공해가 주원인이고, 대기 오염에 의해 시야가 가려진 것도 부수적인 원인이 될 것이다.

수질 개선을 위해 노력한 결과 집 주변을 흐르는 개울물이 맑아지고 있다. 가고파 바다도 차츰 맑아지고 있다. 시인이 생태를 노래하면 민의가 높아지고, 환경에 대해 시민과 행정가들의 관심이 달라진다. 모두가 한마음으로 노력하면 물도 맑아지고, 토양오염도 줄어들게 되고, 공기도 좋아져 우리 후손들이 별자리를 보며 꿈을 키울 수 있게 될 것이다.

저간에 써 둔 산문이 꽤 된다. 걸러지지 않은 생각이 그대로 드러나는 글이라 망설이다 컴퓨터에 갇혀 있는 글들에게 미안하여 묶어내기로 마음먹었다. 부족하지만 자연과 생태에 대한 내 나름의 삶과 사유 방식이 배어있는 글들이다. 나는 평소에 훈민정음 창제 정신을 이어받아 상생의 글쓰기를 하고자 노력했다. 제1장은 자연 생태와 동양 사상의 중심이 되는 음양과 오행에 관한 글을 모았다. 제2장에서는 인간의 삶에 관한 글을, 제3장에서는 문학에 관한 글을, 제4장에서는 화자 스스로의 삶과 사유에 관한 글을 모았다. 글쓴이는 읽는 이가 자신의 글을 세세하게 읽어 주기를 염원하지만, 읽는 이의 눈길을 사로잡기는 여간 어려운 일이 아니다. 처음부터 끝까지 읽어 주면 고마운 일이지만, 바쁜 경우에는 제목을 보고 관심이 있는 부분만 읽어주어도 큰 기쁨이겠다.

글 쓰는 일이 여간 어렵지 않다. 책을 펴내는 일은 더욱 힘이 든다. 어쩌다 글 쓰는 일을 하게 됐고, 적지 않은 글을 썼지만, 어쭙잖은 게 많아 부끄럽다. 어렵고 힘든 만큼 사랑은 깊어진다. 문학은 어떤 결과를 당장 도출하는 건 아니지만, 사람의 생각을 바르게 이끌어가는 데는 여전히 유효하다. 자연 생태 보전을 위해 작은 힘이지만, 꽤 많은 시간을 투자했다. 맑은 물, 밝은 햇살, 청푸른 바람이 함께 하는 세상이 되었으면 좋겠다. 금수강산을 자랑하던 우리나라가 예전에 보여주던 그 아름다움을 되찾는 날이 오기를 갈망한다.

부족한 글 흔쾌히 펴내어 주신 황금알 김영탁 주간님, 꼼꼼하게 읽고 격려해준 성선경 시인, 아름다운 사진을 제공해 준 김관수 작가님, 내 글의 첫 독자이며 비평가인 아내 추정남, 출간을 기다려준 여러분께 고마운 마음을 전한다. 별을 보는 건 꿈과 희망을 키우는 것. 별[星]보기 어려운 시대, 별[星]나게 부는 바람[風]이 별[別]나게 불기를 빌어본다.

바람 부는 골방에서

水下 金卜根

차례

제1장

해는 희망이며, 힘과 젊음의 상징이다 • 014

달은 풍요와 감성의 근원이다 • 018

매화는 추위 속에 살아도 그 향기를 팔지 않는다 • 022

늘 푸른 소나무, 저 의연한 기상이여! • 027

대나무, 그 의義와 기氣를 우러르다 • 031

불은 빛과 열에너지며, 생명력의 상징이다. • 035

흙은 어머니며 고향이며 조국이다 • 039

설산 신록雪山 新綠 • 043

팔룡산에 메아리 있다 • 049

금金은 고귀하며, 부귀영화의 상징이다 • 053

물은 생명이요, 만물의 근원이다 • 057

목욕 예찬론 • 061

나는 자연이다 자연으로 걸어간다 • 064

인간의 오만과 개미의 지혜 • 068

생태 교란과 생명 연가 • 071

제2장

의사 박열과 서비 선생 • 076

마산이 버린 천재 • 080

'아득한 성자'는 살아있는 성자 • 087

우아한 삶과 명징한 사유세계 • 090

설엽雪葉과 설다雪茶 • 095

쾌지나칭칭나네 • 100

작은 것이 아름답다 • 103

한가위, 무료통행 서비스를 기대한다 • 106

괴담과 착각 • 109

밴댕이 소갈머리 • 116

말의 위력 1 • 119

말의 위력 2 • 121

소탐대실의 현대적 경고 • 123

무감각, 무감동, 무절제 시대 • 126

전자 언어, 그 자족적 기능과 처방 • 129

영상 문화 시대의 문화예술 • 132

영화 〈국제시장〉의 사회화 • 136

제3장

우리는 정말 진지한가 • 142

문인의 자존심, 원고료 • 148

상, 그 영예와 부끄러움 • 153

문학의 재미 • 159

문학과 정치 • 162

시詩를 낭송하는 사회 • 171

세뱃돈과 시낭송회 • 178

열린 시인의 사회 • 181

변방과 중심 • 184

문향 경남의 맥 • 190

괴테와 노산 • 196

비움과 채움의 미학 • 199

중복 투고와 표절 논란 • 202

왜 문학인가 • 207

문학교육, 어떻게 할 것인가 • 213

문화예술 교육 인프라 구축 • 219

생명 · 소통 · 감성 • 223

제4장

동안 • 232

매화와 꿈, 내 시조에 대한 음미 • 236

오기 • 248

고향강, 너 없으면 나는 겨울이다 • 254

천강문학상의 위의 • 259

실수와 격려의 힘 • 262

딸이 딸을 낳다 • 265

황금 돼지해, 그 소박한 염원 • 269

막걸리 예찬 • 272

욕망의 노예, 가련한 나의 청소부 • 277

신발 소동 • 283

바람을 안고 살다 • 286

하루를 살아도 거제에 살면 거제 사람이다 • 290

책은 내 사랑이며 영원한 그리움이다 • 293

집으로 초대 • 297

그림자의 말 • 301

제1장

해는 희망이며, 힘과 젊음의 상징이다

천왕 일출. 생각만 해도 장관이다. 가슴이 벅차올라 자는 둥 마는 둥 두런거리는 소리에 법계사는 잠을 깬다. 그런데 이 일을 어쩌랴. 벼르고 벼른 일인데, 높고 낮은 산봉우리에는 눈이 하얗게 쌓여 있고, 눈 위에 눈이 펑펑 쏟아지고 있는 게 아닌가. 일기예보에도 없는 일이 벌어졌다. 최악의 상황이지만, 이 또한 새로운 체험이라고 자위하며, 이른 새벽 눈 덮인 천왕봉을 향해 다리에 힘을 준다. 인산인해다. 가만히 있어도 밀려서 올라가게 된다. 한참을 걷다 보니 엄동설한인데도 땀이 솟아오른다. 드디어 1,915m 천왕봉 정상이다. 발 디딜 틈이 없다. 체감온도는 영하 20도, 카메라까지 얼어붙어 사진도 찍히지 않는다. 사람들은 무엇 때문에 이 고생을 하면서 산을 오르고 또 오르는가. 저마다 이유야 있겠지만, 새해 첫날에 솟아오르는 새해를 보고 싶어 하는 마음이 내재하여 있음은 부인할 수 없는 사실이다.

해는 희망이며, 힘과 젊음의 상징이다. 사람들은 새해를 맞아 새로운 희망을 향해 자신의 힘과 젊음을 확인하고 싶은 거다.

동서양을 막론하고 해는 숭배와 경외의 대상이다.

개국을 한 임금들은 해와 관련되는 탄생 설화를 갖고 있다. 고조선의 시조는 태양신太陽神인 환인桓因의 손자이며, 환웅桓雄의 아들인 단군왕검檀君王儉으로 묘사되어 있다. 태양은 신앙의 대상이기에 태양신과 이어지는 단군왕검은 신성한 존재로 더할 나위 없는 권위를 갖게 된다. 고대에 등장하는 시조의 난생설화卵生說話는 대개 비슷한 의미를 갖고 있다. 주몽은 하느님의 아들로서 알에서 태어났다고 하니 곧 태양의 아들이다. 혁거세赫居世는 빛과 밝음으로 나라를 다스린다는 뜻이니 태양의 아들을 의미하고, 김알지는 금빛 찬란한 궤에서 태어났으며, 김수로왕은 하늘에서 내려온 금합자에 든 알에서 태어났다.

그리스에서는 아폴로를 태양신으로 숭배했다. 바빌론에서는 왕이 태양이었고, 잉카제국과 이집트의 왕은 태양의 아들이었다. 절대 왕정 시대 유럽 왕들은 태양과 동격이었다. 그들은 절대 권력을 행사했으며, 국가의 중심이었다. 왕들은 해를 빌려 통치권을 확보했고, 태양의 후손임을 내세움으로써 고도의 태양 이데올로기를 형성했다. 그리하여 태양은 최고의 신과 동일시되거나, 최고신의 중요한 속성을 가진 것으로 인식됐다. 왕은 곧 태양이었고, 태양의 아들임을 자처함으로써 절대 권력과 신성성을 과시했다.

해에 대한 숭배 사상은 나라를 상징하는 국기에도 나타난다. 태극기는 둥근 해가 바탕이 되어 음양이 조화롭게 형성되어 있고, 청천백일기는 하늘 한가운데에서 빛나는 태양을 나타냈으며, 일장기는 태양을 보다 구체적으로 그리고 있다. 마케도니아 국기에는 금색 태양이 그려져 있고, 키르기스스탄은 '태양의 나라'를 나타낸다. 아르헨티나, 페루, 우루과이, 볼리비아 국기에는 '5월의 태양The Sun of May'이 깃대 쪽 상단에 들어 있다. '5월의 태양'은 스페인과의 독립 전쟁에서 이긴 것을 기리며, 잉카 신화에 등장하는 태양신 인티Inti는 잉카 문명의 가장 유명하고 강력한 신이었다. 이 이외에도 필리핀, 튀니지, 방글라데시 등 수많은 나라가 국기에 태양 문양을 사용하고 있다.

동서양의 왕들은 해를 자기 자신의 절대 권력과 신성성의 상징으로 활용하였지만, 시인들은 보편적인 관념이나 개인의 심상에 비겨 노래했다.

박두진은 "해야 솟아라, 해야 솟아라. 말갛게 씻은 얼굴 고운 해야 솟아라./ 山너머 山너머서 어둠을 살라 먹고, 山너머서 밤새도록 어둠을/ 살라 먹고, 이글이글 애띤 얼굴 고운 해야 솟아라."라고 읊조리며, 어둠의 시대, 공포와 갈등의 세계를 벗어나 밝고 아름다운 삶을 간절하게 소망했다. '해'라는 구체적 사물을 통해 광복의 기쁨과 민족의 낙원이 펼쳐지기를 염원하는 뜨거운 열망을 볼 수 있다. 하이네는 "꽃들은 반짝이는 태양을 바라보며/ 강물이란 강물은 흘러 흘러서 넓은 바다로 가자"라고 노래했으며, 라이나 마리아 릴케는 "지난 여름은 참으로/ 위대했습니다./ 당신의 그림자를 해시계 위에 얹으시고/ 들녘엔 바람을 풀어 놓아 주소서"라고 노래했다.

태양은 또다시 떠오른다.
태양은 저녁이 되면
석양이 물든 지평선으로 지지만,
아침이 되면 다시 떠오른다.

태양은 결코

이 세상을 어둠이 지배하도록
놔두지 않는다.

태양은 밝음을 주고
생명을 주고 따스함을 준다.
태양이 있는 한
절망하지 않아도 된다.

희망이 곧 태양이다.

- E.M 헤밍웨이, 「희망이 곧 태양이다」 전문

'누구를 위하여 종은 울리나'로 유명한 헤밍웨이는 「희망이 곧 태양이다」라고 노래할 만큼 태양을 사랑했다. 그러나 태양을 사랑한 그가 그토록 예찬한 태양의 땅, 키웨스트에서 자살을 했다는 사실은 참으로 아이러니한 일이 아닐 수 없다. 태양은 희망인가. 절망인가.

유대인 속담에 "태양은 당신이 없어도 떠오르고, 당신이 없더라도 변함없이 진다."는 말이 있다. 사람들은 해가 자기 자신을 위해 뜨고, 자신을 위해서 지는 것처럼 착각하기도 한다. 그러나 해는 나 한 사람만을 위하여 뜨고 지는 것이 아니라 지구 상의 모든 생물과 사물을 위하여 뜨고 지는 것이다. 일요일日曜日은 해의 날Sunday이라고 하면서 한 주일의 으뜸 자리에 올려놓고, 모든 나라가 쉬는 날로 정할 만큼 우러러 받들고 있다. 해는 또다시 떠오를 것이다. 세상 만물이 나를 위해 존재하는 것이 아니라, 내가 세상 만물과 더불어 존재해야 한다는 사실을 되새기며 보다 겸허하게 살아야 하겠다.(2015. 12)

달은 풍요와 감성의 근원이다

쟈근 거시 노피 떠셔 만물을 다 비취니
밤둉의 광월光月이 너만 ᄒ니 또 잇ᄂ니
보고도 말 아니ᄒ니 내 벋인가 ᄒ노라.

윤선도는 오우가五友歌에서 자신의 친구를 수석과 송죽, 동산에 떠
오르는 달이라고 노래했다. 예나 이제나 우리 민족은 교교히 내리는
달빛을 좋아했던 것 같다. 무속 신앙에서는 달을 천신과 조상신으로
여기고 있으며, 농경 생활을 하던 전통 사회에서는 생산력의 기원이
자 생명력의 가치 기준을 이루면서, 우리의 생활과 리듬을 살리는 주
요 기제로 작용했다. 달은 차고 기울고, 기울고 다시 차는 자연 현상
으로 흥망성쇠興亡盛衰와 영고榮枯를 의미한다. 부드러운 달빛이 촉촉
하게 내려와 포근하게 감싸 안은 듯 물기를 머금고 있는 모습은 여성
적 서정성과 조화, 융합, 정화를 상징한다. 지금도 우리 서민들은 풍
요로운 수확을 기대하며, 팔월 한가위를 추수감사절로 즐기고 있음
을 본다.

돌하 노피곰 도두샤

어긔야 머리곰 비취오시라

어긔야 어강됴리

아으 다롱디리

全 져재 녀러신고요

어긔야 즌디를 드디욜셰라

어긔야 어강됴리

어느이다 노코시라

어긔야 내 가논디 점그룰셰라

어긔야 어강됴리

아으 다롱디리

　백제에서 입으로 전해져온 구전가요 정읍사는 '달님이여, 좀 더 높이 돌으시어/ 멀리멀리 비추어 주소서/ 지금쯤 전주 시장에 가 계신지요/ 어두운 밤길을 가시다가/ 혹시 진 데를 디뎌 흙탕물에/ 빠지지나 않을까 걱정입니다/ 몸이 고달플 때는 짐을 부려놓고 편히 쉬소서/ 당신 가시는 길에 날 저물까 두렵사옵니다.'라고 노래한다. 행상 나간 남편의 안전과 무사 귀환을 기원하는 아내의 간절한 마음을 달에게 호소하는 노래이다.

　여기서 달은 남편의 무사 안전을 기원하는 구도자적 의미가 담겨 있어 우리의 민속 신앙과 연결된다. '즌데'는 위험한 밤길에 대한 안전을 의미하기도 하지만, 다른 여자를 탐하지 않았으면 하는 여심女心을 은유하기도 한다. 정읍사에 뜨는 달은 신산스러운 삶에 대한 새로운 가치를 지향하면서 남편의 무사 귀환을 기원하는 아내의 절실한 염원을 노래하고 있다.

달은 우리 민족의 영원한 친구이자 신성한 대상이다. 이조년은 '이화에 월백하고 은한이 삼경이면 다정도 병인 양하여 잠'을 못 이루고, 이순신은 '한산섬 달 밝은 밤에 수루에 혼자 앉아' 나라를 걱정하는 마음으로 깊은 시름에 빠지기도 한다. 한석봉은 '어제 진 달 돋아오니 박주산채라도 준비'하라 하고, 월산대군은 '낚시가 되지 않아 무심한 달빛만 싣고' 온다고 했다. 달에 대한 풍류와 아취, 여유를 볼 수 있다. 이쯤 되면 달은 진리의 빛이요, 깨달음의 경지가 아닐 수 없다. 서정적 공감과 사실에 대한 인식의 빛이 깨달음에 도달하게 되는 것이다.

중국에서는 제왕이 조일석월朝日夕月이라고 하는 신앙 의식을 집전하였다. 달에 대한 숭배가 국가적인 공식 종교로 수용됐다. 달 속에 두꺼비나 토끼가 있고, 계수나무를 찍어내는 사람이 있는 것으로 생각했다. 일본인들은 정월 대보름과 추석에 달과 관련된 행사를 크게 치르면서 해와 달을 함께 숭배했다. 서양에서는 남과 여, 물과 휘발, 영원과 변화 등 서로 모순 대립하는 것들의 짝을 상징한다. 영원한 모성으로 볼 수 있는 물과 피의 흐름을 통제하거나 신비롭고 주술적인 힘을 함의하면서 성스러운 처녀성을 생각하는 등 전통적 집단적 상징성을 잃지 않고 있다.

과학의 힘으로 인공위성이 출현함으로써 달은 신화와 다소 거리가 생기고 있지만, 시적 서정이나 생활정서와 관련된 상징성은 그대로 유지하고 있으며, 우리 민족의 우주관·세계관·인생관·생활 습속에 걸쳐 대단히 큰 의미를 가진다. 전통 사회의 선조들은 하늘을 우러러 자신의 소망을 기원하면서 달의 움직임에 맞추어 농사를 짓거나 바다에 나가 일을 했다. 우리는 달을 보면서 풍요로움과 원만함을 염원한다. 달은 풍요와 감성, 그것에 다름없다.

우리 어렸을 적에는 "달아달아 밝은 달아 이태백이 놀던 달아 저기 저기 저 달 속에 계수나무 박혔으니 옥도끼로 찍어내고 금도끼로 다듬어서 초가삼간 집을 짓고 양친 부모 모셔다가 천 년 만 년 살고 지고 천 년 만 년 살고 지고"를 노래하며 자랐다. 달은 시의 주요 모티브다. 수없이 많은 시인들이 달을 노래했다. 당나라 시인 이태백의 달사랑은 유난했다. 달을 노래한 시는 말할 나위 없고, 동정호에서 배를 타고 술을 마시며 노니다 호수에 비친 달이 아름다워 그 달을 건지려다 물에 빠져 작고(?)했다는 일화는 자못 탐미적이다.

달은 이 땅의 문학사에서 가장 다양다기多樣多岐한 시의 소재를 제공한다. 다가오는 대보름에는 이태백처럼 달을 노래하며, 봉암 수원지에서 좋아하는 시인들과 달빛 시회라도 가졌으면 좋겠다. 하늘에 휘영청 떠오르는 달빛과 호수에 잠겨있는 달빛을 바라보며, 술잔에 일렁이는 달빛, 눈동자에 담겨진 달빛, 마음에 어리는 달빛을 헤아리면서 정다운 친구들과 술잔을 나누는 정취야말로 곤고한 삶을 살아가는 우리 서민들의 정신 건강에 신선한 청량제가 되지 않겠는가. (2015. 10)

매화는 추위 속에 살아도 그 향기를 팔지 않는다

매화 넷 등걸에 춘절春節이 도라오니
옛 퓌던 가지에 피엄즉도 하다 마는
춘설春雪이 난분분亂紛紛하니 퓔동말동 하여라.

—「매화」, 『청구영언青丘永言』

장자 우화로 유명한 유산 윤재근 선생께서 매뢰梅蕾 3송이가 찍힌 사진과 「매화梅花 넷등걸에 춘절春節이 도라오니」의 시조가 담긴 봄편지를 보내오셨다. 남녘에서 보내야 할 봄소식을 서울에서 먼저 보내온 것이다. "탐매란 본래 매화가 바람맞이 하면 그치는 일이니 우수 지나 춘분까지는 매를 찾지 않게 된다."는 말씀에 무릎을 치며, 아파트 주변의 매화를 살피러 나간다. 음지 매뢰는 수수 알만하고, 양지 매뢰는 제법 팥알만하다.

내친김에 김해건설공고의 와룡매를 보러 간다. 교문을 들어서니 100m가 넘어 보이는 진입로 양쪽으로 수령 100여 년의 고매 80여 그루가 도열하듯 서 있다. 줄기는 구부러지고 휘어져 용틀임을 하는 것 같다. 마침 기온은 내려가 영하의 날씨를 보이는지라 입동이 지나

한파가 자심하면 춘매를 찾아가 얼지나 않았는지, 새빨간 햇가지를 눈여겨봐야 한다는 선생의 말씀이 새겨진다. 매뢰를 살피면서 백매, 청매, 홍매를 상상하는 탐매의 호사를 누리게 된다. "산천초목이 엄동에 움츠리고 있을 때, 저 한산매寒山梅만 이미 벌써 기지개를 켜고 동천을 향해 매뢰를 조롱조롱 맺어가고 있으니, 천기 지기天氣 地氣를 설한에 이미 요구하고 있느니, 진정한 신년시덕新年始德은 입동매立冬梅로부터 시작한다는 생각을 갖게 하는 것이 심매의 즐거움이라고" 하시던 선생의 글월이 떠오른다.

사실 나의 탐매는 우연한 기회에 이루어졌다. 재작년 3월 지리산 둘레길 270㎞를 완주하겠다고 나섰다가 산청 운리 단속사지斷俗寺址 부근을 지나면서 정당매를 보게 됐다. 정당매는 통정공通亭公 강회백姜淮伯선생이 어린 시절 단속사에서 수학하실 때 손수 심으신 매화나무다. 수령 640여 년을 넘겨 둥치가 썩어가는 가운데, 새 가지에서 꽃을 피우는 모습을 보면서 생명에 대한 깊은 경외감을 느끼게 된다. 탐매는 걸어서 하는 것이 제격이다. 다음 날 아침 일찍 사리를 향해 걸음을 재촉한다. 산천재는 남명 학파의 요람이다. 지리산 천왕봉이 올려다보이는 앞뜰에서 아름다운 계곡을 끼고 감도는 물길을 굽어보며, 수령 450년을 꽃피워 온 남명매. 그 고졸한 자태에서 남명 조식 선생의 살아있는 기개를 본다. 시작한 김에 구례 화엄사 각황전의 흑매까지 보았으니 탐매의 지경에 빠져들 수밖에 없다.

본격적으로 탐매를 나선 것은 지난해다. 남사 예담촌에서 수령 670년의 원정매를 만났다. 700년 세월이 힘겨운 듯 온몸이 말라가는 밑동에서 새로운 가지가 돋아나고, 꽃을 피워 혹한 겨울도 이겨내는 매화의 강인함을 보면서 남모르는 희열을 맛보게 된다. 생명을 다한 정당매를 볼 때는 울고 싶도록 가슴이 아렸지만, 기개를 보여주는 남명매를 보면서 새로운 감동을 느끼게 된다.

우리 선인들은 매화의 4귀四貴를 사랑했다. 꽃이 많은 것보다는 희소해야 하고[稀], 나이를 먹어 고목이 되어야 하며[老], 줄기와 가지가 섬세하고 가늘어야 하며[瘦], 활짝 핀 꽃보다는 봉오리[蕾]를 귀하게 여겼다. 이른바 희稀, 노老, 수瘦, 뢰蕾의 품격을 갖추어야 한다는 것이다. 꽃빛은 파르라니 희어야 하며, 홑꽃으로 향기가 좋아야 상품으로 친다. 더욱이 매화는 같은 꽃, 같은 나무, 같은 품종끼리는 화분花粉이 붙더라도 수정을 하지 않으니 그 절조와 일편단심은 기개와 정절의 표상 같다.

매화를 감상하는 법도 다양하다. 5% 미만이 만개했을 때는 심매尋梅(매화를 찾는다)라 하고, 5%~30%가 폈을 때는 탐매探梅(매화를 더듬는다)라 하고, 30% 이상 폈을 때는 상매賞梅(매화를 칭찬한다)라 한다. 우리 전통 탐매는 엄동설한을 이겨낸 매뢰를 음미하는 데 있고, 일본인은 상매를 즐긴다니 꽃핀 매화를 보러 다니는 일은 왜식 탐매로 봐야 할 것 같다. 12월에 피면 납매臘梅라 하고, 수령 150년을 넘기면 고매古梅라 하며, 저명인사가 심거나 가꾸어온 매화를 명매名梅라 한다. 매화에 대한 이야기는 매담梅談이라 하고, 달밤에 보는 매화를 야월 탐매夜月探梅라 한다.

밖을 보는 게 꿈이었다
볕은 그 꿈을 알아봤다

찬바람 물이 올라

죄다 풀다 터지다

부신 눈
슬며시 뜨고

해맑게
봉곳하게

– 김복근, 「납매臘梅」 전문

봄이 아름다운 것은 추운 겨울이 있기 때문이다. 매화 마니아는 야매나 월매의 야취를 좇고, 또 어떤 이는 납월에 분매를 피워놓고 지레 봄빛을 겨워한다. 매화의 고아高雅한 품격과 탈속한 미감美感은 청빈한 선비의 절의에 못지않게 사람의 혼을 맑게 하는 암향暗香을 더욱 귀하게 여긴다.

인륜을 함부로 하는 요즘 세태에 매화의 고졸한 미덕을 되새겨 보라면 손사래를 칠지 모른다. 그러나 온고이지신溫故而知新. 조선시대 신흠(1566~1628) 선생은 "오동나무는 천 년이 지나도 그 곡조를 잃지 않고/매화는 일생을 추위 속에 살아도 그 향기를 팔지 않는다."(桐千年老恒藏曲 梅一生寒不賣香)고 했다. 온 땅이 꽁꽁 얼어붙고, 흰 눈이 대지를 덮고 있을 때, 찬바람 된추위를 이기고, 어렴풋이 꽃망울을 터뜨리는 매화를 보면서 그 강인한 생명력을 되새기던 조상의 지혜와 삶에 대한 용기를 되새겨 볼 필요가 있겠다. 깡마른 가지와 이끼 낀 몸통에서 터져 나오는 꽃망울을 음미하며, 생명에 대한 경외감과 강한 에너지를 얻고 싶다. 우리네 삶이란 게 어차피 나를 위해 존재하는 것만은 아니다. 어렵고 힘든 삶이지만, 그 고난을 이기고 성취

했을 때, 우리는 더 큰 보람과 희열을 느끼게 된다.

"꽃은 스스로의 꽃맺이를 하고자 피는 것이지 사람들이 호사하라고 피는 것이 아니다."

유산 선생의 말씀을 경구 삼아 올해는 장성 백양사의 고불매, 순천 선암사의 선암매, 담양 지실 마을의 계당매, 전남대학교의 대명매, 소록도 중앙 공원의 수양매를 비롯한 호남5매를 보고 왔다. 퇴계매, 율곡매, 서애매는 언제 보러갈까, 매화를 그리는 마음은 공연히 바쁘게 설렌다.(2015. 3)

늘 푸른 소나무, 저 의연한 기상이여!

"비바람 눈보라에 역경을 이겨 낸 여덟 소나무 푸른 하늘 바라 섰다. 휘늘어진 가지 제 흥에 겨워 환희의 춤을 춘다. 이를 일러 팔군무송八群舞松이라 이름한다. 너덜겅 돌밭에 옹이 허리 곧추세우고, 운치 있게 살아온 생애. 오롯한 의지와 올곧은 신념으로 새소리 바람소리 순환의 맥박 소리 들으며 뒤꿈치에 힘을 준다. 쏠쏠한 솔바람은 머리를 맑게 하여 잡다한 시름을 잊게 한다. 솔은 군자요, 길은 소통이다. 숲 속 나들이길, 걷다 보면 건강과 삶의 지혜를 배우게 되니, 누군가를 좋아하고 누군가가 좋아하는 저 여유로운 몸짓, 깨우치며 그리워하며 의롭게 살아가리. 창원인의 기상과 품격으로 연년세세 무궁하리."

이 글은 창원시가 '숲 속 나들이 길'을 만들고, 경남은행 후원으로 정자를 지을 때, 글쓴이가 봉림산에 있는 여덟 소나무를 기리며 쓴 글이다. 창원 시목은 소나무다. 여론조사에 의하면 국목國木의 1순위도 소나무다. 우리나라 사람은 소나무에서 나고, 소나무에서 살고, 소나무에서 죽는다고 할 정도로 소나무와 더불어 살아왔다. 오죽하면 애국가에서 '남산 위에 저 소나무 철갑을 두른 듯/ 바람서리 불변함은 우리 기상.'이라고 노래했을까.

소나무는 생명력이 길어 십장생으로 일컬어진다. 거대하게 자란 노목은 줄기와 가지, 잎이 아름답게 조화로우며 장엄한 모습을 보여 준다. 찬바람 눈서리를 이겨내는 푸른 기상은 곧은 절개와 굳은 의지를 나타낸다. 위[上]에 있으며, 높고[高] 으뜸[元]이어서 우두머리라는 의미를 가진 수리라고 부르다 술로, 다시 솔로 변형되는 과정을 거친다. 소나무는 '솔'과 '나무'가 합성되면서 ㄹ이 탈락하여 생긴 말이다.

소나무는 이름이 변형되는 만큼 재미있는 일화도 많다. 진시황이 길을 가다가 소나기를 만났는데, 소나무 덕에 비를 피할 수 있게 되자 이를 고맙게 여겨 나무에게 공작 벼슬을 주면서 나무의 공작이라는 뜻으로 목공木公이라 불렀다. 이게 합해져 소나무를 뜻하는 송松자가 되었다.

중국에 목공 벼슬이 있다면, 우리나라에는 정이품송正二品松이 있다. 세조가 법주사로 행차하는 중 충북 보은군에 있는 속리산을 거쳐 가게 되는데, 임금이 타고 가는 연輦이 소나무 가지에 걸리려고 하자 가지가 저절로 올라가면서 걸리지 않게 됐다고 한다. 이를 갸륵하게 여긴 임금이 정이품 벼슬을 내렸다고 해서 정이품송으로 불린다.

도래솔의 유래는 더 흥미롭다. 『삼국사기』에 의하면, 고구려 9대 고국천왕이 후사가 없이 죽게 되자 왕비인 우 씨는 둘째 시동생 연우를 도와 10대 산상왕에 오르게 한다. 우 씨는 산상왕에게 개가하여 다시 왕비가 된다. 고국천왕의 왕비로 18년, 산상왕의 왕비로 30년을 살아 우리 역사상 유일하게 2대에 걸쳐 48년간이나 '왕비'의 영광(?)을 누리게 된다. 세월은 흘러 아들인 11대 동천왕 8년에 죽음을 맞으면서 지하에서 고국천왕을 만날 면목이 없으니 산상왕릉 옆에 묻어 달라고 유언한다. 이를 본 고국천왕의 혼백은 우 씨의 행태를 아예 볼 수 없도록 자신의 무덤 둘레에 일곱 겹의 소나무를 심어 달라고 부탁한다. 둘레솔에서 음운 변화된 도래솔은 이승과 저승을 가려 놓는 가리개[神補]역할을 한다. 우리가 조상의 무덤에 소나무를 심는 것은 도래솔에서 유래되어 좋은 일이든 나쁜 일이든 이 풍진 세상, 모두 잊어버리고 편히 쉬시라는 후손들의 뜻이 서려 있는 것이다.

소나무는 시와 그림에도 잘 나타나 있다. "이 몸이 죽어가서 무어시 될꼬ᄒ니/ 봉래산 제일봉에 낙락장송 되야 이셔/백설이 만건곤ᄒ흘 제 독야청청 ᄒ리라" 성삼문은 자신의 지조를 소나무에 비겨 시조로 읊었고, "소나무 푸르구나. 초목의 군자로다. 눈서리 이겨내고 비 오고 이슬 내린다 해도 웃음을 숨긴다. 슬플 때나 즐거울 때나 변함이 없구나(松兮靑兮, 草木之君子, 霜雪兮不腐, 雨露兮不榮, 不腐不榮兮)." 사명대사는 「청송사靑松辭」로 예찬했다. 시조와 한시에서 읊어진 글은 말할 것 없고, 솔거의 황룡사 '노송도老松圖'를 비롯하여 김정희金正喜의 '세한도歲寒圖'와 민화에 이르기까지 소나무를 소재로 한 그림 또한 헤아릴 수 없이 많다.

그런 소나무가 소나무 에이즈라고 할 만한 재선충에 감염돼 신음하고 있다. 글쓴이가 제주도 올레길을 완주하면서 눈으로 확인한 소나무만 해도 그 개체수가 너무 많았다. 보도에 의하면 거의 절반에 가까운 숫자가 고사했다고 한다. 이러다간 우리도 일본이나 대만처럼 전국의 소나무를 벌채해야 하는 불상사가 생길지도 모르겠다. 멀리 갈 것도 없다. 우리 주변의 산에도 군데군데 시퍼렇게 포장된 소나무 무덤을 볼 수 있으니, 도래솔의 처지에서 보면 소나무가 소나무 무덤을 지켜봐야 하는 꼴이 됐다. 재선충은 심각한 자연재해다. 책임을 국가에만 미룰 것이 아니라 전 국민이 방재에 관심을 기울여야 할 일이다.

소나무는 과묵하고 엄숙하며 고결하고 정중하다. 기교가 없어 변하지 않고, 고요하며 자연스럽게 어울리는 까닭에 우리 민족의 심성을 사로잡았다. 국가에서는 의령 성황리 소나무, 합천 묘산면 화양리 소나무, 하동 악양면 축지리 문암송을 비롯하여 30여 그루의 소나무를 천연기념물로 지정하고 있다. 소나무의 중요성을 인식하고 있는 증좌다.

소나무는 항균 작용을 하는 피톤치드와 광합성 작용을 통해 사람에게 산소를 제공한다. 식량이 모자랄 때는 껍질을 벗겨 먹거나 송기떡을 만들어 먹는 구황식물로도 유명하며, 신장병에 효과가 있다고 하는 복령이나, 궁중 진상품으로 이름 높은 송이, 송순주松筍酒·송엽주松葉酒·송실주松實酒·송하주松下酒 등 이름도 상큼한 술들까지 즐비하여 우리의 관심을 끌고 있다.

소나무가 사라지면 어떻게 될 것인가. 생각만 해도 아찔하다. 못난 소나무가 선산을 지킨다는 말이 있다. 늘 푸른 소나무가 재선충을 이겨내고 우리 산천을 연연 세세 감싸 안아 의연한 기상을 보여주기를 갈망한다.(2015. 4)

대나무, 그 의義와 기氣를 우러르다

나모도 아닌거시 풀도 아닌거시

곳기는 뉘시기며 속은 어니 뷔연는다

뎌러코 사시에 프르니 그를 됴하 호노라.

– 윤선도, 「오우가-대」 전문

나는 대나무집 아들이었다. 집 뒤란에는 대나무가 우거져 있었다. 남강이 흐르는 하천부지에는 수천 평이 넘는 대나무 숲이 있었다. 봄이 되면 대나무 사이로 죽순이 뾰족뾰족 솟아올랐다. 땅을 비집고 나오는 죽순의 힘은 대단했다. 비가 내린 후에는 우후죽순雨後竹筍이라는 말처럼 눈에 보일 정도로 빠르게 자랐다. 봄에는 죽순 자라는 모습을 보면서 생명의 경이로움을 알게 됐고, 여름에는 '왕대밭에 왕대 난다'는 말을 새기며, 사회를 위해 큰일을 할 수 있을 것 같은 꿈을 키웠다. 겨울에는 따스한 햇볕을 쏘이며 윤선도의 「오우가」를 외거나, 불세출의 영웅 천강 홍의장군 곽재우의 죽창 이야기를 연상하면서 전쟁놀이를 하기도 했다.

사람들은 나를 보고 부드럽지만, 때로는 매섭다고도 한다. 사람은 환경의 지배를 받기 마련이다. 대나무 집에서 태어나 대나무를 보고 자랐고, 대나무 장학금으로 학업을 하다 보니 알게 모르게 대나무의 성정을 닮았는가 싶기도 하다.

대는 매梅·난蘭·국菊·죽竹이라 하여 사군자로 일컫기도 하고, 추위를 이긴 세 친구라 하여 송松·죽竹·매梅를 세한삼우歲寒三友라 부르기도 한다. 대는 늘 푸르고 곧으면서 속은 비어 있다. 하늘 높이 쭉쭉 뻗어있는 모습을 바라보고 있노라면 마음까지 다 시원해진다.

생육신으로 이름난 매월당 김시습은 "바위 모퉁이에 솟은 푸른 대나무/ 바위 아래 땅에다 뿌리를 박았구나./ 늙어갈수록 더욱 굳어지는 절개/ 우수수 밤비를 머금었구나.(綠竹出巖隈 托根巖下土 老去節愈剛 蕭蕭藏夜雨)"라고 노래했다. 대나무는 속은 비어있으면서도 해가 갈수록 단단해지는 속성을 가졌다. 여린 바람에는 유연하게 움직이지만, 세찬 바람에는 온몸으로 버티면서 더 곧고 강인한 모습을 보여줌으로써 군자의 인품에 견주게 되어 겸손과 지조와 절개의 상징으로 인식됐다.

대나무를 이용한 역사는 꽤 오래된다. 고대사회에서는 활과 화살, 죽창을 만들어 사냥을 하거나 전쟁에 사용했다. 다호리 고분군에서 발견된 붓[筆]대가 바로 대나무였으니, 그 오랜 역사를 헤아리기가 쉽지 않다. 만파식적을 비롯한 통소, 피리, 대금 등의 악기도 대나무로 만들었다. 왕대나 솜대는 건축자재로 이용하기도 했고, 가구, 어구, 장대, 의자, 바구니, 발, 빗자루 같은 일용품을 만들어 사용하기도 했다. 호사가들은 죽부인을 만들어 안고 자기도 했고, 합죽선을 만들어 더위를 식히기도 했다. 늦은 봄에서 초여름까지 나오는 죽순은 향기가 좋아 밥, 단자, 죽으로 이용하였으며, 댓잎으로는 술을 빚기도 하였다. 대나무로 침대를 만들고, 그 안에 뱀을 넣어놓으면 시원하기 이를 데 없다고 한다. 세종대왕이 그 침대를 이용했기 때문에 정력이 좋아져 자녀가 많다는 뱀 장수의 우스개도 있다. 지금은 화학제품에 밀려 뒤로 밀려났지만, 대나무는 우리의 삶과 불가분의 관계를 맺었고, 사유의 한 축을 이루기도 했다.

대나무 꽃은 주기적으로 피는데, 그 간격은 종류에 따라 다르다. 조릿대는 5~10년, 왕대와 솜대는 60~100년을 주기로 피는데, 대개 꽃이 피면 어미 대[母竹]는 허옇게 말라죽게 되고 대밭은 망하게 된다. 내가 고등학교 다닐 무렵이었다. 우리 집의 살림 밑천인 대나무에 꽃이 피기 시작했다. 걱정이 아닐 수 없었다. 대나무로 돈을 사서 회비와 하숙비를 충당해야 하는데, 대 꽃이 피기 시작했으니 정말 큰일이었다. 아버지는 어쩔 수 없는 일이라며 대나무를 치기 시작했다. 대밭에 있는 대를 모두 다 베어냈으니, 그 황황함은 말로 표현할 수 없다.

그런데 신기한 일이었다. 이듬해 봄이 되자 어김없이 죽순이 나오기 시작했다. 팔뚝보다 굵은 죽순이 위풍도 당당하게 솟아오르기 시작한 것이다. 대나무의 생명력은 가히 상상을 초월한다. 아버지의 표정이 밝아졌으며, 나도 안도의 한숨을 내쉰 기억이 새롭다.

선인들은 매화의 운치[梅之韻], 난초의 향기[蘭之香], 국화의 윤기[菊之潤], 대의 맑음[竹之淸]을 즐기면서 살았으니, 그 삶과 사유 방식이 꽤나 여유롭고 고졸古拙했다. 죽림칠현竹林七賢과 같이 노장老莊의 무위자연無爲自然 사상에 심취하여 사회를 풍자하거나 방관자적인 태도를 보이기도 했다. 당대 지식인을 자처하는 사람들이 맑은 이야기와 술로 세월을 보내며, 유유자적悠悠自適하는 인문학적 배경이 되기도 했다. 대나무는 속이 비어 서로 통하고, 강한 재목이 되며, 몸이 곧고, 마디가 있으며, 색이 변하지 않음을 오덕五德으로 친다. "참대밭에는 쑥이 나도 참대같이 곧아진다."는 말이 있다. 대나무, 그 의義와 기氣를 우러르며 혼탁한 우리네 삶을 보다 맑고 품격 있게 영위할 수 있었으면 좋겠다.(2015. 5)

불은 빛과 열에너지며, 생명력의 상징이다.

꽤 오래전의 일이다. 시조가 써지지 않아 힘들어하던 때가 있었다. 꿈속에서라도 시조가 써지기를 갈구하면서 끙끙거렸다. 간절하면 이루어진다던가. 어느 날 새벽녘이다. 증조부의 묘가 있는 선산 옆에서 불이 났다. 나무가 타기 시작한다. 불은 솔가리에서 떡갈나무, 자작나무로 옮겨가면서 영롱하게 타올랐다. 산불에 대한 걱정보다 불구경하는데 정신이 팔려 있다. 어디선가 꿈속에서라도 시조를 쓰고 싶다고 하지 않았느냐는 말이 계시처럼 들려왔다. 깜짝 놀라 메모지를 찾아 산불에 대한 영감을 받아쓰기 시작했다. 다음 날 아침, 메모지를 찾아 정리한 작품이 바로 「불꿈」이다. 오랜 시간 고민하다 꿈을 꾸며 쓴 시조이기에 중앙일보에 발표한 후 액자를 만들어 거실에 걸어놓기도 했다.

꿈이었다.
온 산이 활활 타오르는 꿈이었다.

가랑잎 솔가리에 떡갈나무 자작나무

영롱한 깃발이 되어 생으로 타는 목숨
불은 또 다른 불을 차례로 불러들여
오솔길 산골짜기 의식의 숲을 치며
터질 듯 너울거리는 나방의 원무 속으로
살 냄새 타는 그리움 전율처럼 몰려와
붉어 더 선연히 익어 타는 사랑으로

냉과리 숫보기 같은 나는
화엄을 외우고 있다.

- 김복근, 「불꿈」 전문

불은 빛과 열에너지다. 어둠을 밝혀주며 추위를 피하게 하는 중요한 수단이다. 음식물을 조리하거나 흙을 빚어서 구워내기도 하고, 쇠붙이를 녹여 가공하는 데도 이용한다. 새로운 것을 만들어낼 때는 필요 불가결한 요소이며, 상상력과 창의력, 생명력의 상징이다. 불은 무서울 정도의 파괴력을 가지고 있으며, 사악한 것을 물리치는 정화淨化와 청정淸淨의 힘을 가졌다. 인간이 동물과 다르게 존재하는 것은 바로 불의 발견과 이용 때문이라고 해도 과언이 아니다.

불은 생명력과 복福을 상징한다. 이사 가는 집에 성냥과 초를 선물하는 것은 불처럼 일어나라는 의미를 함의한다. 불에 대한 꿈을 꾸면 창대한 기운이 솟구치는 것으로 믿어 상祥스러운 일로 여겼다. 체육대회에서 성화를 채화하는 것은 평화의 상징으로 인류의 마음을 밝히는 것이고, 제사 때 초와 향을 피우는 것은 불의 생명력이 하늘과 땅, 이승과 저승, 조상과 후손을 이어주는 것으로 생각한다. 타오르는 불길은 액운을 태우는 것으로 믿어 오늘날에도 정월 대보름이 되면 달집태우기를 하면서 소망을 기원한다.

불은 성性을 상징하기도 한다. 불은 생명의 씨앗이고, 생명은 불의 씨앗이다. 젊은이들이 사랑을 고백하거나 생일을 축하할 때, 촛불을 밝히는 것은 성적 에너지를 발산하면서 따뜻하고 온화한 빛이 되게 하고 싶은 마음을 표상하며, 남녀 간의 정신적 교류와 가족 간의 사랑에 대한 원형 심상을 의미화하는 일이다.

오행五行에서 불[火]은 계절로는 여름이고, 방위로는 남쪽, 색으로는 붉은색, 오장으로는 심장과 소장, 숫자로는 2와 7에 해당한다. 오행은 상극相剋과 상생相生 관계에서 불[火]은 쇠[金]를 녹이고, 물[水]은 불[火]을 이기며, 불[火]은 흙[土]을 낳고, 나무[木]는 불[火]을 낳는다. 약하면 도와주고, 넘치면 견제해서 알맞게 해주는 성질을 갖고 있다. 동양에서는 오행의 원리에 의해 우주의 질서를 조절하고 판단하는 것을 삶의 기본으로 했다.

불은 자연의 불과 인공의 불로 나눌 수 있다. 자연의 불은 하늘에서 떨어져 벼락같이 일어나는 불과 지진이나 화산처럼 땅에서 솟아오르는 불도 있다. 산에서 나무끼리 부딪치며 일어나는 자연의 불도 있다. 인공의 불을 일으키는 데는 원시적인 방법으로 충격법이나 마찰법이 있다. 우리 어릴 때는 충격법에 의해 불을 일으키며 놀기도 했다. 부싯돌을 세게 쳐서 불꽃을 만들고, 거기에 인화하기 쉬운 것을 매달아 불이 붙게 하는 것이다. 마찰법은 구멍 뚫린 나무판을 고정하고, 그와 직각으로 나무 막대를 구멍 속에 집어 넣어 세게 마찰하여 나무 막대에 불을 붙이는 놀이이다. 이 외에도 볼록렌즈로 햇빛을 모아 불을 일으키기도 했다.

기록에 의하면 불을 만드는 것은 1880년대 이후부터 근대적인 방법으로 바뀌기 시작했다. 우리나라에서 본격적으로 인공의 불을 사용하게 된 것은 1880년 개화승 이동인이 일본에서 처음으로 성냥을 가지고 들어오면서 시작된다. 비슷한 시기에 석탄과 석유가 연료로 보급되었다. 1887년(고종24년) 미국의 에디슨 전기 회사에서 전기 시설을 수입하여 궁궐 안에 설치함으로써 전등불을 밝히게 됐다고 한다.

호롱불이나 촛불은 전깃불로 대체되었으며, 땔감을 사용하여 밥을 짓거나 방을 데우던 방법은 석탄이나 석유를 사용하는 것으로 대체됐다. 최근에는 태양을 직접 이용하거나 태양전지를 이용한 발전, 태양열을 이용한 발전, 풍력 발전, 수력 발전, 파력 발전, 조력 발전, 해양 온도차 발전 등의 대체에너지 개발이 계속되고 있으며, 제4의 불이라고 할 수 있는 핵에너지에 의한 원자력 발전도 활발하게 이루어지고 있다.

불은 빛과 열의 에너지며, 상상력과 창의력, 강인한 생명력의 상징으로서 인류의 문화 발전에 이바지한 공은 실로 대단한 것이 아닐 수 없다.(2015. 9)

흙은 어머니며 고향이며 조국이다

우리 어릴 때는 흙으로 만든 집에서 살았고, 흙에서 생산된 작물로 음식을 해먹었으며, 흙으로 놀이를 했다. 남자아이들은 가위바위보를 하여 이길 때마다 뼘으로 금을 그어가며, 땅을 넓혀가는 땅재먹기를 하였고, 여자아이들은 흙으로 소꿉놀이를 하였다. 모래밭에서는 '두껍아 두껍아 헌 집 줄게 새집 다오'를 노래하며, 두꺼비 집짓기를 하기도 했다. 흙밭에서 씨름이나 레슬링을 하며 뒹굴기도 하고, 피가 나면 상처에 흙을 찍어 바르기도 했다. 배가 고프면 서리한 돈비나 고구마에 황토를 발라 구워 먹기도 하였으니 원시생활을 체험하면서 자란 셈이다. 젊은 엄마들이 들으면 기겁을 할 일이지만, 우리는 이런 놀이를 통해 땅에 대한 외경심과 자연 보전에 대한 인식을 넓히는 계기가 됐다.

흙은 우리의 어머니며 고향이며 조국이다. 흙에서 태어나고, 흙에서 자신의 뿌리와 가치를 찾는 토착적 사고가 고향과 조국을 상징하게 된 것이다. 흙은 생명이 태어나고 자라며 죽어가는 가장 구체적인 삶과 죽음의 공간이다.

우리 민족은 선사시대부터 땅과 인연을 맺어온 민족이다. 흙은 '土'

자로 표기되며, 식물이 땅 위로 나올 때의 모습을 상형한 것이다. 흙과 땅은 먹을 것을 제공하는 삶의 기본적인 공간이며, 돌아가야 할 숙명적인 귀착지다. 흙을 일구고, 그 흙에서 식량을 장만하며, 흙으로 지은 집에서 살아온 사람들에게는 흙과 땅이 가장 큰 믿음이고 안식처일 수밖에 없다.

초대 대통령 이승만은 만리타국에서 독립운동을 할 때, 조국의 흙을 품 안에 간직하면서 광복을 염원하였으며, 폴란드의 천재 음악가 쇼팽도 38세의 나이로 세상을 떠날 때, '내 조국 폴란드의 흙을 내 무덤에 넣어 달라.'고 했다. 수구초심首丘初心. 노인들이 죽음을 맞이할 때, 태어난 고향이나 조국의 땅에 묻히고 싶어 하는 것은 흙을 어머니의 품처럼 포근하게 느끼며 살았기 때문이다.

홍수와 태풍, 가뭄과 같은 자연재해로 때로는 헐벗고 굶주리기도 하였지만, 우리 민족은 흙과 땅을 버리지 않았으며, 토착 신앙의 대상으로 섬기며 살아왔다. 흙은 우리의 삶이요, 생활의 터전이다. 땅을 소유하는 것은 재산 가치 이상의 신뢰와 믿음을 주는 일이다. 땅을 가지는 것은 재물과 복을 얻는 일이며, 땅을 잃는 것은 생명을 잃는 것과 다름없다. 이러한 유전형질은 오늘날에도 이어져 복부인과 땅 사재기가 계속되고 있음을 본다. 넓고 좋은 땅에 대한 소유욕은 현세적인 일로 끝나는 것이 아니라, 내세에까지 이어져 명당을 차지하고 싶어 하는지도 모를 일이다.

우리 민족은 우주 만물에 정령과 신이 있다고 믿었으며, 흙에 대해서도 같은 생각을 했다. 흙과 땅에는 지신과 터주신이 있어 인간의 생사와 길흉화복吉凶禍福을 좌우한다고 믿으면서 고수레를 하기도 했다. 이를 샤머니즘으로 치부하거나 웃어넘길 일만은 아니다.

민속학의 태두泰斗 김열규 교수는 "하늘은 아버지, 땅은 어머니에 견주어진다. 이러한 땅의 여성 상징은 밭과 살[肉]에까지 파급된다. 씨앗과 밭은 아버지와 어머니, 또는 남성과 여성에 비유된다. 이때, 밭은 여성의 배로 상징될 수 있다. 밭이 곡물의 씨앗을 받아 아이를 자라게 하기 때문이다. 밭이라는 땅은 곧 대지라는 여성의 배이다. 땅의 여성 상징은 일차적으로 땅이 지닌 생산성에 기인한다."고 갈파했다.

흙은 우리에게 많은 것을 베풀었다. 그러나 우리는 흙을 너무 함부로 했다. 개발이라는 이름으로 아름다운 대자연의 중심인 흙을 예사롭게 파괴한다. 현대를 사는 우리에게 흙은 잃어버린 고향, 거칠어진 땅을 상징하는 것으로 바뀌고 있다. 분단과 수몰로 고향을 잃어버린 수많은 실향민은 자신의 고향과 잃어버린 흙을 찾기 위해 갈등과 수난, 고통의 과정을 경험했다. 문명의 발달로 흙에 대한 애착심이 위축되고, 도시화가 심화됨에 따라 현대인은 역逆으로 귀향과 귀촌을 통해 흙에 대한 화해와 회귀, 흙과 함께하는 생활을 추구하기도 한다.

어머니는 생명이다. 우리의 어머니며, 고향이며, 조국인 흙이 오염과 힘겨운 싸움을 하면서 신음하고 있다. 흙이 오염으로 인해 자신의 몸에서 살고 있던 작은 생물들이 죽어가는 모습을 보게 되었고, 자신의 몸이 굳어짐으로써 호흡이 곤란하여 그 기능을 상실하는 지경에 이르렀다. 산성비가 내려 땅을 산성화하기도 하고, 흙이 가진 영양소가 파괴되기도 한다. 심지어 중금속이 과다하여 지하수까지 오염시키는 원인이 됐다.

생태 과학자들은 1㎝ 두께의 흙을 만드는 데, 몇백 년의 시간이 소요되는 것으로 계산한다. 오염은 쉽게 진행되어 피해는 즉시 나타나지만, 생태계의 기능을 회복하는 데는 엄청난 투자와 아주 긴 시간이 요구된다는 말이다.

오염원의 발생과 확산을 방지하기 위한 해법은 의외로 가까운 데 있다. 예컨대, 농약 사용 대신에 천적天敵을 이용하거나, 산업 폐수가 농업용수에 혼합되지 않도록 법적 장치를 강화하는 방법이 있다. 산성비의 피해를 줄이기 위해 대체 연료를 개발하거나, 산성화된 흙을 중화시키는 일도 가능하다. 분리수거만 제대로 실천해도 오염원을 크게 줄일 수 있다.

흙은 생명이다. 우리의 어머니며, 고향이며, 조국이다. 우리의 어머니요, 고향이며 조국인 흙이 신음하고 있는데, 이를 언제까지 그냥 두고 볼 것인가. 우리 아이들이 땅재먹기나, 소꿉놀이, 두껍이 집 짓기를 마음 놓고 할 수 있도록 흙의 생태계는 순수하게 보전되어야 한다. (2015. 8)

설산 신록雪山 新綠

내 생애 처음으로 설악산을 찾아간다. 국내 유수의 산을 둘러보고, 마지막으로 찾아가리라 미루어 두었던 영산靈山인지라 가슴은 마냥 설렌다. 마산에서 출발한 새벽 버스는 숨 가쁘게 달리더니 어느새 셔틀버스를 바꾸어 타고 백담사에 도착한다. 새로 지어진 공양간에서 설악무산 스님의 '아득한 성자'를 읽으며 아침 겸 점심 공양을한다. 신발 끈을 조이고, 돌탑이 즐비한 백담 계곡을 따라가다 영시암, 수렴동, 구곡담 계곡을 지나 봉정암을 향해 올라간다.

설악산은 한가위에 내린 눈이 하지에 녹는다 하여 설산이라고한다지만, 눈은 간 곳 없고 햇살에 반짝이는 신록이 눈부시다. 윤기있는 녹색 나뭇잎은 꽃보다 예쁘다. 길을 끼고 도는 계곡의 물소리가 청량하다. 가뭄에 의해 수량은 줄었으나, 무지개탕, 용탕, 십이선녀탕으로 불리는 소와 담에는 물이 출렁거리고, 용소, 용아, 쌍룡폭이 눈길을 사로잡는다. 하늘은 푸르고, 공기는 더없이 맑다. 쉼 없이걷노라니 온몸에 땀이 배기 시작한다. 잠을 설치고 먼 길을 달려왔지만, 발걸음은 가볍다. 상록 침엽수가 우거진 원시림을 따라 새소리벌레 소리가 그윽하다. 오감이 열려 세상 번뇌는 사라지고 기분은 최상이다. 시간이 가는지 오는지 개념이 없다. 목이 마르면 물을 마시고, 다리가 아프면 쉬어간다. 초입의 돌바닥 길은 걷기가 만만치 않지만, 험한 곳은 데크와 철계단이 있어 한결 수월하다.

산사람도 힘들어하는 깔딱 고개. 해발 800m에서 1,200m에 이르는 용아장성을 지나면 설악산에서 가장 높은 곳에 자리하고 있는 봉정암에 이르게 된다. 뾰족뾰족한 암벽과 숲 사이로 보일 듯 숨은 듯 가람이 자태를 드러낸다. 땀 흘려 오른 보람이 있다. 봉정암은 소청봉 서북쪽에 있는 사찰로 불교 신도들에게는 최고의 순례지이다. 영지에는 오래 머물수록 좋다는데, 생수만 한 모금 마시고 발길은 대청봉으로 향한다. 소청으로 가는 길의 경사가 예사롭지 않지만, 해지기 전에 다녀오기 위해 발바닥에 시동을 건다. 소청 중청을 지나는데, 구름이 몰려와 꼭대기만 남기고 바위산은 운해가 드리워진다. 일기 변화가 심한 곳이라 마음은 적이 불안하다. 자연은 신비롭고 변화무쌍한 변신을 거듭하며 아름다움을 선물한다. 운해가 많아질수록 발걸음은 바빠진다.

그런데 이 무슨 조화인가. 하늘이 다시 맑아지기 시작한다. 가을 하늘보다 더 맑고 푸르다. 서쪽으로는 공룡능선이 둘러서 있고, 속초 시가지와 멀리 동해 바다가 보일 정도로 시계가 탁 트인다. 강릉 경포대에서 양양 주문진까지 트레킹 하던 일이 새롭다. 정말 큰 행운이 아닐 수 없다. 설악산이 부끄럼 없이 자신을 이렇게 활짝 열어 보이다니, 내가 그렇게 매력이 있다는 말인가.

능선을 돌아가거나 넘을 때마다 설악은 아름다운 경관을 보여준다. 사념에 사념을 더하는 하루, 감사와 구도의 마음으로 속진을 닦아낸다. 나이 들수록 품위는 높아지고 있는가. 자신을 돌아보며 오르는 발길이 더디다. 생각에 마음을 더하면서 다리에 힘을 준다. 내가 바로 자연이 되어 사방을 바라보면서 대자연의 조화로운 화음에 귀를 기울이고, 싱그러운 공기를 마음껏 들이마신다. 드높게 솟은 암봉과 바위에 매달린 소나무의 강인한 생명력을 보면서 그 존엄함에 고개를 숙인다.

무겁던 발길은 어느새 설악산의 주봉인 대청봉에 이르게 된다. 아, 대청봉. 드디어 내가 대청봉에 올랐다. 대청봉은 청봉이나 봉정으로도 불린다. 설악산은 본래 '살뫼'였는데 한자로 쓰다 보니 '설악'이 되었다고 한다. '살뫼'의 '살'은 '설'의 음역이며, 봉鳳은 우리말의 '부리'로 '불'을 뜻하는 것으로 풀이한다. 겨레의 신앙이었던 '불'을 한자로 대역함에 '봉鳳'자와 불의 조사음인 '푸르'의 '청靑'자를 쓰기도 했다는 것이다. 봉정의 봉鳳, 청봉의 청靑은 밝은 빛으로 신성함을 의미한다. 신성숭고한 대청봉에서 해보는 사람은 운 좋은 사람이다.

설악산이여!
내가 여기와
흐르는 물 마셔 피가 되었고
푸성귀 먹어 살과 뼈 되고
향기론 바람 내 호흡되어
이제는 내가 당신이요
당신이 나인 걸 믿고 갑니다.

— 이은상, 「설악산이여」 부분

난 역시 운 좋은 사람이다. 첫 산행에서 이렇게 맑은 하늘과 해를 볼 수 있다니. 노산 선생의 「설악산이여」를 뇌어 본다. 대청봉에서

인증샷을 하고, 동서남북을 두루 조망한 뒤 아쉬운 발길을 돌린다. 공양간이 문을 닫기 전에 내려가야 밥을 먹을 수 있고, 잠자리를 마련할 수 있다. 설악산은 되돌아보게 하는 힘을 가진 산이다. 앞으로 나아가면서 뒤를 돌아보니 용아장성이 줄을 선다. 바위산은 보는 각도에 따라 다른 모양을 보여 주어 눈이 절로 즐겁다.

봉정암의 공양간에는 수없이 많은 사람이 줄을 섰다. 비빔 그릇에 미역국과 밥, 단무지를 받아 체면도 없이 허겁지겁 먹는다. 배정된 숙소에는 이미 많은 사람들이 빽빽하게 들어앉았다. 밤을 지새울 일이 걱정이다. 저 유명한 칼잠을 자다 소피가 마려워 밖으로 나오니 범종 소리와 독경 소리가 은은하게 울러 퍼진다. 평화의 소리가 온산을 울리고 있다. 선방에는 철야 기도를 하는 사람으로 가득하다. 오가는 사람들이 저자처럼 수런거리는데, 숙소에 들지 못한 사람들은 여기저기 기대어 휴식을 취한다.

이른 새벽, 줄을 길게 서서 기다리다 아침 공양을 하고, 꿈에 그리던 공룡능선을 찾아 나선다. 어제 오후에 걸었던 소청 대피소에 다시 올라 샛길로 빠져 희운각으로 향한다. 경사가 장난이 아니다. 희운각 대피소는 1969년 2월, 제1기 에베레스트 원정대가 히말라야 원정을 위해 등반 훈련을 하다가 10명의 대원이 사망하는 참사를 겪은 후, 사고 예방을 위해 희운 최태묵 님이 사재를 들여세웠다고 한다.

대피소의 유래를 보며, 겸손하게 신발 끈을 조여 맨다. 무너미 고개는 공룡능선의 관문이다. 마등령 쉼터까지 4.9㎞를 걸어야 한다. 마침 날씨가 맑아 구름 위에 떠 있는 공룡능선은 '대한민국 제1비경'이라는 이름에 걸맞게 초절정의 아름다움을 보여준다. 능선과 계곡, 암릉과 침봉이 장엄 화려하다. 공룡능선은 돌아보게 하는 마력을 가졌다. 오르내리며 열 걸음 스무 걸음만 걸어도 뒤를 돌아보아야 한다. 멀리 1,275봉이 보이는가 하면 광배 두른 울산바위가 위용을 자랑하고, 뒤따르는 암봉들이 자신을 보라 손짓한다. 과연 절경이다. 마침 시간은 여유롭다. 다시 오기 어려운 길인지라 사방을 조망하면서 셔터를 눌러댄다. 하늘은 맑고 푸르다. 바위에 경사진 길이지만, 노닥거리며 걷는 사이 걸음은 어느덧 마등령 쉼터에 도착한다. 온몸에 땀이 줄줄 흐른다. 아직 오세암을 향해 2.3km의 가파른 길을 내려가야 하지만, 오감을 동원한 전투적 산행은 잠시 숨을 고른다.

드디어 동자승의 적멸로 유명한 오세암, 생각보다 규모가 큰 사찰이다. 배낭을 내려놓고 마시는 물맛이 그지없다. 비누 없는 샤워지만, 몸은 날아갈 것 같이 가뿐하다.

5살 난 아이가 폭설 속에서 관세음보살의 도움으로 살아남았다는 전설이 있는 오세암은 시와 시조로, 동화로, 수필로, 영화로 제작되기도 한다. 신동 김시습이 머물기도 하였고, 시인 독립운동가 한용운 선생이 머물렀던 곳으로도 유명하다.

어둠이 내리자 창밖에는 예고에 없던 비가 내린다. "설악산이여!/ 이 밤만 지나면/나는 당신을 떠나야 합니다./ 당신의 품속을 벗어나/ 티끌세상으로 가야 합니다./ 마지막 애닯은 한 말씀/ 애원과 기도를 드립니다."(이은상, 「설악산이여」 1수) 노산 선생의 시조를 되뇌다 내리는 빗소리가 자장가라도 되는 양 숙면에 빠져든다.

간밤에 내린 비로 오세암에서 백담사로 내려가는 길. 설산雪山은 어디로 가고 신록新綠은 짙푸르기만 하다. 발길은 속진으로 돌아가지만, 마음에 담은 설산의 저 푸른 청량감은 오래오래 온몸에 배어 감돌 것 같다.(2017. 7)

팔룡산에 메아리 있다

길을 잘못 들었다. 처음 가보는 길인지라 그냥 걷기로 한다. 80년대 초반부터 수천 번도 더 오른 산인데, 아직도 처음 가는 길이 있다는 사실이 믿어지지 않는다. 우거진 숲 속으로 바위도 나오고, 길게 자란 풀도 나온다. 멀고 가까운 곳에서 풀벌레 소리, 산새 소리가 들려온다. 어느새 어둠이 내린다. 자동차 소리는 들리는데, 길은 멀게만 느껴진다. 등에는 땀이 촉촉하다. 거미줄이 엉겨 있는 것으로 보아 사람이 지나간 지 제법 오래인 듯싶다. 웃자란 풀들이 바지를 잡아당기기도 한다. 새삼 무섬증이 찾아온다. 휴대폰의 배터리를 확인한다. 다행히 한동안은 사용해도 될 만큼은 남았다. 어두워지면 라이트를 켜고 걸으면 되겠다. 걷다 보니 제법 넓고 큰 무덤 몇 기가 나온다. 벌써 벌초를 했다. 덕분에 걷기가 한결 수월하다.

팔룡산八龍山(328m)의 본래 이름은 반룡산盤龍山이다. 기록에 의하면 반룡산은 '동쪽에 있는 산'을 뜻하고, 옛 회원현의 동쪽에 있어 반룡산으로 부르게 되었다고 한다. 속설에는 용이 소반 위에 자리를 틀고 앉은 형상이어서 반룡산이라는 설과 여덟 마리의 용이 똬리를 틀고 있어 팔룡산이라고 부른다는 설이 있다. 학자들은 반룡산이 '판룡산'으로 변이되고, 다시 '팔룡산'으로 변이되어 굳어졌을 것으로 본다.

내가 팔룡산에 처음 오른 건 아이들이 유치원에 다닐 때였으니, 벌써 30여 년이 훨씬 넘어간다. 아이들의 손을 잡고 오르다 보면 힘들기도 하지만, 어느새 신선암이 되고, 연이어 암봉을 넘어 정상까지 오르곤 했다. 여유로운 날이면 봉암 수원지를 걷기도 한다. 길목에는 진달래와 개나리, 소나무, 생강나무, 상수리나무, 갈참나무, 굴참나무, 편백나무, 때죽나무가 서로 어울려 철따라 예쁜 꽃과 푸른 잎을 보여준다. 눈 밝은 친구는 산삼도 캐고, 영지버섯을 땄다고 자랑을 할 정도다.

그러나 팔룡산에 메아리가 있다는 사실은 잘 알려지지 않았다. 메아리는 절벽에 가까운 산이 있어야 들을 수 있다. 아이들이 무료할 것 같아 수원지 건너편 산을 보고 '야호' 소리를 친다. 되울림이 있다. 신기한 모양이다. 저네들도 '야호'하고 소리친다. 어른 소리는 어른 소리로 아이 소리는 아이 소리로 되돌아온다.

아내는 아이들에게 에코 이야기를 들려준다. 에코는 슬픈 이야기의 주인공이다. 수다쟁이 에코는 제우스의 아내 헤라의 저주로 아름다운 목소리를 잃고 오직 상대방의 마지막 말만을 따라 할 수 있게 된다. 비극은 에코가 미남 사냥꾼 나르키소스를 짝사랑하면서 시작된다. 자신만을 사랑한 나르키소스는 에코의 손을 뿌리친 채 수선화로 피어난다. 비탄에 빠진 에코는 결국 목소리만 남아 메아리가 되었다.

아이들은 이야기의 뜻을 알아들었는지 자못 심각한 표정이다. 길은 어느새 수원지 위쪽으로 돌아든다. 양지바른 곳에 오리가 헤엄을 치고 있다. 작은 아이는 오리랑 대화가 된다고 생각하는지 오리를 보고 연신 "오리야, 오리야"를 불러댄다. 그 아이들이 어느덧 시집 장가를 가 저들만 한 아이들을 키우고 있으니 세월 참 빠르다.

중년에는 뜻하는 일이 마음대로 되지 않아 화나는 일도 많았다. 누구에게 하소연할 수도 없었다. 화를 이기지 못한 젊음은 산꼭대기까지 달리듯 오르곤 했다. 헐떡거리다 보면 마음은 다소 누그러지기도 한다. 산의 좋은 점이 어디 한둘이겠는가. 팔룡산은 젊은 시절 나의 힐링 센터였다. 일이 제대로 풀리지 않을 때는 산에 올라 마음을 추슬렀다. 날씨가 추우면 춥다고 오르고, 더우면 덥다고 올랐다.

요즘은 적어도 일주일에 서너 번은 오르내리는 편이다. 다리에 근육도 오르고, 지구력과 심폐 기능, 장기 기능도 차츰 좋아지는 듯한 느낌을 받는다. 어느새 나는 자신도 모르는 사이 트레킹 예찬론자가 되어 있음을 본다. 지금까지 수없이 산을 오르내렸지만, 산에서 욕을 하거나 싸우는 사람은 보지 못했다.

어린 시절, 학교에 다닐 때는 산이 전 국토의 70%나 되어 우리나라가 못산다고 배웠지만, 그건 아닌 것 같다. 어느 명의가 있어 이처럼 국민의 건강을 증진하고, 정신적 위안을 줄 것인가. 소득 증대도 좋고 경제 개발도 좋지만, 제발 산을 깎아내는 일만은 안 했으면 좋겠다. 그린벨트를 해제한다는 뉴스만 봐도 가슴이 철렁한다. 우리는 경제 개발 시대에도 그린벨트를 지켜냈다. 자연은 당대인이 잠시 빌려 쓰는 것이다. 사유재산권 침해라지만, 조상들이 후손들 마음대로 개발하라고, 산지나 임야를 소유한 것은 아닐 게다. 차라리 산에다 조림을 하여 후손들에게 물려주면 어떨까.

나는 마산에 팔룡산이 있어 정말 좋다. 풍수지리학자의 말을 빌리면 팔룡산은 대단한 길지라고 한다. 대개의 경우 산은 다른 산과 맥이 연결되어 있는데, 팔룡산은 접시 위에 용틀임을 하는 것처럼 독립된 형상이어서 더욱 좋다는 것이다. 나 같은 범부의 눈으로 봐도 팔룡산은 예사롭지 않다. 없는 것 없이 고루 갖추고 있다. 사계절의 변화를 감지할 수 있는 수풀과 높고 낮은 경사를 가진 길이며, 기를 불러일으키는 바위에다 산으로 둘러싸인 중심부에는 수원지까지 있어 시원하기 그지없다.

나는 여기를 마산의 천지天池라고 명명한다. 보름달이 뜨는 날이면 산봉우리 사이에 걸려있는 산중월山中月과 하늘에 두둥실 떠오르는 천중월天中月, 물 위에 떠 있는 수중월水中月을 볼 수 있고, 심안이 밝은 이라면 술잔에 어리는 주중월酒中月과 연인의 눈 속에 잠겨있는 안중월眼中月까지 볼 수 있으며, 마음속에 있는 심중월心中月까지 볼 수 있다면, 그 아름다움은 말로 형언할 수 없음이다.

사진작가들은 팔룡산의 봉암 수원지 계곡을 마산에서 가장 아름다운 곳으로 보고 있는 모양이다. 해마다 여름이면 이곳에서 세미 누드 사진 촬영 대회를 하고 있으니 팔룡산은 가만히 앉아서 아름다운 모델의 멋진 포즈를 누드로 감상하는 기쁨을 맛보기도 한다.

상념에 젖은 시간이 꽤 됐나보다. 길은 어느덧 인가에 가까워진다. 메아리 잡으러 가자던 아이들이 자라 제만 한 아이를 낳아 기르고 있으니 어느 틈에 나도 길이 헷갈릴만한 나이가 되었는가. 오! 아름다운 나의 팔룡산. (2015. 12)

금金은 고귀하며, 부귀영화의 상징이다

금金의 역사는 화려하면서 길다. 추측하건대, 금을 좋아하지 않는 사람은 없을 듯하다. 금은 인류가 역사를 가지고 살아온 이래, 그 아름다움과 가공의 용이함으로 부와 명예, 권력을 상징하는 장신구로 인식됐다. 오늘날에는 대량생산에 의해 누구나 쉽게 소유할 수 있게 됐지만, 과거에는 권력자나 부자들만 소유할 수 있는 희귀한 금속이었다. 금은 영구성과 불변의 가치를 지니고 있어 중요한 자산가치의 보전 수단이 됐다. 금은 필수적인 자산가치의 구성 요소이며, 장식품으로 사용될 목적으로 그 수요는 늘어나고 있다. 국가나 개인이 금을 갖고자 하는 것은 금이 최고의 자산 가치를 가지고 있기 때문이다.

고대 신화에서는 금을 왕이나 신으로 상징한다. 금은 태양의 화신이나 천손으로 연결되는 고귀한 존재다. 김수로왕이 홍색의 보자기에 싸인 금합金盒 속에 든 황금알의 형태로 자색의 줄을 타고 내려왔다거나, 김알지의 탄생 신화에 나오는 황금궤黃金櫃는 왕권이 가지는 신성성과 절대성을 강조한 것이다. 초기의 금은 신앙의 대상이 되어 권력의 상징이었지만, 현대에 와서는 부귀영화의 상징으로 부상하게 됐다. 금을 소유하고자 하는 욕망은 동서고금을 막론하고, 지금까지 이어지고 있으며 앞으로도 변함없을 것 같다.

인간이 금을 좋아하는 것은 일상생활의 습속이나 언어에서도 그 예를 쉽게 찾을 수 있다. 아이가 돌을 맞이하게 되면 돌 반지를 만들어주고, 약혼을 하게 되면 약혼반지를, 결혼하게 되면 결혼반지뿐만 아니라 목걸이, 귀걸이, 팔찌, 발찌, 금단추까지 온몸에 금을 주렁주렁 달아주는 것을 대단한 예물인양했다.

중세의 연금술사나 의사들은 물약에 금가루를 넣어 노화 방지 약으로 썼고, 장수하려고 금잔으로 술을 마시기도 하였으며, 술에다 금을 타서 먹기도 했다. 동의보감에서는 우황청심환을 비롯한 약제에 금이 든 처방을 내렸다. 현대 의학에서는 치아 보철용으로 사용하는 것은 당연시하고 있으며, 안과에서는 눈 근육의 병을 고치기 위해 미세한 금 입자를 이용하기도 한다. 최근에는 금가루를 넣은 술을 생산하기도 하고, 음식물의 첨가물이나, 화장품에까지 널리 사용되고 있다.

금金을 오행의 속성으로 보면, 음의 기운이 강하고, 방위로는 서쪽을 의미한다. 차고 단단하여 유연성이나 융통성이 없는 것으로 여겨지기도 하며, 때로는 견고함으로 표현되기도 하여 소통이나 왕래를 어렵게 하기도 했다. 색깔은 흰색을 의미하여 청결이나 순결을 느끼기도 한다. 계절로는 가을에 해당하여 마무리, 결실, 풍요로움, 성공과 관련이 있다. 가을에는 모든 생명체들이 성장을 멈추는 계절이다. 곰이나 개구리는 아예 땅굴 속으로 들어가 버리기도 한다. 봄에 생기가 발동하면 다시 뛰어나올 것을 기약하고, 조용하게 숨어버리는 것이 자연의 순리이다.

"침묵은 금이다", "시간은 금이다", "금이라면 호랑이 눈썹이라도 빼 온다."와 같은 속담에도 금의 중요성은 강조되고 있다. 단단하기는 황금 같고, 아름답기는 난초 향기 같은 사귐을 금란지교金蘭之交라하고, 끊을 수 없을 만큼 단단한 교분이라는 뜻으로 단금지교斷金之交라는 사자성어를 사용하기도 한다.

그러나 이렇게 인간이 좋아하는 금金을 주제로 한 시와 시조를 찾아보았더니, 찾기가 쉽지 않다. 65,000여 편의 시 · 시조가 수록된 한국시대사전에 겨우 자유시 1편이 실려 있는 정도다. 황금을 보기를 돌같이 하라는 견금여석見金如石의 교훈 때문인지는 알 수 없는 일이지만, 인간이 가장 선호하는 금金을 노래한 시가 없다는 사실은 의외였으며, 그 이유 또한 알 수 없는 일이다.

진태하(1992)는 '금'자의 훈이 '쇠'로 되어 있으며, 철鐵의 훈도 '쇠'인 것을 보면 금, 은, 쇠 등은 모두 쇠였음을 알 수 있다고 했다. 이 말로 미루어 보면 금은 광의로는 금, 은, 동, 쇠 등을 통칭하는 말이 되고, 협의로는 황금을 의미하는 용어로 풀이하게 된다. 금이 쇠를 의미하든, 황금을 의미하든 금을 장악한 사람이 제국의 왕이 되고, 금을 제대로 이용하는 나라가 제국이 되었음은 역사가 증거하고 있다.

금을 찬미한 시조를 찾아도 보이지 않아 '마철저'를 노래한 글쓴이의 시조를 한 편 소개한다. 당나라 시인 이백李白(701~762)이 학문을 하려고 산에 들어갔다가 학업을 끝내지 못하고, 하산하는 도중에 계곡에서 한 노파가 쇠공이를 갈고 있는 것을 목격하게 된다. 의아하게 생각한 이백이 무엇을 하느냐고 물어보자, 노파는 바늘[針]을 만들고 있다고 대답했다. 이 말을 들은 이백은 크게 깨닫게 되어, 그 길로 다시 입산 정진함으로써 마침내 시선詩仙의 경지에 올랐다는 고사를 생각하며 쓴 작품이다. '마철저'란 바늘을 만들기 위하여 쇠공이를 간다는 뜻으로 오랜 기간 한마음으로 수련하면 힘든 목표라도 달성할 수 있음을 비유한다. 이백의 일화이기에 공감되는 바가 더욱 크다. 학업을 포기하고 하산하려 했던 이백의 발걸음을 다시 산중으로 되돌리게 한 '마철저'의 마음가짐으로 금쪽같은 시업에 정진해 볼 일이다. 내 시조時調가 금金이 되기를 기대하며.(2015. 11)

쇠공이를 갈고 닦아 날렵해진 몸매다
땀땀이 가는 걸음 씨날줄 올이 되어
허기진 바람구멍을 조찰하게 막아내고

사랑과 그리움은
젊은 날의 달빛 마냥

밝은 눈 맑은 소리 젖은 창 불을 밝혀
우려서 깊어지는 밤 시린 맘 다독인다

바늘에 꿰인 실은 풀잎의 혀끝같이
속 깊은 정이 되어 내 몸을 에워싼 채
굴레에 재갈을 물려 묵은 인연 기워낸다

                        − 김복근, 「마철저의 바늘」 전문

물은 생명이요, 만물의 근원이다

물은 맛과 향기와 빛깔이 없으면서, 사람의 몸과 마음을 깨끗하게 해준다. 사람의 마음을 평온하게 하고, 순수하게 하며, 기혈을 맑게 한다. 물은 생명이다. 존재의 영혼을 맑게 해주는 청정의 진정성을 함의하고 있다. 노자老子는 상선약수上善若水라 하여 '물을 최고의 선'으로 보았고, 탈레스Thales는 '물이 만물의 근원'이라고 할 정도로 인류는 물의 존재를 중요하게 생각했다.

사람은 삶의 고비마다 어떻게 살 것인가를 고민하게 된다. 이러한 의문은 삶의 진정성과 관계가 있다. 진정성이란 어떤 것을 필요로 하고, 무엇에 매달리는가, 그것을 어떻게 영위하고, 어떤 결과에 도달할 것인가에 대한 의문에서 출발한다. 묻고 싶은 의문이나 듣고 싶은 답은 삶의 본질을 추구하는 데서 일어난다. 생명의 희망은 진정성을 함의한 아름다움에 있다. 살아있는 생명체는 누구나 한정된 시간을 살게 되어 있다. 꽃은 지기 때문에 아름답다. 아름다움은 제한된 시간과의 싸움에서 획득되는 것이다. 삶의 아름다움은 물의 작용으로 만들어진다.

사람의 일생은 물에서 시작하여 물로 끝난다고 해도 과언이 아니다. 물의 흐름은 생명의 흐름이다. 물은 생명을 사랑한다. 생명체 또한 물을 사랑한다. 물은 생명과 동의어다. 우리가 진정한 마음으로 물을 사랑할 때, 물도 우리에게 순수한 사랑을 돌려줄 것이다. 인생은 흐르는 물과 같다. 삶을 향해 진정한 마음으로 귀를 기울이면 몸속을 흐르는 청아한 물소리가 들려온다. 그것은 생명의 소리, 치유의 소리다.

"지혜로운 사람은 물을 좋아하고,[智者樂水] 어진 사람은 산을 좋아한다.[仁者樂山]" 지혜로운 사람은 많이 움직이고, 사리에 밝아 물 흐르듯 막힘이 없으므로 물을 좋아한다. 지적 욕구를 충족하기 위하여 다니기를 좋아하며, 활동적인 일을 즐기며 산다. 이에 비해 어진 사람은 고요하다. 의리를 중히 여기며, 그 중후한 무게감은 산과 같다. 조선 시대 시인 윤선도는 산보다 물을 더 좋아했던 것 같다. 그는 오우가에서 '조코도 그칠 뉘 없기는 믈뿐인가 ᄒ노라'라고 노래했다.

> 구룸 빗치 조타 ᄒ나 검기를 ᄌ로 ᄒ다
> ᄇ람 소리 묽다 ᄒ나 그칠 적이 하노매라
> 조코도 그칠 뉘 없기는 믈뿐인가 ᄒ노라
>
> — 윤선도, 「오우가五友歌-수水」 전문

물은 우리 민족의 마음 저 깊은 심연에서 문학사와 맥놀이 하면서 마침내 겨레의 심리적 원형으로 자리한다. 오랜 세월 폭넓고 긴 인문학의 소재로 활용되면서 민속 신앙적인 상상력의 근간이 되기도 했다. 자연과 세계, 자연과 인생의 섭리를 자유롭고, 자연스럽게 호흡하여 유연한 이미지를 길러온 것이다.

물의 모양은 다양하게 변화한다. 열을 받으면 수증기가 되어 대기 속으로 확산되었다가 구름이나 안개가 된다. 비나 눈, 우박이 됐다가 다시 물이 되는 순환의 과정을 거친다. 강江의 흐름을 바꾸고, 흙이나 바위를 운반하는 위력을 발휘한다. 지표면의 육지나 섬의 형태를 끊임없이 변화시키고 있으며, 지구의 기후 변화까지 좌우하고 있다.

물은 생명 기제가 되어 우리의 삶에 긍정적인 작용을 하지만, 때로는 엄청난 재앙으로 다가오기도 한다. 인류의 생활과 밀접한 관계를 유지해 왔기 때문에, 물을 이용하고자 하는 인간의 노력은 끊임없이 이어진다. 그러나 인간의 힘으로 자연의 재앙을 막아내기에는 역부족이다. 변화의 원리에 의해 물의 생명력이나 풍요를 기원하고, 자연의 재앙을 막기 위해 용신이나 용왕이라는 이름으로 물신物神의 우상이 되기도 했다. 글쓴이가 어릴 적만 해도 정화수를 놓고 비는 할머니의 모습을 보았고, 2월 초하루 날이면 어머니와 함께 이른 새벽 강가에 나가 '용왕 먹이기'를 하면서 풍요와 무병장수를 기원하기도 했다. 물의 정화력은 불교의 관욕이나, 기독교의 세례와 영세에서도 잘 드러난다. 물은 청정의 힘과 강인한 생명력으로 믿음의 대상이 되면서 민속신앙과 종교에 의한 기구祈求의 대상이 되기도 한 것이다.

예로부터 우리나라는 금수강산으로 불리면서 산과 강, 바다의 아름다움을 자랑했다. 그러나 우리의 방심과 오만으로 그 아름다운 나라의 물이 오염됐다. 시냇물이나 강물을 마시던 때가 엊그제 같은데, 지하수도 마음 놓고 먹지 못하는 시대가 됐다. 주요 오염원은 공업용수나 농업용수로 알고 있지만, 실제로는 우리가 사용하고 버리는 생활용수가 주범이라니 물 앞에서는 누구도 자유롭지 못한 것이 현실이다. 그러나 물은 희망이 있다. 물은 선이요, 생명이며, 만물의 근원이다. 저간의 노력에 힘입어 하천이 맑아지고, 가고파 바닷물도 꽤나 정화되고 있으니 청정수를 향한 꿈이 가까워지고 있음이다.(2015. 7)

목욕 예찬론

나는 아침 목욕을 즐기는 편이다. 이른 새벽 맑은 물속에 앉아 있노라면 세상의 근심 걱정이 모두 사라진다. 무슨 대단한 준비가 필요한 것도 아니고, 천 원짜리 서너 장이면 상큼한 기분을 느낄 수 있다. 온탕에 몸을 담근 채 두 눈을 지그시 감고 있노라면 명상이 따로 없다. 생각을 하지 않으려 하지만, 자잘한 일상생활을 생각할 때도 있고, 시조를 구상하기도 한다. 화나는 일이나 서운한 일을 연상할 때도 있다. 생활 속의 불편함이나 마음을 정리할 때는 목욕이 제일이다. 마음을 비우는 것이 아니라 마음이 없는[無念] 상태를 맛볼 수 있다.

나는 어렸을 때부터 목욕을 좋아했다. 목욕탕이 따로 없어 가마솥에 물을 끓여 놓고 몸을 씻던 기억이 새롭다. 나이가 들어도 목욕을 즐겨 하였는데, 오십견 때문에 더 좋아하게 되었다. 어느 날 우연히 어깨가 결렸다. 자다가 몸부림이라도 칠 양이면 잠을 깰 정도로 아팠다. 침을 맞으려기에 한방 병원을 하는 친구를 찾았더니 오십견이란다. 침을 맞고 목욕을 자주 하면 효과가 있다고 했다. 시키는 대로 하였더니, 상당히 효과가 있다. 목욕탕을 찾는 일이 일과가 되었다.

목욕이란 말 그대로 머리를 감고 몸을 씻는 일이다. 그러나 나의 목욕은 머리를 감거나 몸을 씻는 일 이상의 의미가 있다. 어렸을 때는 멋모르고 좋아하다가 오십견이 왔을 때는 치료 효과로, 이제는 습관처럼 목욕탕을 찾게 된 것이다.

나는 일상생활에 대해 비교적 긍정적이다. 낙천적이기도 하고, 여유가 있기도 한 편이다. 목욕은 성격 형성과도 밀접한 관계가 있는가 보다. 나의 성격은 목욕 습관과도 관련이 있는 듯하다. 아이들 돌잔치나 결혼식장에 갈 때는 목욕을 하고 간다. 설날이나 추석, 제삿날은 말할 것 없고, 백일장을 하거나 시조 낭송, 출판기념회장을 찾을 때도 목욕은 필수다. 어쩌다 목욕을 하지 못하고 참석하게 되면 괜히 미안해진다.

문헌에 의하면 우리나라에서 제일 오래된 목욕은 신라 시조 박혁거세와 그의 왕비 알영에서 비롯된다. 목욕재계를 계율로 삼는 불교가 전래되자, 절에는 대형 공중목욕탕이 설치되고 가정에도 목욕 시설이 마련되었다. 고려 사람들은 하루에도 서너 차례 목욕을 하였으며, 피부를 희게 하려고 복숭아꽃 물이나 난초 삶은 물을 사용했다고 한다. 조선시대에도 목욕이 중시되고 대중화하였다. 신라 시대에 비롯된 유두流頭 민속을 지켜 음력 유월 보름이면 계곡이나 냇가에서 목욕하고 물맞이를 했다. 또한 제례 전에는 반드시 목욕재계를 하였으며, 맑고 하얀 피부를 좋아하는 관습에 의해 더욱 성행하게 되었다. 일부 부유층에는 집안에 목욕 시설의 하나인 정방淨房을 설치하여 난탕·창포탕·복숭아잎탕·쌀겨탕 등을 즐기기도 했다. 우리 조상들은 예로부터 신성한 것을 가까이하기 위해서는 더운물이나 냉수로 몸을 정결히 했다. 몸을 깨끗이 하여 더러움을 없애려 한 것이다. 질병 치료를 위한 온천욕과 한증도 성행했다. 목욕을 청결 수단 외에 미용이나 건강, 의식의 수단으로 인식하였음을 알 수 있다.

목욕탕에 가면 쉽게 목욕 예찬론자들을 만날 수 있다. 그들은 목욕의 효능을 잘도 엮어댄다. 목욕이 보약보다 더 좋다고 야단이다. 혈류의 흐름을 좋게 할 뿐만 아니라, 경혈과 경락에 대한 열 자극을 통해 기의 순환을 도울 수 있다며, 제법 전문가 수준의 이야기까지 한다.

물은 성스러운 것이다. 물은 생명력과 풍요, 정화의 정령으로 섬겨지면서 주술적 기능까지 발휘하고 있다. 물은 생명력과 풍요의 대상이 되어 용으로 표상되기도 하였다. 용왕은 수신의 관념이다. 어린 시절 어머니는 이월 초하룻날이면 용왕을 먹인다면서 나의 손을 잡고 남강가로 나가곤 하셨다. 수신인 용왕에게 가족의 안녕과 풍요를 빌기 위해서다. 생일이면 정화수를 떠다 놓고 비는 모습을 보기도 하였다. 물할미의 물은 주술력이 있었다. 물의 생명력에서 당연히 의술적인 치유력이 유추되었다. 물이 지닌 정화력과 생명력은 믿음의 대상이 된 것이다.

목욕 시설이 지나치게 호화롭게 되어 간다는 비판의 소리를 듣는 경우가 있다. 그러나 나는 이런 말은 외면하는 편이다. 목욕은 우리의 몸과 마음을 깨끗하게 해주는 청정기의 역할을 해주는 것이기에 좋은 시설, 쾌적한 시설이 필요하다는 생각이다. 몸이 깨끗해지면 마음도 깨끗해진다.

목욕탕 문을 열 시간이 되어 간다. 늘 하는 목욕이지만, 오늘은 왠지 더 빨리 목욕을 하고 싶어진다. 따뜻한 물에 몸을 담근 채, 그 물의 온유함을 음미하고 싶다.(2007. 5)

나는 자연이다 자연으로 걸어간다

십 년을 경영ᄒ야 초려 삼간 지어ᄂᆡ니
나 ᄒ 간 ᄃᆞᆯ ᄒ 간에 청풍 ᄒ 간 맞져두고
강산은 드릴 ᄃᆡ 업스니 둘러두고 보리라

— 송순(1493~1583)

참으로 웅혼雄渾한 시조다. 야트막한 언덕배기에 초려 삼간을 지어
내어 한 칸은 내가 쓰고, 한 칸은 달에게, 또 한 칸은 바람에게 내어
준다. 강산은 들일 데가 없어 둘러두고 본다고 하였으니 장부다운 호
쾌함이다. 이 시조를 읊조리다 보면 마음이 평안하고 가슴이 다 후련
해진다. 심미적 안목으로 달과 바람은 집안으로 들여놓고, 저 광휘
로운 대자연을 집밖에 둘러두고 보는 송순 선생의 넉넉한 품이 부럽
기 그지없다. 그야말로 자연에 동화되어 유유자적하는 삶이 아닐 수
없다. 자연과 더불어 편안한 마음으로 분수를 지키며 자족할 줄 아는
삶과 사유의 고졸한 정신세계를 엿볼 수 있다.

우리 현대인은 어떠한가. 자신도 모르게 물질문명에 물들어 있음
을 본다. 조상으로부터 물려받은 집을 버려두고, 도회지 주택가 콘크

리트 속에서 살다가 그도 모자라 아파트로 이사를 한다. 조금만 춥거나 더워도 에어컨을 틀고, 히터를 켠다. 작은 불편에도 힘들어하며, 편리함을 추구한다. 몸속의 자연성은 사라지고, 인위적으로 연약해진 감성만 쏠쏠하게 자리한다. 심연의 자연과 야성을 회복하고 싶은 마음 간절하다. 헬스와 탁구도 하고, 볼링과 사격도 해봤지만, 시원치 않다. 그래서 다시 시작한 것이 걷기다. 워커홀릭이라고 할 만큼 걷는 것을 즐기게 됐다.

자연의 길에 인생의 길이 있음을 본다. 돌아보면 어렸을 때는 수십 리 길을 예사로 걸어 다녔다. 문명화된 다리는 힘들어했지만, 이제는 힘이 올라 하루에 50여 리 정도는 어렵지 않게 걸을 수 있게 됐다. 재작년 봄이다. 지리산 둘레길 270㎞를 4차에 걸쳐 2박 3일씩 나누어 걸었다. 남원에서 출발하여 함양, 산청, 하동, 구례를 걸어가면서 참으로 많은 것을 보고 배웠다. 승용차나 버스를 타고 다녀서는 볼 수 없는 아름다운 풍광과 인심을 보게 된 것이다. 아름드리 솔숲은 말할 것 없고, 산청 3매와 화엄사 흑매를 보면서 세한삼우歲寒三友의 진리를 깨치기도 하고, 운조루의 타인능해他人能解를 보면서 베풂의 삶에 대한 진경을 실감하기도 한다. 내친김에 지난해에는 제주 올레길 430㎞를 완주했다.

교통편을 이용하면 쉽게 돌아볼 수 있는 곳을 미련스럽게 걷고 있느냐는 친구가 없지 않다. 그런 사람에게는 장자의 우화를 들려주고 싶다.

황하의 신, 하백河伯은 자신이 다스리는 황하에 가을 홍수가 나자 강이 넓어졌다고 좋아하다가 더 넓은 바다를 보고는 깜짝 놀라게 된다. 바다를 지키는 신, 북해약北海若은 황하의 신, 하백에게 충고

한다. 우물 속에 있는 개구리에게는 바다에 대해 설명할 수 없다. 그 개구리는 자신이 살고 있는 우물이라는 공간에 갇혀 있기 때문이다. 장자는 이 고사를 통해 3가지 집착과 한계를 파괴하라고 충고한다. 바로 공간 파괴, 시간 파괴, 지식 파괴다. 우물 안의 개구리는 공간에 구속되어 있고, 여름 벌레는 시간에 걸려있고, 지식인은 지식의 그물에 갇혀 있다. 돌아보면 우리도 이 세 가지 그물에 걸려있는 경우가 많다. 내가 보는 세상이 가장 크고, 내가 알고 있는 지식이 가장 위대하고, 내가 뛰고 있는 시간이 가장 빠르다는 미몽에서 깨어나야 한다. 좁은 우물에서 벗어나 저 넓은 하늘과 바다를 보아야 할 일이다.

바쁜 일상이지만, 수시로 짬을 내어 둘레길이나 산길을 걸어본다. 현대의 물질문화를 외면하고 살 수는 없는 일이다. 그렇다고 자연을 소홀히 할 수도 없는 일이 아닌가. 나비나 꿀벌은 꽃의 아름다움이나 향기를 다치는 일이 없이 꽃가루나 꿀을 채취하면서 살아간다. 우리도 꽃의 아름다움과 색깔, 그리고 향기를 해치지 않은 채, 꽃가루만을 따 가는 나비나 꿀벌처럼 이 세상을 살아갔으면 좋겠다. 자연의 아름다움과 풍요로움을 깨뜨리지 않고, 자연이 본연의 모습을 회복할 수 있는 자정自淨 능력能力과 활력소를 빼앗지 않는 범위 안에서 이용해야 한다. 맹수들을 잔인하다고 하지만, 그들은 먹을 만큼 먹고 나면 필요 이상의 살생은 하지 않는다. 더 먹겠다고 아귀다툼을 하지도 않고, 오래 먹겠다고 따로 저장을 하지도 않는다. 오직 인간만이 더 먹겠다고, 더 갖겠다고, 더 많은 돈을 벌겠다고 자연과 인간을 별개의 존재로 구분하면서 무자비하게 자연을 파괴하고 동물들을 학대한다.

자연은 인간을 위해서 존재하는 것이 아니라 내가 바로 자연 속에서 더불어 살아가야 하는 존재임을 알아야 한다. 우리가 지향하고 있는 물질문화는 몸은 편하지만, 마음을 불편하게 하는 경우가 많다. 자연은 몸을 힘들게 할 때도 있지만, 마음은 참으로 편안하게 해준다. 우리는 문화생활이라는 미명 아래 스스로를 잃어버렸다. 자신을 되찾기 위해서는 자연성을 회복해야 한다. 자연은 만물의 원천이다. 내가 자연을 찾는 순간 나는 만물의 일원이 된다. 나는 자연이다. 자연으로 걸어간다. 자연은 산과 강에 있는 것이 아니라 바로 내 마음에 있는 것이다.

자연의 길, 인생의 길이 다르지 않다는 사실을 새삼 깨치면서 오늘도 숲 속 오솔길을 걸어본다.(2015. 6)

인간의 오만과 개미의 지혜

환경 변화로 생물의 종이 줄어들고 있다. 『도둑맞은 미래』(데오 콜본 외, 2001)에 의하면 1947년, 플로리다의 독수리가 급속하게 줄어들었고, 50년대 후반 영국에서는 수달을 발견하기 어려워졌다. 60년대 중반 미시간 호의 밍크가 사라지고, 70년대 온타리오 호에서는 갈매기 새끼들의 80%가 부화도 되기 전에 죽은 것으로 추정되고 있다. 80년대 플로리다에서는 악어 부화율이 18%에 불과하였으며, 그 절반이 열흘 이내에 죽었다. 88년 북유럽의 바다표범이 죽어갔으며, 90년대 초에는 지중해의 줄무늬돌고래가 죽기 시작했다.

50년대에는 해마다 하나의 종種이 사라지고 있으며, 90년대에는 하루에 열 개의 종이 사라지고, 새 천년에는 한 시간에 하나의 종이 사라질 것이라는 전망까지 나오고 있다. 더욱 놀라운 사실은 덴마크의 코펜하겐 대학의 닐스 스카케벡 교수에 의하면 인간의 평균 정자수가 50%나 감소하고 있으며, 고환암은 증가 일로에 있다고 한다.

우리가 생태계에 관심을 갖게 되는 것은 우리의 생존과 직결되기 때문이다. 환경오염은 자연에 대한 단순한 파괴가 아니라 인간과 자연과의 공존 관계를 차단하여 붕괴시키고 있다. 그 대표적인 예로 도

시화와 산업화, 소비 구조와 환경 파괴적 산업 구조를 들 수 있다. 이런 것들은 환경과 인간, 환경과 사회, 정치적 생활양식까지 근본적인 변화를 불러오고 있다.

생태주의는 단순한 과학의 문제가 아니라 인간이 지배하는 생태와 인간이 보호하는 환경을 연관지어 생태 공동체 사상을 창출하고 있으며, 드디어 과학의 한계를 넘어 철학과 문학, 정치사회학에 이르기까지 광범하게 확산되고 있다.

사실, 자연 훼손과 환경오염은 생태 살인echosider라는 말을 쓸 정도로 심각하다. 남아프리카의 가뭄과 남아시아의 계절성 폭우, 거대한 오염 구름, 지구 온난화와 엘니뇨에 의한 수자원 고갈과 사막화 현상, 에너지 위기, 열섬현상, 절대 빈곤에 의한 기아 등 손을 쓰지 않고 이대로 가다가는 머지않은 장래에 지구상에서 영원히 인류가 사라지게 될 것이라는 위기감이 고조되고 있다. 70년 미국에서는 '하나밖에 없는 지구를 살리자'는 구호를 내걸고 처음으로 '지구의 날'을 선포하였고, 이 캠페인은 지구촌 곳곳에서 점차 그 힘을 얻고 있다. 80년대 이후, 오염과 자연 파괴의 지구적 위기를 극복하려는 노력들은 인간의 존엄성을 지키는 대안으로서 녹색운동이 일어나는 것은 당연한 귀결이다.

얼마 전 우연히 개미가 이동하는 행렬을 보았다. 그 뒤 태풍 에위니아가 오고, 연이어 온 나라에 물폭탄이 터졌다. 기록적인 폭우로 산사태와 계곡과 하천의 급류에 휩쓸려 수많은 사람이 숨지거나 실종되었으며, 이재민과 재산 피해는 계속 늘어나고 있다.

우리는 생태 환경에 대해 무지한 낙관주의와 부도덕한 해이의 시대를 살고 있다. 생태 교란과 환경 위기에 빠져 있다는 말이 오히려

진부할 정도다. 야생 동물이 죽어가고, 생식 기능이 손상되었으며, 인간의 정자가 줄어든다는 보고에도 눈 하나 까딱하지 않는다. 태풍 루사와 매미로 소동을 피운 지가 엊그제 같은데, 올해도 어김없이 온 나라가 물난리에 휘둘리고 있다. 당장 풍수해를 입어 생사가 엇갈리고 있는데, 이를 구휼해야 할 사람들이 한가하게 골프나 치고, 유흥을 즐기는 형편이다. 인간의 오만은 끝이 없다. 죽어봐야 죽는 줄 안다더니 웬만한 자연의 경고 정도는 아랑곳하지 않는다.

옛사람 말이 틀린 데가 없다. 개미가 집의 구멍을 막거나 이사를 하면 장마가 진다고 한다. 개미는 비나 장마를 예보하는 기상 캐스터이다. 미물인 개미의 지혜를 보면서 무디어진 인간의 감각을 돌아본다.

눈앞의 작은 물질적 이익을 위해 생태 환경이 파괴되는 오늘날, 자연과 더불어 풍류의 미학을 살렸던 조상들의 지혜가 새삼 그리워진다. 우리의 전통을 어떻게 이어야 할지, 자연의 재앙에 어떻게 대응해야 하며, 종의 소멸에 어떻게 대처해야 할지, 더 많은 고민과 실증적 연구가 이루어져야 하겠다.(2006. 7)

생태 교란과 생명 연가

봄비가 잦다. 풀빛풀빛 내리는 비 사이로 연둣빛 잎사귀들이 녹색 옷을 갈아입고 있다. 가로수의 이파리가 영롱하다. 차창으로 보이는 대자연의 변화에 싱그러운 마음이 된다. 그렇지만 우산을 쓰지 않고는 거리를 나서고 싶지 않다. 자연의 아름다움에 대한 감성적 기분보다는 산성비가 두렵기 때문이다.

싱그럽기 그지없던 가로수의 이파리가 오히려 처연하게 느껴진다. 오염된 비를 맞고 서 있는 저 풀과 나무는 과연 정상적인 생을 살고 있는가. 돌 하나, 풀 한 포기에도 정령이 있다고 믿었던 우리 조상들의 지혜를 생각하면, 현대인의 이기적 욕망이 아프게 다가선다. 눈앞의 작은 이익을 위해 대자연을 파괴하는 군상을 보며, 자연과 더불어 풍류를 누리던 조상의 정신세계가 새삼 그리워진다.

우리는 생태 환경의 위기에 대해 무지한 낙관주의와 부도덕한 해이의 시대를 살고 있다. 생태계는 우리의 생명과 깊은 관계가 있다. 환경오염은 자연에 대한 단순한 파괴가 아니라 생물과 자연과의 공존 관계를 붕괴시키고 있다. 사실, 자연 훼손과 환경오염은 에코 사이더라는 말을 쓸 만큼 심각한 지경에 이르렀다. 아프리카의 가뭄과

아시아의 황색 띠구름, 지구 온난화와 엘니뇨현상, 수자원 고갈과 사막화, 에너지 위기와 열섬현상, 절대 빈곤에 의한 기아, 강대국의 침략 전쟁 등에 대한 오염과 자연 파괴의 지구적 위기를 극복하려는 노력이 요구된다. 인간의 존엄성을 지키는 대안으로서의 녹색운동이 일어나야 한다는 말이다.

생명이란 소중한 것이다. 그 소중한 생명을 우리는 너무 함부로 한다. 현대를 갈등과 죽임의 시대라고는 하지만 해도 너무 한다는 생각이 든다. 우리 조상들은 미물의 생명을 위해 더운물도 식혀서 버렸다. 자연과 함께 살아 있는 모든 생명체들이 함께 살아야 한다. 인간과 자연은 대결의 상대가 아니라 상생의 존재이다. 인간은 보다 나은 사회, 보다 나은 삶을 위해 주력해 왔다.

보다 나은 삶을 추구한다는 미명 아래 과학의 편리성을 추구하게 되었다. 그러나 과학이 주는 편리에 반해 우리의 자연환경은 인간의 존재를 위협하는 심각한 상황을 만들었다. 도시화는 자연에 대한 개조를 수반했고, 불을 발견함으로써 자연 파괴를 가속화시켰다. 인구가 늘어나고 모듬 활동이 확대됨에 따라 자연 파괴의 범위는 넓어져 갔다. 그 결과 인간이 자연을 지배하면서 지구의 자원은 고갈되기 시작하였고, 자연은 파괴되어 오히려 인간이 자연에 지배당하는 시대를 살게 되었다.

보도에 의하면 주남저수지와 우포늪의 생태계가 교란되고 있다고 한다. 조사 결과 외래종인 검정 우럭과 파랑 볼 우럭, 큰 입 우럭 등이 절반을 넘게 차지한다는 것이다. 우리의 야생 동물과 희귀종은 거의 멸종 상태에 처해 있다고 한다. 테오 콜본과 존 피터슨 마이어에 의하면 미시간 호의 밍크가 새끼를 낳지 못하고, 오대호의 새들이 다

이옥신에 의해 80% 이상이 부화도 하기 전에 죽었다고 한다.

야생 동물에 대한 보고 중 많은 수가 생식 기능의 손상과 새끼들의 죽음, 혹은 전체 동물의 갑작스런 소멸을 들고 있다. 야생 동물에게서 나타난 생식 문제는 인간에게도 영향을 미치게 됐다. 인간의 평균 정자 수는 오십여 년 전에 비해 절반이나 감소했다고 한다. 이제 전쟁이나 폭력에 의한 직접 살인보다도 생태계 교란에 의한 간접 살인이 더 무서운 시대가 되었다.

시인이 생명을 위한 연가를 노래하지 않는다는 건, 갈등과 죽임의 시대를 살고 있음에 다름없다. 비가 내리면 비를 맞을 수 있어야 하고, 목이 마르면 물을 마실 수 있어야 한다. 그러나 우리의 현실은 어떠한가. 이제 인간만을 위한 개발에는 제동을 걸어야 한다. 꿀벌은 꽃의 아름다움이나 향기를 다치지 않고 꿀을 채취한다.

사람 역시 자연의 풍요로움이나 아름다움을 깨뜨려서는 안 되며, 자연 스스로가 본연의 모습을 회복할 수 있는 자정 능력과 활력소를 빼앗지 않는 범위 안에서 인위적인 삶을 살아야 한다. 다른 생명을 먹고 살아야 하는 먹이사슬의 모순 속에서 우리는 숙명적으로 갈등과 절망을 안고 살아야 하지만, 생명의 존엄성을 먼저 생각해야 한다. 미물일지라도 살아있는 것을 함부로 해서는 안 된다. 시인의 마음으로 생명을 위해 연가를 노래하고, 자연의 숨소리에 귀 기울일 때, 인간은 다른 생물과 더불어 참다운 삶을 누릴 수 있을 것이다.(2003. 4)

제 2 장

의사 박열과 서비 선생

두 사람의 역사적인 인물을 만난다. 의사義士 박열과 서비 선생. 자신의 생명을 던져 나라를 구하고, 옳은 것이 무엇인가를 몸으로 보여준 사람들이다. 한 사람은 영화를 통해서 또 한 사람은 생가 마을을 찾아가 만난다. 처음 들어보는 이름이라 얕은 내 역사 지식을 탓하면서 많은 것을 생각하게 된다.

나는 개새끼로소이다
하늘을 보고 짖는
달을 보고 짖는
보잘것없는 나는
개새끼로소이다
높은 양반의 가랑이에서
뜨거운 것이 쏟아져
내가 목욕을 할 때
나는 그의 다리에다
뜨거운 줄기를 뿜어대는
나는 개새끼로소이다.

— 박열, 「개새끼」 전문

도쿄에서 인력거꾼으로 일하며 핍박 속에 살아가던 박열 선생은 울분을 삭이며, 폭탄 테러를 계획한다. 잡지에 발표된 박열의 시 「개새끼」를 읽고 감동한 일본 여인 가네코 후미코가 그를 찾아와 동거하자는 제안을 하고, 동거 계약을 하면서 영화는 드라마틱하게 진행된다.

　박열(1902. 2. 3.~1974. 1. 17.)선생의 본명은 박준식으로 경상북도 문경에서 태어나 고등학교 재학 중 3·1 운동에 가담한 혐의로 퇴학당하고, 일본 도쿄로 건너가 아르바이트를 하면서 고등학교에 다닌다.

　영화에서는 아나키스트와 교류하다가 1923년 4월 불령사不選社라는 비밀 결사를 조직하고, 관동대지진 이후 험악한 분위기 속에서 일본인 아내 가네코 후미코(박문자로 개명)와 함께 1923년 10월, 히로히토 황태자의 혼례식 때 암살을 기도한 죄로 체포된다. 길게 이어지는 재판 과정을 통해 그는 한국인으로서의 기개를 보여준다. 1926년 사형 선고를 받은 두 사람은 무기징역으로 감형되지만, 가네코 후미코는 자살한 것으로 발표된다.(감옥에서 살해된 것으로 추정됨) 박열 선생은 22년 2개월을 복역하고 광복과 함께 풀려난다. 불과 두 시간 남짓 짧은 영화지만, 여운은 길게 남아 나라 잃은 아픔과 고통이 온몸으로 전해진다. 경상북도 문경시의 생가터에 그를 추모하는 기념관이 있고, 기념관 옆에는 가네코 후미코의 묘소가 있다.

　서비 최우순(1832~1911) 선생은 고성군 하일면 학동 마을 출신이다. 학동 마을은 문화재로 등재된 돌담길로 더 유명하다. 돌담길은 자기를 자기답게 유지한 덕분에 국가에서 지정하는 돌담길이 됐다.

돌담길을 완상하며 걷다 보면 발길은 어느새 정자에 닿게 된다. 학림천 개울 옆에 생가가 있고, 그 뒤로 돌아가면 서비정이 있다.

서비 선생은 일제가 조선을 합방한 1910년을 전후로 자결한 27의사 중의 한 분이다. 매천 황현, 민영환, 조병세 선생 등이 그들이다. 을사늑약을 체결하자 '지금부터 서쪽에서 기거하며 서쪽에서 침식을 하며 서쪽에서 늙어 서쪽에서 죽을 것이다.'라는 글을 쓰고, 서쪽 사립문을 뜻하는 서비西扉로 자호한 최우순 선생. 왜놈의 나라가 있는 동쪽을 보지 않겠다는 그의 비분강개가 서려 있다. "저 하늘은 어찌하여 나라를 망하게 하는고/ 일생 동안 남쪽 지조 변하지 아니했는데/ 백번 죽어도 나라 걱정 어찌 잊겠는가" 서비정에 걸려있는 서비 선생 시의 한 구절이다. 1911년 3월 19일. 합방 이후 일제는 명망가들을 회유하기 위해 소위 은사금을 나누어 주는데, 서비 선생은 이를 거절한다. 앙심을 품은 일제가 헌병들을 보내 잡아가려 하자 '날이 밝으면 내 발로 걸어가겠다.'며 헌병들은 가운데 방에서 자게 하고, 그는 자신이 기거하던 서쪽 방에서 음독 자결한다. 3년 상을 치른 후 장남도 따라 자결하였다니 마음은 더욱 숙연해진다. 의사 박열 선생과 서비 선생의 생애를 돌아본다. 박열 선생은 기념관으로 영화로 부활하고 있는데, 서비 선생의 순의비와 생가, 서비정은 찾는 발길마저 뜸하다.

자란만 소금 배인 수태산 납작돌은

켜켜이 기氣가 서려 포개포개 담이 됐다

한 줄기 조선의 불빛 깡마른 얼이 됐다

길게 이은 돌담 위 구름이 맴도는 곳

굴신은 치욕이다 의義로움을 새기면서

서릿발 꼿꼿이 세운 서비 선생 시린 눈빛

– 김복근, 「학동 돌담」 전문

돌담길을 걸어가며 나는 생각한다. 나라다운 나라를 생각한다. 의義가 무엇인가를 생각한다. 생명을 걸어야 할 정도로 중요한 가치인가. 한갓 돌담마저 자기를 지키면서 문화재가 되는 세상인데, 자신의 자존을 지키면서 의롭게 살다간 이들의 삶은 제대로 기억되고 있는가. 곱씹고 되새겨 본다. 빼앗긴 나라를 되찾기 위해 자신의 목숨을 버린 의로운 인물 의사 박열 선생과 서비 최우순 선생, 이들의 삶을 재조명하면서 난마처럼 얽혀 있는 정치 현실과 무너져가는 시민 의식, 해이해진 국민정신을 재무장하는 새로운 계기가 되었으면 한다. (2017. 7)

마산이 버린 천재

우리는 천재를 선망한다. 많은 것을 기억하고, 남다른 재능으로 앞서가기를 갈망한다. 그 꿈은 대를 이어 나타난다. 조금만 뛰어난 능력을 보여도 내 자녀는 바로 천재가 아닌가 착각하기도 한다. 나는 천재를 부러워하면서 그들의 뇌는 어떤 구조를 가졌을까 의문을 가지기도 했다. 고등학교 재학 시절, IQ가 가장 높다는 친구와 가까이 지낸 적이 있다. 그 친구는 포켓 영한사전을 줄줄 외우기도 하고, 자신만의 특유한 방법으로 수학 문제를 풀기도 하여 우리를 놀라게 했다. 빈둥거리며 노는 것 같은데, 성적은 늘 상위권이었다. 천재에 대한 일화를 듣다 보면 경이로움과 신비감에 빠지게 된다.

미국 시카고에서 활동하는 엔지니어인 림 팀스는 세계에서 가장 똑똑한 사람 TOP40을 공개했다. 독일의 시인 과학자 괴테, 천재 과학자 알버트 아인슈타인, 이탈리아의 미술가이자 과학자 레오나르도 다빈치, 영국의 물리학자 아이작 뉴턴 등을 앞자리에 들고 있다. 슈퍼스칼러SuperScholar는 세계에서 가장 똑똑한 사람으로 영국의 물리학자 스티븐 호킹, 한국의 천재 소년 김웅용, 미국의 영화배우 제임스 우즈, 마이크로소프트 공동 창업자 폴 앨런 등을 들기도 한다.

우리나라 천재에는 누가 있을까. 발명가 장영실, 과학자 이천, 사상가 정약용, 시인 김시습, 과거에 아홉 번 장원한 이율곡, 7개 국어에 능통한 신숙주 등을 손꼽을 수 있으며, 현대에는 핵물리학자 이휘소, 육종학자 우장춘, 음악 신동 장영주 등을 들 수 있겠다.

이덕일의 『조선이 버린 천재들』을 보면 조선의 혁명적인 천재 22명을 우리 앞으로 불러와 뛰어난 통찰력으로 분석한다. 이들은 당대의 질서와 이념에 도전하다가 배척받거나 멸문지화를 당하기도 했다. 보편적인 사람들이 상식이라고 믿는 개념과 구조에 반기를 들고 싸우면서 인류 발전에 기여한 인물들이다. 왕도 정치를 꿈꾼 비운의 혁명가 정도전, 칼 찬 선비 남명 조식, 북벌계획을 책임진 우암 송시열, 백성을 두려워하라는 소설가 허균, 세도정치에 저항한 영웅 홍경래, 울면서 책을 불사른 시인 김시습, 흔들리지 않는 사관 탁영 김일손을 보면서 그들의 삶과 사유 방식을 생각한다. 그들은 당대의 시각으로 보면 이상한 사람이었고 가까이해서는 안 되는 위험한 인물이었다. 뛰어난 논리로 놀라운 성과를 거두었지만, 자신의 능력을 제대로 발휘하지도 못한 채 핍박받거나 유배를 당했으며, 형장의 이슬로 사라지기도 했다.

이야기를 좁혀 '마산이 버린 천재'를 생각해 본다.

노산鷺山 이은상(1903. 10. 22.~1982. 9. 18.)은 '마산이 버린 천재'의 대표적인 인물이다. 일제 강점기 시대 일본에 유학한 학생 가운데 무애 양주동, 노산 이은상, 춘원 이광수를 조선 3대 천재라 일컬었다. 이은상과 양주동은 당대 천재 자리를 놓고 자주 실랑이를 벌였다. 횡보 염상섭을 심판으로 누가 더 기억력이 좋은지 내기를 한다. 한 사람이 오십여 개의 단어를 말하면 그걸 순서대로 다시 외우는 것인데, 이은상이 늘 이기다가 암기법을 알게 된 양주동이 이기기도 한 일화는 유명하다.

홍원에서 옥중 생활을 하던 정인승의 회고에 의하면 노산의 천재성은 쉽게 입증된다. "어느 날 내 수중에 특별히 흥미를 끄는 한 장의 잡지 조각이 들어왔다. 거기에는 일본 역사 자료가 인쇄되어 있었다. 일본의 무신 천황에서 금성 천황에 이르는 기간, 매년 일어난 주요 사실이 기록된 역사 연표였다. 우리는 노산의 기억력을 아는 터이라 읽고 나면 나중에 노산은 기억할 것이라고 믿었다. 노산이 읽고 몇 시간이 지난 뒤였다. 서민호, 이병기, 이병도, 이희승, 김현경 씨들이 '노산 다봤수?' 하고 물었다. 그러자 노산이 '그거 보나 마나지 뭐' 하고 대꾸했다. 이윽고 시험이 시작되었고, 노산은 질문에 조금도 틀림없이 귀신같이 맞춰내는 것이었다. 그 일이 있고 나서 노산의 기억력에 대한 소문은 경찰서 안에 쫙 퍼졌다."

또 다른 일화도 있다. "1942년 9월 12일 일로 기억된다. 그날은 홍원경찰서에서 함흥형무소로 넘어가는 날이었다. 우리가 호송차에 실려 함흥으로 가는데, 심심하던 순사들이 장난을 걸어왔다. 이은상이 기억력이 좋다는 건 알고 있으니 홍원에서 함흥에 가는 동안에 우리가 일러주는 대로 함흥에 가서 되풀이 대답해 보라는 것이었다. 노산역시 못이기는 척하고, 그들의 말을 따랐다. 한 순사가 '여자가 바구니를 이고 간다. 산 위의 바위, 큰 소나무' 등 눈에 보이는 대로 주워대니 노산은 듣고 있었고, 다른 순사가 나중에 대조하기 위해 순서대로 적어갔다. 마침내 함흥에 도착하여 순사들이 이제껏 불러준 것을 외어보라고 했다. 노산은 그것을 하나도 틀림없이 순서대로 줄줄이 외웠다. 이쯤 되자 순사들도 노산의 머리에 감탄하고 말았다."

마산이 낳은 비운의 천재 노산 이은상은 고향과 조국을 위해 수많은 시조와 저서를 남겼다. 청년 시절에는 3·1 만세 운동에 참여하였고, 중년에는 일제에 항거하다 옥고를 치렀으며, 광복 후에는 선열들의 추모 사업을 전개했다. 통일에 대한 염원으로 휴전선 155마일을 답사하고 『피어린 육백리』를 펴내었으며, 작고하던 해 다시 분계선을 밟아보고, 시집 『기원』을 펴내는 등 문덕지인文德之人으로서 당당한 삶을 살았다. 나라 없는 서러움과 전쟁을 체험하였기에 민족 사상에 바탕하여 지조와 조국애를 노래했다. 그런 노산이 시조를 쓰면서 당대에는 동료들에게 따돌림을 당하고, 사후에는 고향 마산으로부터 버림받는 참담한 일이 일어났다. '가고파' 하나만 해도 마산이 먹고 살 수 있다는데, 노산에 대한 홀대가 너무 심하다.

　한국의 3대 기인으로 일컬어지는 심온深溫 천상병 역시 마산이 버린 천재 중의 한 사람이다. 그는 1930년 1월 29일 일본 히로시마에서 태어나 마산에서 성장했다. 마산고등학교 재학 시절, 시쓰기에 열중한 그는 담임교사 김춘수의 권유와 유치환의 추천으로 1950년(고2) 시 「강물」을 『문예』지에 발표했다. 그 후 서울대 상대에 다니면서 동인지 『처녀지』를 펴내기도 하고, 기성작가들을 질타하는 평론을 발표하기도 했다. 맑은 영혼을 가진 천상병은 '67년 동백림사건'에 연루돼 돌이킬 수 없는 고문 후유증에 시달렸다. 지칠 대로 치진 그는 문우들에게 500원, 1,000원씩 푼돈을 동냥해 막걸리를 마셨다. 시와 술이 있었기에 그의 영혼은 현실에 집착하지 않는 자유인이 되었는지 모른다. 71년 유리걸식하다 영양실조로 쓰러지는 바람에 행려병자로 몰려 정신병원에 수용되었다. 한동안 행적을 감추자 그를 아끼고 사랑하던 문우들이 유고 시집 『새』를 출간하여 더 유명해지기도 했다.

　이듬해 정신병원에서 퇴원한 후 평생 반려 목순옥 여사를 만나게 된다. 말년에는 인사동 찻집 〈귀천〉에서 부인에게 용돈을 얻어 좋아하는 맥주를 마시며 유유자적했다. 그것도 잠시 1993년 4월 28일 63세를 일기로 홀연히 '귀천'의 길로 오르게 된다. 한 생애를 어린애처럼 천진난만하게 살다가 이승을 하직했다. 서울대 상대를 다녔으니 당연히 금융인으로 출세할 수 있었을 텐데, 한평생 시만 쓰면서 방랑 생활로 마감했다.

　천재 시인 천상병은 많은 화제를 몰고 다녔다. 문사철을 두루 섭렵해 박식하기가 이를 데 없지만, 세상 물정에는 어두워 맑은 영혼으로 살다간 그의 삶은 차라리 한 편의 시였다. 천상병 시인의 추모제 하나 없는 마산을 야유라도 하듯 연고도 없는 의정부와 지리산에서 기념 제전을 열고 있다. 척박하고 암울한 시대에 제대로 적응할 수 없어 기상천외한 행동을 하면서도 순수성을 잃지 않았던 그를 마산은 언제까지 버려둘 것인지 답답하기만 하다.

　마산에는 또 한 사람의 천재가 있다. 바로 평론가 정재관이다. 그는 1934년 8월 12일 마산시 중성동 112번지에서 태어나 마산고등학교와 서울대학교 문리대 국어국문학과를 졸업하고, 마산고등학교 교사와 마산대학교(창원대학교 전신) 교수를 지냈다. 글쓴이의 경우 선생께 직접 수업을 받기도 하였는데, 그의 해박한 수업과 독설은 지금까지 우리의 전설로 남아있다.

　하이데거와 니체의 실존주의 철학에 기초한 문학 이론을 텍스트도 없이 펼쳐나갈 때는 경이로운 마음으로 경청할 수밖에 없다. 유고 평론집을 펴내기 위해 당시에 발표한 평론을 읽으면서 노장사상에 대해서도 깊이 있게 연구하였으며, 동서양의 문학과 철학을 관통하고 있음을 보게 된다. 가까이 있는 어느 인사가 잡지에 평론을 추천받았다고 뽐을 내자 그까짓 거 대수냐며, 1975. 동아일보 신춘문예에 문학평론 「유교儒教의 언어관言語觀」이 당선하였고, 중앙일보 신춘문예 문학평론 「침묵沈默과 언어言語」로 입선하여 기염을 토한 일은 지금도 회자되는 일화다. 경남신문 수석 논설위원을 지내면서 쓴 칼럼집 『그래도 우리는』을 보면 비평적 안목과 탁월한 식견에 놀라게 된다. 그러나 주변에서는 독설가로, 대학에서는 이단아로 모함하면서 교수직과 논설위원직에서 해직당하는 고초를 겪게 된다. 1984년 기관 조사에서 무혐의 처분을 받고 복직되지만, 1985년 12월 30일 향년 52세의 나이로 한 많은 세상을 등지게 된다. 불운은 계속되어 생전에 살던 집은 팔려서 식당으로 개조되고, 평론집 하나 없는 평론가가 되어 경남의 문단사에서도 잊혀져가는 인물이 되고 말았다.

마산이 버린 3대 천재를 꼽으라면 나는 노산 이은상 선생, 심온 천상병 선생, 문학평론가 정재관 선생을 드는데 주저함이 없다. 뛰어난 두뇌를 가졌지만, 사회적 합의를 구하지 못해 고립된 삶을 살아온 천재들의 이야기는 언제나 화제가 된다. 주변의 핍박을 받으면서 외롭고 힘든 시련을 겪기도 하지만, 자신의 비범한 능력으로 뛰어난 업적을 일궈내어 감동을 주기도 한다.

천재는 자신과 자연이 하나임을 인식하고 영혼을 맑게 하는 일에 관심을 가진다. 남다른 기억력과 이해력, 추론 능력을 가졌기에 때로는 엉뚱한 발상을 하여 주변을 놀라게 한다. 외부의 질시와 압력에도 불구하고, 놀라운 집중력을 발휘하여 위대한 업적을 남긴다. 호기심이 많고, 천진스러우며 평범하여 때로는 바보 같다는 말을 듣기도 하며, 이단아로 취급되어 배척을 당하거나 화를 입기도 한다.

영원히 지속되는 규범은 없다. 기존 질서의 문제점에 대해 고민하고, 그 대안을 찾아 해결하는 방안을 모색해야 한다. '마산이 버린 천재'들의 업적을 새기고 기리는 일은 마산을 살리는 길이다. 비범한 능력 때문에 오히려 핍박을 받은 이들의 생가지生家地를 찾아내어 표지석을 세우고, 유고 작품집을 펴내었으면 한다. 기념관을 세우고, 추모 제전을 열어 위대한 업적을 기리고 재조명하는 작업이 불같이 일어났으면 좋겠다.(2017. 11)

'아득한 성자'는 살아있는 성자

1993년 여름 백담사에서 설악무산 스님을 처음 뵈었다. 스님은 방 가운데 책을 섬처럼 쌓아 놓고, 그 안쪽에 동그마니 앉아 계셨다. 김교한 선생님께서 소개해 주셔서 인사를 드렸더니 "요즘 뜨고 있데"라며 빙그레 웃으신다. 이름을 이미 알고 계신다는 말씀이다. 손을 내밀며 악수를 청하신다. 시대를 풍미하는 시인이며 대선사이신 큰스님을 뵙는 자리인지라 마음은 진중하다. 이야기를 나누다 점심 공양을 가자신다. 공양간에는 이미 수많은 사람들이 자리하고 있다. 스님 덕분에 앞자리에서 식사를 하게 되는 영광을 누리게 된다. 처음 뵈었지만, 작고하신 종조부를 닮아 친근하게 느껴진다. 워낙 거리가 멀어 자주 찾아뵙지는 못했지만, 스님은 늘 가까이 계신 듯하다.

어쩌다 뵙게 되면 경상도 특유의 어조로 문학과 종교를 이야기하시다 따스함과 호방한 모습으로 농담도 하신다. 스님의 말씀은 유려하면서도 부드럽다. 승방에 계시면서도 시조단의 움직임을 꿰뚫고 계신 듯하다. 스님의 삶과 시조는 늘 감동이다. 『유심』과 만해 축전 세미나에서 발표할 기회를 자주 주셨다. 부족하지만, 나름대로 최선을 다해 원고를 준비했다. 만해 마을이나 백담사에 갈 때마다 스님의 숨결과 자비를 느낄 수 있다. 연전에는 '유심작품상'까지 받을 수 있는 영광이 주어져 그 고마움은 더욱 크다.

공간 거리를 빌미로 자주 찾아뵙지 못하였는데, 지난 5월 26일 느닷없이 입적하셨다는 소식을 접하게 된다. 황망하기 짝이 없다. 조문을 가야 하는데, 신흥사는 쉽게 갈 수 있는 길이 아니다. 승용차를 운전하기에는 너무 멀다. 연전에 서너 번 접촉 사고를 당한 후 운전에 한계를 느낀다. 고민하고 있는데, 연로하신 어머니께서 대퇴부 골절상으로 입원해야 하는 일이 생긴다. 어쩔 수 없이 재에 맞추어 가기로 한다. 이런저런 일을 하다 보니 어느새 49재가 눈앞이다. 재가 있는 7월 13일. 하루 전 용인에 가서 자고, 다음날 새벽 5시 30분, 큰 아이의 승용차로 서울 속초 고속국도를 달린다. 처음 가는 길이라 낯이 설다. 집에서 바로 얼마 안 가 연결된다는데, 길을 놓쳐 서울로 돌아간다. 3시간여를 달려 겨우 신흥사에 도착한다. 막재를 올리는 식장에는 김월준 선생님이 먼저 와 계신다. 이상범 선생님이 오시고, 이어서 홍사성 선생님을 뵙게 된다. 하순희 시인과 황영숙 시인이 가까이 자리한다. 초췌한 모습의 홍성란 시인과 이근배 선생님, 박명숙 시인도 만난다.

재는 불교식으로 엄숙하게 진행된다. 더위가 예사롭지 않지만, 누구도 덥다는 말은 하지 않는다. 의식이 끝나고 참배하는 순서가 진행된다. 스님들께서 참배하고, 연이어 각계각층에서 온 인사들이 참배한다. 문인들도 호명에 따라 순서대로 예를 올린다. 호방하게 웃고 있는 영정 사진을 보면서 마음속으로 스님의 명복을 빈다. 내 마음에 자리 잡은 스님은 대선사나 대시인이기 전에 한 인간으로서의 삶과 사랑, 존경이 배어 있다.

하루라는 오늘
오늘이라는 이 하루에

뜨는 해도 다 보고
지는 해도 다 보았다고

더 이상 볼 것이 없다고
알 까고 죽는 하루살이 떼

죽을 때가 지났는데도
나는 살아 있지만
그 어느 날 그 하루도 산 것 같지 않고 보면

천년을 산다고 해도
성자는
아득한 하루살이 떼

— 조오현, 「아득한 성자」 전문

　하루살이가 성자고, 성자는 우리 삶을 돌아보게 한다. 삶이 무엇
이고, 어떻게 살아야 하는가 도리를 깨치게 한 스님. '아득한 성자'가
아니라 바로 '살아있는 성자'이다. 범종 소리처럼 세상을 그윽하게
굽어살피고 있다.
　"설악무산 조오현 스님, 우리의 마음에 영원히 살아서 쉬십시오."
(2018. 8)

우아한 삶과 명징한 사유세계
— 백해白海 서인숙徐仁淑 선생님의 명복을 빌며

　가슴에 프리지어 꽃다발을 한 아름 안고, 서성동 사거리를 지나가
는 선생님의 환영幻影을 봅니다. 선생님은 우리의 가슴에 그대로 살
아 계십니다. 사람들은 허망하게 가셨다고 아쉬워하지만, 저는 선생
님다운 자존감을 보여준 장렬함으로 자위하고 있습니다. 유고 시집
이 되고만 『청동거울』을 출판사에 보내놓고 잠매潛寐하셨으니, 시인
으로서의 우아한 삶과 명징한 사유세계를 끝까지 보여준 셈입니다.

　차가운 겨울을 이긴 초목들이 새싹을 틔우려는 2016년 3월 4일,
선생님은 새로운 길을 찾아 떠났습니다. 그 길이 비록 외롭고 힘들지
라도 선생님은 당당하게 헤쳐 가리라 믿으며, 우리는 『최후의 지도』
위에서 『타오르는 촛불』과 『태고의 공간』, 『영원한 불꽃』, 『고대의 향
수』를 보게 됩니다. 『그리움이 남긴 자리』에서 『살아서 살며』, 『먼 훗
날에도 백자는』, 『세월도 인생도 그러하거늘』, 『오렌지 햇빛』, 『조각
보 건축』, 『청동거울』을 기억하게 될 것입니다.

　　시퍼렇게 멍든 사람
　　아프게 슬픈 얼굴이여

피비린내 흙의 향기로 살아온

선사시대

죽어도 죽지 않은 한 세상의 목숨이

해골로 울지 않은 울음으로 통곡한다

사랑에 목숨을 걸어도 좋을 자유를

신은 선물했다

선물은 괴롭고 아파도 사랑은

아름다워라

저 시퍼런 갈증

영원은 어디에 있는가

그립다

그리움은 강물로 흐느낀다

사랑이 죽음이 된 청동 꽃이여

— 서인숙, 「청동거울−사랑」 전문

선생님의 「청동거울−사랑」을 새삼 음미해 봅니다. 청동거울을 주제로 연작시를 남기고, 표제시로 선정한 것을 보면 선생님은 청동거울을 정말 좋아하셨던 것 같습니다. 지난해 봄이었습니다. 포장지로 싼 작은 선물을 하나 주었습니다. 집에 와 풀어보니 전면에 호주진석가 염이숙조자湖州眞石家 念二叔照子라는 글자가 새겨진 중국 송나라 시대의 청동거울이었습니다. 고려 여인이 중국에서 수입하여 사용하던 것을 애장하다가 저에게 주신 것 같습니다. 의외의 선물이라 깜짝 놀랐지만, 돌아보니 이즈음부터 이승 소풍을 마무리하기 위한 준비 작업을 하셨던 게 아닌가 하는 생각이 듭니다. 귀한 선물을 받은 저는 고마운 마음으로 「꽃 피는 청동거울」을 읊었지요. 결국은 선생님의 「청동거울」에 대한 화답시가 되고 말았습니다.

요염한 몸짓으로 분단장 고이 하고
욕망이 타는 눈빛 베갯잇 길게 끌며
꽃 피는 청동거울은 잠들 줄을 몰라라

그대가 부르는 건지
내가 당기는 건지

고려 여인 전언처럼 목말라 하는 주문
새하얀 몸매 사이로 마음 문을 열어보다

대 이은 섬섬옥수 그리움의 유전자는
얼레빗 가르마에 눈물로 절인 더께
지난날 꿈이 된 동록銅綠 돋을무늬 새긴다네

– 김복근, 『꽃 피는 청동거울』 전문

돌아보면 선생님과의 인연은 남다르다 아니할 수 없습니다. 문단에 얼굴을 내민 70년대 말 백자 화랑에서의 첫 만남을 따뜻한 미소로 감싸주던 선생님께서 새내기인 저를 1985년 마산문협 사무국장으로 선임하였습니다. 업무를 파악할 겨를도 없이 제1회 3·15의거 기념백일장을 주최하면서 첫 행사를 기획하는 어려움을 체험하기도 했지만, 지금까지 연연이 이어지는 백일장을 보면서 남다른 보람과 애착을 가지게 됩니다. 경남예술인상과 시민불교문화상을 수상하면서 기뻐하시던 모습을 보며, 저도 덩달아 기뻐했던 기억이 새롭습니다.

선생님의 우아한 모습과 넉넉한 인품, 따뜻한 인간미, 주옥같은 시와 수필, 한결같은 후배 사랑을 우리는 잊지 못할 것입니다. 선생님이야말로 진정한 마산문학의 토양이며, 경남문학의 기초를 다진 선구자임을 우리는 알고 있습니다. 언제나 소박 겸허하신 구도자적 자세로 시와 수필의 새로운 경지를 열고, 인간적인 넉넉함과 분명한 처신으로 후학들에게 꿈과 희망을 심어주면서 고단한 영혼을 여유롭게 안아주신 선생님의 문학적 업적과 인간애는 값진 문화유산으로 평가되리라 확신합니다.

지난해 12월 중순이었습니다. 선생님을 비롯한 여류 작가 몇 분과 오찬을 하는 자리에서 건강하게 담소하던 모습이 눈에 선합니다. 꽃을 가까이하고, 음악을 즐기며, 그림에 대한 남다른 안목으로 상상력과 개성을 키운 선생님, 유물이 가진 미학적 가치를 고구하면서 시공을 초월하는 작품 세계를 보여준 선생님, 이제 그 무거운 짐 다 내려놓고, 평안히 영면永眠하십시오. 선생님께서 그토록 알뜰하게 가꾸어온 삶과 문학은 아름다운 꽃이 되어 우리의 기억에 영원히 피어오를 것입니다.

선생님의 맑은 영혼이 우리를 통해 되살아나기를 간절히 소망합니다.

따뜻한 봄날, 부디 평안하시옵소서. 편히 잠드소서.(2016. 6)

설엽雪葉과 설다雪茶

　설엽 서우승 선생과의 인연은 눈[雪]으로부터 출발한다. 80년 초 오소소 추운 어느 겨울밤, 우리는 오동동에 있는 허름한 지하 주점에서 술을 마신다. 말씀은 나직나직 하지만, 목소리는 힘이 있다. 척박한 삶이 세상을 떠돌게 하면서 마산까지 오게 되었지만, 시조인으로서의 풍모는 당당하다. 취흥이 도도해지자 선생은 넓고 반듯한 이마에 서글서글한 눈빛으로 눈처럼 하얀 종이에 파카 만년필로 뚜벅뚜벅 글을 쓰기 시작한다. 한 자 한 자 써내려가는 글씨는 대단한 필력을 보여준다, 작품을 건네주며 읊조리는데, 그 모습이 천상 시조인이다.

　　눈은 자꾸 내리고
　　차가 끓는다

　　그해 그 봄이
　　두고 간 눈빛

삭정이에 턱이 걸린
낮달의 눈빛

쑥물든 유년은
잠기며 뜨며

그런 날에 누워 삭인
허기로 온다

어디서 오는지
또 가는지

곁에 앉은 아내도
그림이 되어

차가 그만 잦았다
눈도 그치니

- 서우승, 「설다雪茶」 전문

　　바로 「설다雪茶」 전문이다. 시의 첫 구는 신이 내린다지만, '눈은 자
꾸 내리고/차가 끓는다'. 절묘한 가구가 아닐 수 없다. 눈에 그려지
듯 상황 묘사가 선명하다. 납설臘雪은 좋아하고, 춘설春雪은 싫어한다
지만, '그해 그 봄이/ 두고 간 눈빛'이 되새겨지는 '낮달의 눈빛'으로
따뜻하게 다가온다. 순백과 순수를 상징하는 눈을 좋아해서인지 선
생의 눈빛[眼光]은 눈빛[雪光]이다. 화자의 삶은 신산하지만, 지나간
세월은 눈빛[雪光]으로 눈빛[眼光]을 더한다. 아내의 서러움은 그림처

럼 말이 없고, 끓던 차도 잦아들고, 눈도 그치게 된다. 스냅 사진 같은 정물靜物 이미지를 내재적 운율로 율려하면서 시린 가슴을 따뜻하게 녹여준다.

시인은 눈을 좋아하지만, 대개의 경우 밤에 내리는 눈을 형상화하는 경우가 많다. 김광균은 설야雪夜에서 눈 내리는 풍광을 '머언 곳에 여인의 옷벗는 소리'로 이미저리 하면서 '희미한 눈발/ 이는 어느 잃어진 추억의 조각이기에/ 싸늘한 추회追悔 이리 가쁘게 설레이느뇨'라고 노래하고, 백석은 '눈이 푹푹 쌓이는 밤 흰 당나귀를 타고/ 산골로 가자/ 출출히 우는 깊은 산골로 가 마가리에 살자.'고 유혹한다. 그러나 선생은 '낮달의 눈빛'을 노래하면서 그 풍광을 묘사하여 설다雪茶를 그려낸다. 눈에 대한 선생의 사랑은 각별하다. 눈차[雪茶]를 노래하고 눈잎[雪葉]을 아호로 취할 정도다. 시와 글씨가 너무 좋아 지갑에 넣고 다니며 수시로 읊조렸다. 이십여 년 전 좋아하는 후배 성선경 시인의 출판기념회를 마치고, 귀가하는 버스 안에서 소매치기가 가져가 버렸다. 지갑보다 지갑에 넣어 다니던 선생의 육필시를 잃어버린 게 아까워 잠을 이룰 수 없었다. 선생과의 인연을 새겨주는 단 한 점 육필인데….

　　나비는 온실 밖에 은싸라길 흩고 있고
　　꽃은 향을 뿜어 한 생각에 하늘댄다
　　맞대고 갈라선 투명透明, 주황朱黃 타는 저 유리벽.
　　　　　　　　　　　　　　　　－ 서우승, 「카메라 탐방探訪」, 필름 7 전문

1973년 서울신문 신춘문예에 당선한 선생의 출세작 「카메라 탐방」

이다. 카메라 탐방 연작시조는 문자 문화와 영상 문화가 공존하는 오늘의 감각으로 봐도 청신하다. '나비는 온실 밖에 은싸라길 흩고 있고/꽃은 향을 뿜어 한 생각에 하늘댄다'. 이미지로 소통하는 영상 문화가 '짧고 재미있고 깊이 있는 것'을 추구하게 될 것을 50여 년 전에 이미 예견하고 있으니, 선지자적 안목을 타고났는가 싶다. 우리네 삶의 다양한 풍경을 다각적으로 변주한 「카메라 탐방」을 통해 당대인의 사유 방식을 볼 수 있으며, 카메라로 찍어내듯 참신한 기법을 보임으로써 신선한 충격과 함께 새로운 시조 세계로의 확장을 꾀하는 시적 성과를 보여준다.

이상옥은 선생의 시조를 '정情과 지知의 균형감각의 한 레벨로 보아도 좋을 것이다. 여기서 서우승은 세태를 균형 감각으로 응시하고 있음을 제대로 보인 셈이다. 서우승은 강한 개성을 지닌 시조인이지만, 그의 시선이 균형을 유지하고 있다고 전제할 수 있음은 여간 다행스러운 일이 아니다. 이 같은 미덕은 앞서 지적한 바대로 정情과 지知의 균형 감각 레벨에서 기인하는 것이다.'라고 평가한다.

설엽 서우승. 참으로 그리운 이름이다. 선생을 처음 뵌 게 80년대 초반이니 얼핏 잡아도 40여 년 전. 훤칠한 이마에 안광이 빛나는 맑고 큰 눈, 거침없는 담론이 선하게 떠오른다. 이 풍진 세상. 시조가 어디에 초점을 두고 어디로 가야 할지, 새로운 응전의 방향을 설정해야 하는 이 시점에 온몸으로 시조와 부딪치며, 읊조리던 선생의 풍류와 낭만이 새삼 그립다. 노래꾼 특유의 기상과 그 개성을 보고 싶다. 나에게 건네준 한 점 필적마저 잃어버린 지금, 선생에 대한 추억이 「설다雪茶」처럼 사락사락 끓어오른다. 눈이 잘 내리지 않는 고장, 통영에서 유난히 눈을 좋아하며 한 생애를 살다간 선생을 그리면서

「서우승 가는 길」을 읊어본다. (2018. 3)

부러지면 부러졌지 굽히지 않던 삶이
마지막 가는 길에
절명하듯 떠나갔다
호방한 통영 사나이 밤바람을 타고 갔다

저승길 가시밭길 날 세운 벼랑 위로
두 손 휘휘 내저으며
내 신발 끌고 가다
남망산 되돌아와서 다음날 돌려주고

미래사 심부름 가는 길* 양파를 씹으며
술 한 잔 들이키듯
시조 한 수 읊조리다
황톳빛 언덕 너머로 섬광처럼 떠나갔다

　　　　　　　　　　　－ 김복근, 「서우승 가는 길」 전문

* 서우승 시조인의 시조 제목에서 따옴.

쾌지나칭칭나네

동북아 정세가 어수선하다. 중국과 일본에 이어 우리 정부도 방공식별구역을 확대 발표했다. 이어도를 비롯한 일부 상공이 중첩됐다. 충돌이 일어날까 우려된다. 한말의 정세와 상황이 비슷하다는 주장까지 제기된다. 예사롭지 않는 일이다. 어쩌면 한말보다 더 심각할지 모른다. 그 당시엔 북한 변수는 없었다. 장성택이 숙청된 지금, 북한의 정치 지형도는 어떤 결과를 도출할지 예측할 수 없다. 정신을 바짝 차려도 난국을 헤쳐나가기 어려울 것 같다. 의병과 같은 정신 무장이 요구된다. 시대적 상황을 예견이라도 한 듯 불세출의 영웅 천강 홍의장군 곽재우 선생이 화려하게 부활한다. 의병의 날을 국가 기념일로 제정하고, 의병 제전을 펼치고, 망우당 탄신 기념 다례를 올리고, 천강문학상을 시상하고, 의병 문학 세미나를 펼치더니 드디어 K 뮤지컬 〈홍의장군 곽재우〉를 공연한다.

1592년 4월 13일. 도요토미 히데요시[豊臣秀吉]의 명령에 따라 부산포에 상륙한 일본의 20만 대군은 조선 땅을 유린하기 시작했다. 별다른 저항 없이 왜적은 양산, 밀양, 대구, 상주를 거쳐 문경새재까지 북상했다. 전쟁 발발 아흐레가 되는 4월 22일, 선생은 집 앞 정자나무에 북을 매달았다. 하늘과 땅이 하나가 되는 순간이다. 현고수 북소리를 듣고 수많은 사람들이 모이기 시작했다. 의로운 고을 의령에서 10여 명으로 출발한 의병은 수백 명으로 늘어나 마침내 2천 명을 헤아리는 대부대가 됐다.

왜적이 패퇴한 것은 의병들의 필사적인 투쟁 때문이다. 당시 왜군은 조선의 군사기밀을 정탐했다. 조정은 정쟁에 휘둘리고, 권율 장군과 이순신 장군이 이끄는 육군과 수군이 있다는 사실을 정확하게 파악하고 있었다. 그러나 이들은 의병이 일어나리라는 사실은 미처 헤아리지 못했다. 곽재우 장군이 지휘하는 의병 부대는 장군의 지략과 용맹에 힘입어 승리에 승리를 거듭했다. 왜적은 홍의를 입고 백마에 앉아 있는 장군의 모습만 봐도 혼비백산했다.

1597년 정유재란이 일어났다. 의병은 창녕의 화왕산성에서 적군과 대치했다. 전력이 우세한 적과 맞서기 위해서는 험한 지형에 의지할 필요가 있었다. 장군은 성벽을 구축하고 적군을 기다렸다. 포악한 적장 가토 기요마사[加藤淸正]가 이끄는 3만 대군이 성 아래 진을 쳤다. 적군의 깃발과 창검을 보고도 흔들리지 않고, 바위처럼 굳건하게 자리를 지켰다.

"왜적들 중에 병법에 밝은 자가 있다면 감히 우리가 지키는 성에 함부로 덤벼들지 못할 것이다." 장군의 말대로 가토 기요마사는 하루 밤낮을 성 밑에서 동정만 살피다가 장군과 의병의 기세에 눌려, 군사를 돌리고 말았다. 단 한 번의 전투도 치르지 않고, 적군을 물리치게 된 것이다. 이때 참전한 의병들이 그 기쁨을 "오호嗚呼 쾌재快哉라 가등청정加藤淸正 물러나네."라고 했다. 이 말은 영남 민요로 전승되는 과정에서 점차 가락이 붙고, 장단이 생기면서 "쾌지나칭칭나네"가 되었다. 전임수 전 의령군의회 의장의 증언이다.

노랫말을 들어보면 공감이 간다. '청천 하늘엔 잔별도 많다'는 현 고수의 북을 울리면서 바라본 의령의 밤하늘을 상징한다. '이수 건너 백로 가자'는 첫 전승지인 거름강을 뜻하는 것으로 보인다. 거름강은 낙동강과 남강, 이수二水가 합류하며, 백로가 많이 날아든다. '강변에 는 잔돌도 많다'거나 '솔밭에는 공이도 많다' '대밭에는 마디도 많다' 는 정암진을 비롯한 의령과 창녕 일대의 자연환경을 읊은 것으로 보 아진다.

'쾌지나칭칭나네'는 의병의 발상지 의령에서 출발하여 점차 남도 지방 민요로 발전했다. '쾌지나칭칭나네'는 선창하는 사람이 사설辭說 을 메기면, 수많은 사람들이 '쾌지나칭칭나네'라고 메나리조로 후렴 을 받아친다.

위기는 기회다. 주변 정세가 어수선한 이 시점에 우리는 의롭게 재무장할 필요가 있다. 아베의 망언과 중국의 방공구역 확대, 요동 치는 북한을 주시하며, 동북아의 소용돌이에 능동적으로 대처하기 위해 '쾌지나칭칭나네'를 노래하며, 의병과 의병 정신을 계승해야 하 겠다. 쾌지나칭칭나네, 쾌지나칭칭나네.(2013. 12)

작은 것이 아름답다

큰 것을 좋아하는 세상이다. 차도 커야 하고, 집도 커야 하고, 사람도 커야 한다. 작은 것은 용서가 안 된다는 말이 있을 정도다. 과연 그럴까. 그렇게 큰 것만이 좋은 것일까. 세상의 모든 위대한 것은 작은 것에서 출발했다. 태산을 정복하는 것도 한 걸음에서 시작되었고, 위대한 사상도 작은 생각을 익히는 데서 출발했다. 작은 씨앗이 자라 큰 재목이 된다. 씨앗은 작지만, 무한한 가능성을 갖고 있다. 그 작은 씨앗 속에 생명이 있고, 미래가 있다. 아름다운 것은 작은 것 속에 감추어져 있다. 생각이 깊어지면 깨달음이 오고, 생각이 체계화되면 위대한 사상이 된다. 작은 깨달음이 영원한 진리의 세계를 열게 된다. 가능성과 잠재력을 자르는 것은 죄악이다.

시군 통합 논의가 한창이다. 가시와 나군이 통합하겠다고 나서고, 갑군과 을군이 통합하겠다고 야단이다. 어찌 보면 효율성이 있어 보이기도 한다. 그러나 그 이면에는 서로가 이익을 보려는 복잡한 계산법이 깔려 있다.

결론적으로 말해서 우리 의령은 다른 시군과 통합하지 않았으면 좋겠다. 작은 것을 특성화하여 더 잘 사는 고을로 발전시켰으면 한다. 여태까지 잘 지내던 이웃 고을이 자기네만 잘 살아 보겠다고 조금 이익이 되고, 조금 더 도움이 되는 고을과 통합을 하겠다고 나서는 모양은 마치 잘 사는 집에 딸을 시집보내려는 부모처럼 순수해 보이지 않는다. 그래서 하는 말이다. 우리 의령은 면적이 좁고, 인구가 적어도, 소득이 낮아도 의령군 그대로 존속하였으면 좋겠다. 의령은 마땅할 '의宜' 편안할 '령寧'을 이름으로 사용하고 있다. 이를 직역하면 '마땅히 편안해야 하는 고을'이라는 의미를 풀이할 수 있다. 의령은 조상 대대로 평화롭게 살아온 의로운 고장이다. 비록 규모는 작지만, 그 어느 시군보다 많은 인물을 배출했으며, 기개도 드높았다. 의령 출신 향우들은 지금도 팔도강산에서 의령인임을 자랑하며 제 역할을 튼실하게 하고 있다.

누가 의령을 면적이 좁고, 인구가 적다고 하는가.

바티칸시국의 영토는 0.44㎢이고, 인구는 1,000여 명에 불과하지만, 엄연히 하나의 독립국으로 존재하고 있다. 모나코는 2.02㎢의 영토에 인구 35,400명이고, 리히텐슈타인공국은 160㎢ 면적에 인구 34,500명의 작은 나라다. 그에 비하면 의령은 482.91㎢ 면적에 인구 3만162명으로 바티칸 시국보다는 엄청난 대국이고, 모나코나 리히텐슈타인공국보다는 훨씬 넓은 땅을 보유하고 있다. 하나의 공화국을 이루어도 될 만한 크기의 면적과 인구를 갖고 있다는 말이다.

작은 것이 아름답다. 아이의 손등을 보라. 얼마나 아름다운가. 돈의 크기는 작아지고, 핸드폰도 작을수록 인기다. 사람들은 작은 것 찾기에 골몰하고 있다. 의령은 옛날부터 면적은 좁았고, 인구도 적은 고을이었다. 그래도 당당하게 나라를 지키는 의병장이 있었고, 최고의 경제인을 배출했고, 최고의 지성과 문화 사상가를 배출했다. 작지만 똘똘 뭉치면 못 이룰 일이 없다. '의병의 날' 제정이 바로 그 좋은 사례다. 작은 것이 아름답다. 통합을 한 후 서로 제 몫을 찾겠다고 싸우는 모습은 얼마나 볼썽사나운가. 의령은 규모가 작은 고을이지만, 작으면 작은 그대로 보전했으면 하는 마음 간절하다.(2011. 12)

한가위, 무료통행 서비스를 기대한다

팔월 한가위다. 예로부터 우리 민족은 '더도 말고 덜도 말고 한가위만 같아라'라며, 추석을 설과 함께 양대 명절로 쇠고 있다. 더욱이 올해 추석은 앞뒤 주말과 개천절까지 겹쳐 있어 가히 황금연휴를 맞이하고 있다. 일터에 따라서는 아예 열흘을 내리 쉰다고 하니 때아닌 '가을 휴가'라 할만하다.

하늘은 높고 푸르며, 대지는 풍요롭고 넉넉하다. 오곡은 무르익어 들판은 황금빛으로 물들고, 과일은 풍성하다. 더위는 물러가고, 귓불을 스치는 바람이 시원하여 가을 옷차림은 상큼하다. 집집마다 햇곡식으로 술과 송편을 빚는 등 제물을 마련하고, 몸을 정갈히 하여 조상께 예 올릴 준비를 한다.

차례를 지내고 나면 산소에 가서 성묘를 하는데, 벌초는 대개 추석 전에 미리 한다. 여름 동안 무성하게 자란 풀이 시들어서 산불이 나면 무덤이 타게 되므로, 미리 풀을 베어주는 것이다. 추석이 되어도 벌초를 하지 않으면 임자가 없는 무덤이거나, 자손은 있어도 조상의 무덤을 돌보지 않는 경우여서 웃음거리가 되기도 한다. 추석 명절에 차례와 성묘를 하지 못한 것을 수치로 알고, 자손의 도리가 아니라고 여긴다.

그러나 추석이 오히려 가슴 아픈 사람들도 있다. 원래 축제는 여유가 있는 사람들에게는 즐거운 일이지만, 곤고한 삶을 사는 이들에게는 보통 때보다 더 서럽고 힘들게 느껴지는 법이다. 가족과 친지들이 모여 웃고 마시며, 즐기는 차원을 넘어 사회 공동체의 다른 구성원, 특히 그늘에 가려 있는 불우한 이웃에게 사랑의 손길을 내밀어야 하는 이유도 여기에 있다.

최근에는 '명절 증후군'을 치르는 주부들이 늘고 있다. '명절 증후군'은 점차 젊은이와 남성, 중년층으로 확대되는 추세다. 취업을 못한 20대와 결혼을 못 한 30대, 진급을 앞둔 4, 50대도 명절 때만 되면 스트레스를 받는다. 취직은 하였는가, 결혼은 언제 할 것인가, 진급은 하였는가, 친지들의 지나친 관심과 질문에 차라리 명절을 귀찮아하는 이들도 있다.

명절 증후군은 자신과 직접 관계가 없는 일에도 짜증을 내게 된다. 해마다 이때쯤 편성되는 새해 예산안은 화풀이의 주요 대상이다. 하필, 추석에 예산안을 발표하느냐고 투정을 부리기도 한다. 내년의 나라 살림 규모가 올 추경예산에 비해 6.4%나 많은 238조 5000억 원으로 편성되고, 1인당 세 부담도 올해보다 20만 원이 늘어난 383만 원이나 된다고 하니 그럴 만도 하다.

늘어난 예산을 편성하려면 세금 인상은 불문가지다. 지금까지 부담하고 있는 세금만 해도 엄청난 규모인데, 기름값 인상과 부가세 확대, 담뱃값 인상, 심지어 출산 부양책으로 애를 낳지 않으면 세금을 더 내야 한다는 무자세無子稅까지 받는다고 하니 유리 지갑을 가지고 있는 봉급쟁이들은 공연히 화가 나고 억울하기만 하다. 세원은 한정되어 있는데, 정부는 해마다 복지 예산을 늘린다는 빌미로 끊임없이 국민의 호주머니를 쥐어짤 궁리만 하고 있다.

이런 여론을 인식해서인지 얼마 전 정부는 2030 비전을 발표한 바 있다. 그러나 먼 훗날의 장밋빛 환상보다는 당장 피부에 닿는 대국민 서비스가 요구된다.

한가위다. 대보름 달빛이 누구에게나 아름답게 보이게 하기 위한 행정 서비스의 하나로 명절 연휴 기간에는 고속도로 통행료를 받지 않았으면 한다. 해마다 귀성 행렬이 장사진을 치는데도 도로 행정은 무감각한 건지 애써 모른 체하는 건지 알 수가 없다. 민족의 대축제인 추석에 고속도로 통행료를 받지 않게 되면 차량 소통은 원활하게 될 것이고, 필연적으로 교통사고도 줄어들게 될 것이다. 정체에 의해 낭비되는 기름값 또한 크게 절약할 수 있게 되고, 모처럼 톨게이트 종사원들도 더불어 쉬게 된다. 어렵고 힘든 사람들도 마음이 여유로워져 정신 건강은 좋아질 것이고, 사회 분위기도 한결 밝아질 것이다. 바닥을 기고 있는 정치인들의 인기 또한 한가위 보름달만큼이나 상승하게 될 것이니 정말 누이 좋고 매부 좋은 일 아닌가.

우리 민족은 달을 보면서 자신의 안녕과 가족의 소망을 빌기도 하고, 평화와 다산의 풍요로움을 느끼기도 한다. 어진 백성들을 위해 고속도로 무료 통행 서비스 행정을 기대하면서 아름다운 한가위 달빛, 휘영청 떠오른 대보름달을 바라보며 고향길을 달려가고 싶다.(2006. 10)

괴담과 착각

중학교 시절의 일이다. 그 당시에는 귀신과 도깨비 이야기가 참 많았다. 문둥병 환자들이 아이들의 간을 내먹는다던지, 물에 빠져 죽은 처녀 귀신들이 아이들을 잡아먹는다는 이야기가 예사롭게 떠다녔다. 쌍수라는 이름을 가진 택시 기사가 소복을 한 여자 귀신에게 홀려 저수지에 빠져 죽었다는 이야기가 나돌았고, 읍내에 갔다가 돌아오던 소장수 아저씨가 밤새도록 귀신과 싸웠는데, 다음 날 가보면 피 묻은 빗자루가 있더라는 이야기도 흘러나왔다.

중고등학교 시절, 의령의 산골 출신인 나는 함안의 군북역에서 집이 있는 화정까지 걸어 다녀야 했다. 길은 외줄기 오솔길, 30리가 넘었다. 겨울에는 해가 짧아 캄캄하게 어두운 밤길을 걸어야 했는데, 이런 이야기가 생각나면 참으로 무서웠다. 금방이라도 귀신이 나와 머리를 잡아챌 것만 같은 두려움에 떨었다. 괴담의 파급효과는 엄청났다. 지어낸 이야기가 진실처럼 다가왔다. 한번은 달빛이 하얗게 내리는 밤이었는데, 숲 속에 야시(여우)가 나타나 졸졸 따라오는 것 같은 착각에 빠져 돌팔매질을 하기도 했고, 고함을 쳐 무섬증을 달래기도 했다. 다음날 나는 마을 아이들에게 그 무서웠던 상황을 실감을 더해 이야기했다. 내가 한 이야기는 어느새 살이 붙어 이웃 마을까지 퍼져 가곤 했다. 트위터나 페이스북은 없었지만, 입으로 한 이야기가 제법 그럴싸하게 퍼져 나갔다. 어느새 나는 시골 마을에서 괴담 속의 영웅이 되어 있었다.

조선일보 미디어 리서치(2011. 11. 9)가 발표한 괴담의 신뢰 수준을 보면서 어린 시절의 일들이 생각났다.

- 한·미 FTA가 시행되면 우리나라는 미국의 식민지가 된다.(49.0%)
- 광우병 걸린 미국 쇠고기의 수입으로 인간 광우병이 생겨도 수입을 막을 수 없다(48.0%)
- 한·미 FTA로 맹장 수술비가 900만 원이 된다.(36.5%)
- 전남 순천에서 장기 적출을 위한 인신매매가 성행하고 있다.
- 강호동 자택에서 숨 쉰 채 발견(?)

우리나라 청년층의 상당수가 이러한 괴담을 사실로 믿는다고 하니 실로 놀라운 일이 아닐 수 없다. '한·미 FTA가 시행되면 우리나라는 미국의 식민지가 된다'라는 주장에 49.0%가 사실로 알고 있고, '광우병 걸린 미국 쇠고기의 수입으로 인간 광우병이 생겨도 수입을 막을 수 없다'는 근거 없는 주장도 48.0%나 믿고 있다니….(거의 절반 수준이다)

기사는 '대통령과 관련한 루머'나 '경제 식민지화' '인간 광우병 창궐' '천안함 사건' '김정일 사망설' 등 주요 괴담을 사실로 믿는 비중이 높다고 보도하고 있다. 이 글을 쓰고 있는데, 한미 FTA 비준안이 국회를 통과했다고 한다. 또 얼마나 많은 괴담이 생성될지 심히 우려되는 바다.

트위터 · 페이스북 · 인터넷 등을 통해 우리 사회를 휘젓고 다니는 갖가지 괴담들이 단골 소재로 악용된다. 젊은이들이 괴담에 휘둘리는 모습을 보면서 쾌감을 느끼는 이들이 그에 영합하는 후속 괴담을 확대 재생산하고 있다. 문제는 사실이 아닌 이야기를 사실로 착각하게 만든다는 사실이다.

착각은 어떤 사실을 실제와 다르게 지각하거나 생각하는 현상을 말한다. 세상에 착각하지 않는 사람은 없다. 중요한 것은 착각을 어떻게 하는가의 문제다. 착각은 어두운 면과 밝은 면이 있다. 자신의 삶에 좋지 않은 영향을 줄 수도 있고, 반대로 행복한 삶을 만들 수도 있다. 긍정적인 착각은 허황된 꿈이 아니라 끊임없이 노력하게 하는 시너지 효과로 담대한 희망이 될 수 있으며, 자신을 바꾸고 세상을 밝게 하는 위대한 힘을 발휘한다. 문제는 부정적 착각이다. SNS를 통해 정상적인 언로를 차단하거나 왜곡하는 상황이 계속된다면 우리 사회의 합리적 의사 결정 과정은 마비될 수밖에 없다. 사회체제와 현상에 불만을 품은 세력이 새로운 미디어에 편승해 사실을 왜곡함으로써 우리 사회가 위기에 빠져들 수도 있는 상황이 된 것이다.

개인 미디어의 발전은 어쩔 수 없는 시대의 큰 흐름이다. 사회적으로 좀 더 책임 있는 세대들이 젊은 세대의 미디어에 들어가서 그들이 사용하는 언어로 사실의 옳고 그름이 무엇인지 전하고, 기존 매체들은 젊은 세대들이 개인 미디어가 제공한 잘못된 정보의 손아귀에서 벗어날 수 있도록 젊은 세대를 끌어안을 매력 있는 미디어로 재탄생하는 노력을 함께 기울여야 한다.

이러한 역할의 중심에 우리 문인들의 열정과 노력이 함께 작동해야 할 것이다.

문학은 사회의 거울이다. 당대의 사회 현상을 치열한 정신으로 꿰뚫어보고 극복하려는 의지의 표현이며, 모순을 해결하려는 열정과 기록의 산물이다. 그 시대가 감당해야 할 아픔과 불행의 크기를 보여주는 증언의 기록이자 그것을 감당해야 하는 정신의 척도가 되며, 그 시대가 지향하는 이상의 높이를 증명하는 근거가 된다. 억압과 통제에 의해 표현의 자유가 제한되는 사회에서도 문학은 빛나는 형태로 존재하였으며, 고립화를 막고 연대감을 심어주는 방파제의 역할을 수행했다. 문학이 수단으로 삼는 언어의 힘은 어느 사회에서도 꺼질 줄 모르는 불길처럼 살아 있어 인간의 삶을 인간답게 만드는 동력으로 작용한다. 그런 점에서 문학의 언어는 한 시대의 눈뜬 의식의 표현이고, 그 시대가 지향하는 총체적 세계관을 수렴할 수 있는 풍부한 자양이 된다.

우리가 어렸던 시절의 괴담은 아이들을 무서움에 빠지게 하는 정도였지만, 검증되지 않은 정보에 매몰된 지금의 괴담이나 거짓 뉴스는 사회를 혼란에 빠뜨리고 분열시키는 부정적 영향을 미칠 것으로 보여 우려되는 바가 크다. 착각은 편견과 고정관념을 만드는 괴력을 지니고 있다. 괴담에 휘둘리는 사회현상을 보면서 문학의 중요성을 다시 한 번 생각해 본다.

스티브 잡스가 좋아했다는 윌리엄 블레이크의 「순수의 전조」를 읽어본다.

한 알의 모래 속에서 세계를 보며
한 송이 들꽃에서 천국을 보라.
그대 손바닥 안에 무한을 쥐고

한 순간 속에 영원을 보라.

새장에 갇힌 한 마리 로빈새는
천국을 온통 분노케 하며,
주인집 문 앞에 굶주림으로 쓰러진 개는
한 나라의 멸망을 예고한다.
쫓기는 토끼의 울음소리는
우리의 머리를 찢는다.

종달새가 날개에 상처를 입으면
아기 천사는 노래를 멈추고,
모든 늑대와 사자의 울부짖음은
인간의 영혼을 지옥으로부터 건져 올린다.
여기저기를 헤매는 들사슴은
근심으로부터 인간의 영혼을 해방시켜준다.
학대받은 양은 전쟁을 낳지만,
그러나 그는 백정의 칼을 용서한다.
그렇게 되는 것은 올바른 일이다.

인간은 기쁨과 비탄을 위해 태어났으며
우리가 이것을 올바르게 알 때,
우리는 세상을 안전하게 지나갈 수 있다.
기쁨과 비탄은 훌륭하게 직조되어
신성한 영혼에겐 안성맞춤의 옷,
모든 슬픔과 기쁨 밑으로는
비단으로 엮어진 기쁨이 흐른다.

아기는 강보 이상의 것,

이 모든 인간의 땅을 두루 통해서

도구는 만들어지고, 우리의 손은 태어나는 것임을

모든 농부는 잘 알고 있다.

자신이 보는 것을 의심하는 사람은

그대가 무엇을 하건, 그것을 결코 믿지 않을 것이다.

해와 달이 의심을 한다면

그들은 곧 사라져 버릴 것이다.

열정 속에 있는 것은 좋은 일이지만

열정이 그대 속에 있는 것은 좋지 않다.

국가의 면허를 받은 매음부와 도박꾼은

바로 그 나라의 운명을 결정한다.

이 거리 저 거리에서 들려오는 창부의 흐느낌은

늙은 영국의 수의를 짤 것이다.

　　　　－ 윌리엄 블레이크william blake(1757~1827), 「순수의 전조」 전문

　윌리엄 블레이크는 그가 살았던 영국 사회의 모순을 비판하고, 미래를 걱정했다. 사물의 현상과 본질을 꿰뚫어 보는 예리한 눈과 시대를 앞서가는 감각은 높이 평가받았다. '그대 손바닥 안에 무한을 쥐고/ 한 순간 속에 영원을 보라.'라는 시구에서 스티브 잡스는 영감을 얻어 스마트 폰을 만들었다고 한다. 시와 IT가 만나 환상적인 매체를 만들어 우리는 편리성을 담보하게 되었지만, 이로 말미암아 한국 사회에서 괴담이 떠돌게 되었다는 사실을 알게 되면 고인이 된 블레이크나 스티브 잡스는 어떤 생각을 하게 될까. 문명의 이기는 양면성이 있는 모양이다. 인간의 고통과 근원에 대해 고민하고, 시장주의에 맞

서 온 블레이크가 '순수의 전조'에서 보여주는 불길한 조짐들이 과연 우리 사회와는 무관한 것인지 관심 있게 지켜봐야 할 일이다. (2011. 12)

밴댕이 소갈머리

주가 이틀째 폭락
검찰청 차장 브로커 계좌에 송금
윤상림, 사기와 횡령 혐의
줄기 세포주 고의 오염 가능성 수사
금값 폭등에 사재기 극성
방화 추정, 3남매 숨져

간밤에 방송된 9시 뉴스의 주요 이슈다. 제목만 봐도 부정적이며 비판적인 내용이 주류임을 알 수 있다. 사람이 개를 물면 뉴스가 되고, 개가 사람을 물면 뉴스가 아니라지만 너무 심하다. 뉴스라는 게 사기나 횡령, 각종 사고, 경제 문제가 대부분이다. 멀리 거슬러 갈 것도 없이 해방기의 조상들이 오늘의 뉴스를 본다면 현대인의 삶의 질을 어떻게 평가할까. 일부 지식인들이 방송을 멀리하거나 아예 뉴스를 보지 않겠다고 하는 심정을 이해할 수 있을 것 같다.

가능하다면 저녁 뉴스는 부정적이고 비판적인 내용을 담더라도 아침 뉴스는 긍정적이고 생산적인 내용으로 구분하여 취급하였으면 좋겠다. 밝고 아름다운 뉴스로 하루를 출발한다면 삶의 즐거움과 더불어 우리의 행복 지수도 높아지지 않겠는가.

새해를 맞이하기 위해 제야의 종을 울리고, 한 해의 소원을 비는 해돋이 행사를 한 것이 바로 엊그제인데, 세상은 아수라장처럼 시끄럽기만 하다. 조상들은 설날을 세수歲首·원단元旦·원일元日·신원新元이라고도 하였으며, 근신하거나 조심하는 날이라 해서 신일愼日이라 부르기도 했다.

단군신화를 보면 환웅이 세상에 내려왔을 때, 곰과 범 한 마리가 찾아와 사람이 되게 해달라고 빌게 된다. 환웅은 이들에게 쑥과 마늘을 주면서 이것을 먹고, 햇빛을 보지 않으면 사람이 된다고 일렀다. 이 말을 들은 곰과 범이 근신하기 3·7일 만에 곰은 여자의 몸이 되고 범은 이를 참지 못하여 사람이 되지 못하였다.

신화에 나오는 3·7일의 근신이란 큰일을 이루기 위해서는 함부로 덤벙대거나 껍죽대지 말라는 경구에 다름없다.

그럼에도 불구하고 현대를 사는 우리는 지나치게 작은 일에 얽매이기도 하고, 쓸데없는 일에 고집을 피우기도 한다. 흥분하여 성질을 내다 제풀에 지치고 마는 사람들. 이들은 바로 밴댕이 소갈머리다. 성질이 급해 물 밖으로 나오면 바로 죽고 마는 밴댕이는 편협하여 쉽게 토라지는 사람과 유사한 생태를 지니고 있다. 밴댕이 소갈머리가 지도자로 있으면 나라는 말할 것 없고, 사회와 직장, 가정까지 영일이 있을 리 없다. 그들은 무슨 일거리를 만들어서라도 함께 사는 사람들을 들볶거나 불안하게 한다. 우리는 하루에도 여러 번 밴댕이 소갈머리를 보기도 하고, 자신도 모르는 새 밴댕이 소갈머리가 되기도 한다.

일본의 고이즈미는 국제적인 밴댕이 소갈머리다. 그는 이웃 나라가 뭐라고 하든 말든 자기 고집대로 행동한다. 우리 정치권의 밴댕이 짓은 어제오늘의 일이 아니지만, 며칠 전 법무장관이 특정 언론의 칼럼을 비판한 취중 발언은 영락없는 밴댕이 소갈머리다. 사학법을 거부한다고 선언하였다가 집중 감사를 한다니 이를 취소하는 사학련의 생태도 밴댕이 소갈머리고, 천성산 도롱뇽을 보전하기 위해 단식을 하는 지율 스님을 보면서 공사를 강행하는 행정도 밴댕이 소갈머리다. 검찰청 차장이 브로커 계좌에 송금하고 오리발을 내미는 것이나, 금값이 폭등한다고 사재기를 하는 사람 또한 밴댕이 소갈머리다.

이러다 보면 빨리빨리 문화에 젖어 있는 우리가 모두 밴댕이 소갈머리로 분류되는 게 아닌가 두려울 정도다. 설날을 눈앞에 두고 굳이 밴댕이 소갈머리를 거론하는 것은 정초만이라도 좀 조용하였으면 하는 기대에서 제시해 보는 처방이다.

우리 조상들은 신일에는 집 주변을 정결히 하고, 목욕을 한 후 옷을 갈아입고, 남의 일을 간섭하지 않으며, 부부가 동침하지 않는 것은 말할 것 없고, 말소리는 크게 하지 아니하며, 얼굴은 성냄이 없어야 한다고 하였다.

일 년을 시작하는 정월을 신월愼月로, 한 달을 시작하는 초하루를 신일愼日로, 하루를 시작하는 아침을 신시愼時로 설정하여 그 시간대만이라도 밴댕이 소갈머리 같은 짓을 하지 않는다면, 우리 사회는 보다 밝고 아름다워질 것이 분명하다.(2006. 6)

말의 위력 1

  사람의 입에서 나오는 말은 결단을 의미한다. 애매하고 다의적이고 가변적이던 현실이 말을 하게 됨으로써 일정한 형식과 함께 엄청난 위력을 지니게 된다. 시인이 "이름을 불러 주었을 때/ 그는 나에게로 와서 꽃"이 되기도 하고, 의미를 갖기도 한다. 의사가 환자를 진찰한 결과, "건강하다"고 하면 마음이 개운하고, 아프다고 하면 절망하게 된다. 판사가 유죄를 판결하였을 때는 사실 여부와 관계없이 피의자는 죄과를 치러야 한다. 사람에 대한 평가도 마찬가지다. 한번 나오게 되면 그 말은 진위와 관계없이 따라 다니게 되고, 사실을 잘 모르는 사람까지 간접 경험에 의해 일정한 방향으로 고정 관념화되기 마련이다.

  시인이나 의사, 판사가 말을 하기 전에는 유동적이고 가변적이던 내용이 입 밖에 나온 말로 인하여 결정적인 영향과 함께 엄청난 결과를 초래하게 된다. 그런데 우리 사회에는 언젠가부터 검증도 되지 않은 설說이 난무하면서 많은 사람들에게 상처를 주고 있다. 노산 선생의 경우가 그 대표적인 사례다.

  만선일보에 근무하면서 친일을 하였다는 황당한 설은 연변대 최상철 교수의 증언과 만선일보 영인본 검토 작업을 통해 구명되었고, 친일 잡지 조광에 근무하였다는 설 또한 영인본을 검토한 결과, 없는 사실로 드러났다. 백운산에 은거한 사실조차 부정하는 이가 있어 향토의 원로 시인이 직접 현장 답사를 하여 해명하기에 이르렀다. 그럼에도 이 설이 계속 나도는 것을 보면 우리 사회가 깊이 병들어 있음에 다름없다. 사람의 입에서 나오는 말은 애매하고 유동적인 상황을 결정적인 각도로 고정시키는 힘을 가지고 있다. 말을 통해서 새로운 상황은 만들어지고 현실은 조작적으로 창조되어 간다. 사람의 마음과 행동은 움직이고 있어 구속력이 없다.

그러나 한번 내뱉은 말은 파장이 있어 상대를 죽이거나 살릴 수 있는 위력을 지니게 된다. 따라서 말은 화살이 과녁에 꽂히듯이 이유와 근거가 분명해야 한다. 없는 사실을 진실인 양 둔갑시켜 엉뚱한 설을 유포한다면 이는 죄악이다. 조선어학회 사건으로 체포 구금되어 있다가 해방을 맞이한 노산 선생은 독립 유공자임에도 불구하고 친일 혐의가 있다는 설이 유포됨으로써 엄청난 흠결을 가지게 되었다. 친일설을 유포한 이들이 어떻게 책임을 지는가 지켜볼 일이다. (2001. 9)

말의 위력 2

올해는 초여름까지 가뭄이 극심하였다. 저수지의 물이 마르고 논밭이 갈라져 농민들의 가슴을 타게 하였다. 농업용수는 말할 것 없고, 생활용수와 식수까지 모자라 온 국민이 힘들어하였다. 하늘을 쳐다보며 비가 오기를 기다렸다. 글쓴이 역시 관계하는 문학잡지를 편집하며 비가 오기를 기다렸다. 기우의 염원을 담아 편집후기를 썼다. "여름호가 나오는 날 비가 왔으면 좋겠다. 해갈이 되도록 도랑물 툭 터지는 비를 기다린다."고 하였다. 우연이긴 하겠지만 잡지가 나오는 날 기다리던 비가 내렸다.

말의 위력을 실감한다. 진심으로 기원하면 하늘도 감동한다는 말이 생각났다. 말은 단순히 의사 전달을 하거나 현실을 묘사하는 데 그치지 않고, 현실을 창조하는 주술력 같은 것이 있나 보다. 말은 사람의 생각과 느낌과 의지의 표현으로 상호 유기적이며, 생동감 있게 살아 움직이는 것이다. 자연현상을 이해하고 해석하며 정리해서 체계화하고, 정신 현상을 형성하고 규제하면서 일정한 형태를 통하여 의식화, 공감화하는 것이다.

촌철살인寸鐵殺人이라는 말이 있다. 말 한마디로 상대를 죽일 수 있다는 경구가 아닌가. 그런데 요즈음 말을 너무 예사롭게 하는 경우를 본다. 젊은 여성 국회의원의 욕설이 그렇고, 여당 최고위원의 욕설이나 여·야 당대변인들의 말이 상식을 벗어나고 있다. 정치와 경제, 사회는 말할 것 없고 문화계까지 언어폭력이 난무하고 있다.

미당의 행적 논쟁이나, 본격·대중문학 논쟁을 보면 언어를 전문으로 다루는 작가나 평론가까지 인신공격성 발언을 하고 있다. 노산 문학관에 대한 논의도 정상적 궤를 벗어난 언어폭력은 말할 것 없고 그의 문학을 사랑하는 많은 시민들에게 상처를 주고 있다. 말이 정서적인 느낌과 이성적인 생각을 끌어가는 힘을 가지고 있다고 한다면, 폭력적 언어를 구사하는 사람들의 정서와 이성은 어떻게 구조화되어 있는지 궁금하다. 상대의 가슴에 못을 박으면 자신의 가슴에는 더 큰 화살이 되어 돌아옴을 어찌 모를까. 언어의 파장은 엄청난 것이다. 말을 보다 부드럽게 하고, 사고를 좀 더 유연하게 해야 하겠다. 서정시 같은 가을비 한 줄기가 솔빛솔빛 내려와 언어폭력에 멍든 우리의 심정을 촉촉이 적셔주었으면 좋겠다.(2001. 9)

소탐대실의 현대적 경고

100-1=0 참으로 희한한 수식이다. 고정 관념화된 머리로는 도저히 이해하기 어려운 논리다. 『디테일의 힘』을 저술한 중국의 왕중추汪中求(47)는 이를 알기 쉽게 설명한다. "한 중국 기업이 유럽에 냉동 새우 1,000t을 수출했다. 통관절차를 밟던 중 이물질이 발견됐다. 0.2g의 항생제가 문제였다. 새우를 손질하던 직원의 손에 묻어 있던 약이 섞여 들어간 것이다. 결국 이 새우는 전량 폐기됐다. 0.2g이 50억 배에 달하는 1,000t 물량의 수출을 망친 것이다. 이를 어떻게 설명해야 할까. 왕중추는 그 원인을 디테일Detail에서 찾는다. '세심함이 결여되면 언제든지 나타날 수 있는 현상'이라는 것이다.

우리나라에서는 이보다 더 엄청난 예를 쉽게 찾을 수 있다. 승승장구하던 김태호 총리 후보자의 낙마는 박연차와의 만난 시기를 잘못 기억하는 데서 기인하였고, 장수 장관으로 명성을 날리던 유명환 장관은 딸 특채 문제로 추락의 날개를 달고 말았다. 유명인사가 비극적으로 삶을 마감하는 경우도 마찬가지다. 법조계의 최고수장인 유태흥 전 대법원장은 한강에 투신했고, 현대그룹 정몽헌 회장은 회사 건물에서 몸을 던졌다. 안상영 전 부산시장, 대우건설 남상국 사장,

박태영 전남지사, 탤런트 최진실, 장자연, 박용하, 노무현 전 대통령 등이 스스로 목숨을 끊어 '자살 신드롬'이라는 말까지 등장했다. 이들의 자살은 우리 사회에 엄청난 파문을 일으켰다.

마지막 선택을 하게 된 이유야 여러 가지가 있겠지만, 따지고 보면 그 원인은 작은 일에서 출발한다. 가랑비에 옷이 젖어들듯 작은 일 하나가 결국 전체를 잃어버리게 하는 동인이 된 것이다. 이렇게 보면 100−1=0의 가설은 확실하게 성립하는 것으로 보인다.

우리 사회는 고도 경제 성장 과정을 거치면서 효율과 성장이라는 외적 목표를 달성하기 위해 매진해왔다. 갈등과 대립, 질시와 증오의 소용돌이를 벗어나지 못한 채 스트레스를 양산하게 됐다. 권력과 부의 정점에 이를수록 이를 유지하기 위해 무리수를 두다 보니 더 큰 압박감에 시달릴 수밖에 없다. 그동안 힘들게 쌓아 올린 명예와 자존심이 무너지는 것을 견디지 못해 제로(0)가 되는 극단적인 행동까지 하게 되는 것이다.

이러한 문제를 해결하기 위해 우리는 욕망에 대한 근원적 사색을 해야 한다. 인문학의 여유를 도입하여 가치와 원칙을 존중하는 풍토를 조성해야 한다. 자신의 선택과 행동이 사회에 미치는 영향을 되새기면서 상식이 통하는 행동과 투명하고 합리성에 바탕을 둔 품격 높은 삶을 추구해야 한다.

일찍이 노자는 "세상의 어려운 일은 반드시 쉬운 일에서 만들어지며, 세상의 큰일은 반드시 작은 것에서 비롯되어진다."(天下難事必作于易 天下大事必作于細)라고 갈파했다. 작은 일을 소홀히 하지 말라는 경고다. 그렇다. 가랑비에도 옷은 젖는 법. 바늘 도둑이 소도둑 되고, 가래로 막을 일을 포클레인으로도 막지 못하는 경우를 본다. 도덕성을 겸비하지 않은 명예와 권력은 사상누각이다. 자신을 보다 세심하게, 보다 엄정하게 관리해야 할 일이다. 100-1=0의 비참한 상황을 만들지 않기 위해.(2011. 7)

무감각, 무감동, 무절제 시대

무감각 시대를 살고 있다. 중국의 동북 공정이나 헌법 개정은 관심 밖의 사안으로 밀려나고, FTA 문건이 유출되거나 의료법 개정안이 의사협회의 반대로 무산되어도 그러려니 하는 정도다. 대규모 시위 행렬에도 별다른 불평이 없다. 매사에 시큰둥하다. 워낙 큰일을 당하며 살다 보니 웬만한 일에는 눈썹 하나 까딱하지 않는다. 소설가의 상상을 넘어서는 일들이 현실로 등장하는 세상이다.

사이버 공간에서 일어나는 일들은 더욱 예측할 수 없다. 3차원의 상황을 연출하면서 인간의 말초 신경을 자극하여 가상공간의 상상이 현실 체험이라는 모방 중독 현상을 야기하고 있다.

실제, 우리나라의 인터넷 인구는 3천만 명에 달하고, 인터넷 보급률과 사이버 거래, 인터넷 이용률이 세계 1위라는 경이로운 기록을 수립하고 있다. 컴퓨터는 생활필수품이 되었으며, 인터넷은 삶의 도구가 되어 우리의 생활 방식을 바꾸는데 크게 기여하고 있다. 그러나 그 역기능 또한 만만치 않다. 한글로 제공되는 유해 사이트가 영어에 이어 두 번째로 많으며, 세계에서 세 번째로 스팸 메일을 많이 발송하는 나라, 소프트웨어 불법 복제율이 48%에 달하는 나라에 살고 있다.

우리에게 사이버 공간은 정보의 나눔과 공유를 위한 담론의 기능보다 세속적 쾌락을 추구하는 역기능의 통로로 오·남용되고 있다.

성찰 없이 진행한 속도 위주의 정보화로 우리는 가상공간과 현실세계를 구분하기 어려운 무감각, 무감동 시대를 살게 된 것이다. 청소년은 말할 것 없고, 어른들까지 사이버 게임에 중독되어 간다. 게임에서 사용되는 무기가 고가에 거래되기도 하고, 가상의 화폐가 진짜 화폐 같은 경제적 가치를 지니게 되었다. 현실을 가상 게임으로 착각하여 진짜 총을 쏘기도 한다. 게임에 중독되어 사회부적응 현상을 보이는 청소년들이 새로운 사회문제로 등장하고 있다.

우리나라는 IT산업 육성이라는 이름으로 가상공간에서 일어나는 사이버 범죄를 방기하거나, 오히려 조장하고 있는 실정이다. 성인 오락물 '바다이야기'를 단속하다 그 후속 조치가 유야무야 되자 인터넷 도박이 기승을 부린다.

범죄를 부추기는 사이트와 사이버 카페가 우후죽순처럼 난립하고 있는 형편이다. 정상가격의 20%에 대포차(무적 차량)를 팔고, 이메일을 통해 여성용 최음제가 유통되는 등 인터넷이 각종 범죄의 연결고리가 되고 있다. 음란 사이트는 말할 것 없고, 가출 카페나 자살 사이트가 성범죄와 강력 범죄를 부추긴다.

'가출 소녀의 경험'이라는 일본의 사이트에는 픽션이라기엔 너무나 리얼한 동영상이 등장한다. 가출 소녀를 성폭행하고, 동물처럼 사육한다는 내용이다. 그러나 가출 소녀가 가혹한 현실을 체험하고도 집에 들어가느니, 차라리 매춘을 선택한다는 일본의 가정 붕괴를 강건너 불 보듯 하고 있다는 데, 더 큰 문제가 있다.

우리는 이미 돌아올 수 없는 강을 건넜는지 알 수 없다. 가상세계는 현실 공간과 구분이 어려울 정도여서 실제 상황과의 혼돈을 가져오고 있다. 큰일은 예사롭게 넘기면서 자신과 관계되는 작은 일에는 쉽게 흥분하거나 과잉 대응을 하기도 한다. 욱하는 마음으로 상대를 살상하고, 자살을 해버리는 사이버 공간에서의 게임과 같은 일들이 현실 세계에서도 쉽게 일어난다. 그러다 보니 자살률 세계 1위의 무감각, 무감동, 무절제 시대를 살게 되었는지도 모른다.

가상공간에서 체험한 일들이 현실을 사는 인간의 생각과 사상마저 바꿔 놓을 수 있다니 섬뜩하다. 사이버 공간은 현실과 분리된 공간이 아니며, 사회적 맥락으로부터 괴리된 공간도 아니다. 사이버 공간은 우리 삶의 일부이고, 우리 삶의 일부가 바로 사이버 공간이다. 가상 체험과 악플에 대한 개개인의 대응 능력을 기르는 자율적 책무를 강화하고, 보다 강한 사이버 폭력 처벌과 인터넷 실명제를 도입하는 등 국가 차원의 제어 대책이 절실하다.(2007. 2)

전자 언어, 그 자족적 기능과 처방

새로운 사회 형태가 생성되려면 새로운 사회화, 새로운 조직화 방식을 필요로 한다. 정보화 사회가 새로운 사회 형태라면, 사이버 문화의 공간적 배경이 되는 통신 공간 또한 정보화 사회가 만들어 낸 또 하나의 새로운 사회 형태다. 이들은 자족적 나르시시즘과 대중매체와 멀티미디어를 통하여 개인적인 사회화 과정, 개인적인 경험 조직화의 방식을 노정하고 있다는 점에서 동일하다. 그러나 문제는 새로운 사회 형태를 반영하는 문화가 무엇을 어떻게 지향하고 있는가 하는 것이다.

언어는 사회적인 약속이다. 언어가 의사 전달의 소통 체계로 성립되기 위해서는 사회 구성원들의 동의가 있어야 하며, 사회 변화에 맞춰 유기적으로 움직여야 한다. 언어가 경험에 의미를 부여한다면, 우리는 언어의 틀 안에서 우리의 생각이 가능하게 되는 체계로 전환해야 한다. 언어는 하나의 개념의 그물망, 하나의 가치 체계를 통해 현실을 경험한다.

문자언어의 사회적 약속이 기표記票와 기의記意의 대응에 의한 규약임에 비해, 전자 언어는 문자언어의 사회적 약속을 문자성과 구술성의 기본 전제에 의해 새로운 형태로 변조되고 있다. 통신 인구가 급증하면서 언어생활에 예기치 못한 일들이 벌어지고 있다. 대표적인 것이 대화 언어의 등장이다. 대화방에서 네티즌끼리 주고받는 언어로 본다면, 문제가 되지 않을 수도 있지만, 일상 언어의 규약까지 파괴한다면 이는 예사 문제가 아니다.

'대화'는 그 자체가 구술이다. 그러나 대화 언어는 공간적 특수성 때문에 대화자들이 직접 얼굴을 대면하고 주고받는 것이 아니라, 모니터를 매개로 키보드를 통해 구술되기 때문에 문자적이기도 하다. 대화 언어가 가진 구술성과 문자성의 이중 구조가 일상적인 언어의 구술성을 파괴하면서 새로운 대화 언어를 만들어내고 있다.

실제 사이버 공간에서 통용되고 있는 대화 언어는 보통 사람들이 이해하기가 여간 어렵지 않다. '안냐세요(안녕하세요)'와 '방가(반갑습니다)' 정도는 그래도 애교스럽다. 'ㄱㅅ(감사)' 'ㅊㅋ(축하)' '냉무(내용 없음)' '벙개(갑작스런 모임)' '강추(강력추천)' '드뎌(드디어)' '글구(그리고)' '지대(제대로, 최고로)' '열공(열심히 공부하다)'에 이어 안습(가슴이 찡하다. 감동적이다), 재접하다(인터넷에 다시 접속한다), 솔대(솔직히 말해서 대박이다) 등에 이르면 채팅을 하는 유사 세대끼리도 제대로 소통하지 못하는 경우가 있다고 한다. 언어는 의사 전달이 중요하다. 그런데 20대가 10대의 언어를 이해하지 못할 정도라면 이의 폐해는 심각하다.

대화 언어의 문제는 크게 두 가지로 지적할 수 있다. 하나는 내용에 있어 언어사용에 대한 특별한 검열 기제가 마련되어 있지 않은 탓에 '욕설'이나 '음란한 발언' '비속한 표현' 등이 자주 쓰이는 것이며, 다른 하나는 형식적으로 일상어의 맞춤법과 띄어쓰기가 무시되며, 네티즌들만이 이해할 수 있는 새로운 어휘들이 만들어진다는 점이다.

은어나 회화문자는 네티즌이 사용하고 이해하는 것으로, 특수어의 범주에 들어가지만, 통신 인구가 급증하고 있음을 감안하면, 어학 연구가들의 깊이 있는 분석이 필요한 새로운 형태의 구술 언어다. 그리고 필연적으로 사이버상에 나타난 대화 언어를 분석해내는 작업도 뒤따라야 한다.

일반적으로 산문은 문자(책)로 현현한다는 매체적 특성상 대화체를 제외하고는 구어체의 사용이 많지 않음에 비해, 통신 공간에 오르는 문장은 풍경 묘사나 심리 묘사에도 구어체의 사용이 빈번함을 볼 수 있다. 말줄임표나 느낌표, 물음표 등 문장 부호의 사용이 두드러질 정도로 많이 쓰이는데, 이런 언어적 특징은 대화 언어가 여과 없이 그대로 문학어로 사용되고 있음을 보여주는 것이다. 따라서 정보화 시대의 언어인 전자 언어로 말하기가 글쓰기에 어떤 영향을 주고 있는가를 살펴보는 일은, 사이버 문장의 언어적 특질을 해명하는데 유효한 단서가 된다. 더 늦기 전에 전자 언어가 언어의 규약을 파괴하거나 지나치게 자족적 기능에 빠지고 있음을 경계해야 하며, 그에 대한 처방이 절실히 요구된다.(2007. 2)

영상 문화 시대의 문화예술

인류의 문화는 구술 문화, 문자 문화, 영상 문화로 대별할 수 있다. 구술 문화 시대에는 문자가 없거나 쓰기를 할 수 없는 사람들이 이야기나 노래를 통해 말로써 문화를 발전시키고 전수했다. 인간의 생활과 밀착되어 있으며, 논쟁적인 어조가 강하고 객관적 거리보다는 감정이입적이며 참여적 성격을 가졌다. 문자 문화는 일회적인 구술 문화를 대신하여 기록을 통한 문화의 영구보존을 목적으로 했다. 문자는 앞뒤로 다시 읽으며, 확인이 가능하여 불변적이다. 정교한 문법을 따라 통사론적 활용이 많고, 분석적이고 추론적이며 종속적이었다.

구술 문화에서 문자 문화로 시대가 바뀌게 되는 것은 의사소통의 수단이 '말하기'에서 '글쓰기'로만 바뀐 것이 아니라 인간의 의식까지 재구조화했다. 글쓰기에 따라 사람의 사고방식은 크게 달라진다. 구술 문화처럼 반복되어 전해지기보다 재창조되거나 새 지식을 창출하기 때문에 진보적 성향을 가진다. 문자 문화는 생활 경험으로부터 일정한 거리를 두는 추론적 지식이 발달하게 되었으며, 자기분석 논리에 집중하고 객관성을 추구함으로써 한동안 인류 문화의 중심이 됐다.

그러나 이제 문자 문화가 영상 문화로 대체되는 새로운 전환기에 접어들었다. 상식의 틀을 깨는 진도구가 유행하고, 가상과 현실 세계가 비빔질 된다.

파타피직스는 부조리로 가득 찬 사이비 철학 혹은 과학을 말한다. 가상과 현실이 뒤섞여 나타난다. 문자 문화가 즐겨 차용하던 메타포는 충격적으로 비유한다고 해도 가상과 현실은 분명하게 구분됐다. 그러나 파타포는 다르다. 영상 세대의 머릿속에는 가상과 현실이 중첩되어 나타난다. 파타피지컬은 말하는 사람이나, 듣는 사람 모두가 허구라는 걸 알면서도 진짜인 척 속아주는 상황을 말한다.

현대는 문자 문화와 영상 문화가 공존하는 시대다. 세대 간의 사고는 현격하게 달라지고 있으며, 갈등과 길항 현상을 야기하기도 한다. 문자 문화와 영상 문화의 간극을 어떻게 메우느냐가 시대적 과제가 됐다. 이미지로 소통하는 영상 문화는 짧고 재미있고 깊이 있는 것을 추구한다. 쿨한 재미를 추구하는 영상 문화가 주류로 잠입하게 되자 사람들은 쉽게 매료됐다. 자신도 모르는 사이 스마트 폰의 노예가 되었고, 기꺼이 컴퓨터의 감옥에 유폐됐다. 지성과 이성은 장식처럼 멀리하고, 세상은 유치한 놀이 공원으로 변해갔다. 이성과 사유, 문화의 패퇴에 대해서는 아쉬워할 여유조차 없었다. 영상 문화 중심이 되는 인터넷과 영화, 스마트 폰이 발전하는 뒤안길에서 문자 문화는 쇠락의 길을 걷게 됐다. 세상은 참으로 급격하게 변화했다.

문자 문화 시대의 문화예술은 공급자 중심이었다. 생산자가 창작하고 나면 수요자가 알아서 선택하는 방식이었다. 그러나 영상 문화 시대는 수요와 공급이 쌍방향으로 교류하는 균형 감각이 필요하다.

소비자가 뭘 원하는 지, 어떤 걸 원하는지를 세심하게 분석하여 보다 적극적으로 접근하는 문화적 인식이 요구된다.

20세기 후반부터 영상 문화는 혁명적인 변화를 거듭했다. 이는 단순히 영상 문화에 대한 질적, 양적 변화만이 아니라 사회적 커뮤니케이션 방식과 정신문화 전반에 중대한 변화를 가져왔다. 그럼에도 불구하고 영상 문화 메시지를 분석하는 데는 인쇄 문화의 분석법이 그대로 답습되어, 영상이 동반하는 구술 문화와 문자 문화의 메시지에만 의존하거나, 부분적 영상에 대한 해독 작업에 국한됨으로써 영상 메시지의 다양한 의미와 기능을 제대로 포착하지 못하고 있는 형편이다.

지금은 문자 문화와 영상 문화가 공존하는 시대다. 2030세대와 5060세대가 소통되지 않는 것은 세대차가 아니라 문자 문화와 영상 문화의 인식 차에 의한 결과다. 문화예술을 기획하거나 주도적으로 리드하는 계층은 시대적 변화에 대한 추이를 제대로 인식하지 못하고, 세대차로만 수용함으로써 문제 해결의 실마리조차 찾지 못하고 있는 실정이다. 세대 간의 사고는 현격하게 달라지고 있으며, 세대 간의 문화차는 더욱 심화되어 그 간극은 이미 심각한 사회 문제로 대두되고 있는 형편이다.

지금까지 우리는 문화예술의 질적 향상과 그 위상을 정립하기 위해 열심히 노력했다. 고급문화 미디어로서의 기능은 간과할 수 없지만, 결과적으로 실험실의 개구리처럼 자폐의 늪에서 허우적거리다 어느 날 갑자기 영상 문화를 맞이하게 된 셈이다. 그러나 언제까지 우리 문화가 순수예술 혹은 엘리트 예술이라는 기치 아래 문자 문화로만 자족하고 있을 것인가.

지금은 문자 문화와 영상 문화 공존을 모색해야 하는 대변혁기다. 우리는 미디어 환경의 변화에 따라 정보화 시대, 다문화 시대의 대중 문화 미디어로서의 문화예술을 위해 심각하게 고민해야 한다. 과학 기술이 변하면 문화도 변하기 마련이다. TV와 패드, 컴퓨터, 스마트폰 등 모바일 기기를 한꺼번에 켜놓고, 수없이 많은 정보를 주고받으면서 필요한 것을 가려서 취하는 시대다. 이제 문화예술도 영상 세대와 함께 호흡하면서 새로운 시대의 변화에 대비하는 지혜가 필요한 시점이다.(2015. 1)

영화 〈국제시장〉의 사회화

"인간은 늘 어떤 집단 사회의 성원으로서 생활을 영위하기 때문에 동일화同一化에 의해 살아가는 필연적 인과에 놓이게 된다. 영화 〈국제시장〉은 감독과 출연진의 동일화 원리가 작동하여 문자 세대인 아버지 세대의 노고와 영상 세대인 자녀 세대의 마음을 절묘하게 교직交織하면서 이색적인 감동을 준다."

"아버지, 내 약속 잘 지켰지예."
"아버지, 이만하면 잘 살았지예?"
"그런데 나 진짜 참 힘들었거든요."

영화 〈국제시장〉이 뜨고 있다. 화제를 몰고 오면서 관객들의 누선을 자극한다. 문자 문화 세대와 영상 문화 세대의 심리를 적절하게 비빔질하여 진기록을 세울 것 같다. 진부한 대사지만, 관객들의 공감을 사는 것은 세대를 초월하여 우리가 모두 힘들고 어렵게 살아왔기 때문이다.

영화는 메러디스 빅토리아 호의 승선을 회상하면서 출발한다. 흥남 부두에서 정원 60명의 화물선에 1만4천 명을 태워 기네스북에 오른 역사적 사실이다. 승선 장면은 그야말로 아비규환이다. 여기서 주인공 덕수는 아버지와 여동생을 잃게 된다. 배는 28시간을 항해하여 부산항으로 이동했으나, 입항을 거절당하자 레너드 라루 선장은 50마일을 더 항해해서 1950년 12월 25일 거제도 장승포항에 피란민을 내려놓는다.

6·25전쟁과 생사도 모르는 이별, 파독派獨 광부와 간호사, 월남전 참전, 이산가족 찾기는 우리 역사의 질곡을 나타내는 단면들이다. '시대의 아픔을 자식 세대가 아닌 우리가 감당하는 것이 다행'이라는 주인공의 독백에서 시대를 초월하는 자식 사랑이 가슴 아리게 전해온다. 개봉 3주 만에 관객 800만 명을 넘어섰고, 1,000만 관객을 질주하듯 돌파했다.

이 영화를 만든 윤제균 감독과 주인공 황정민, 김윤진은 40대 초중반 세대로 문자 문화와 영상 문화 세대에 낀 사이間 세대다. 우리는 인간관계에서 상호작용을 하거나 영향을 주고받는 과정을 사회화라고 한다. 인간은 늘 어떤 집단 사회의 성원으로서 생활을 영위하기 때문에 동일화同一化에 의해 살아가는 필연적 인과에 놓이게 된다. 영화 〈국제시장〉은 감독과 출연진의 동일화 원리가 작동하여 문자 세대인 아버지 세대의 노고와 영상 세대인 자녀 세대의 마음을 절묘하게 교직交織하면서 이색적인 감동을 준다.

사회화의 과정은 인간과 인간의 근원적인 관계망을 형성한다. 인간의 개체는 독립적인 존재이지만, 독자적 존재 가치와는 상관없이 동료 인간과의 공동생활을 영위하면서 자신의 삶과 사유 체계를 유지해야 하는 운명을 지니고 있다.

영화 〈국제시장〉은 126분의 짧지 않은 시간을 다양한 에피소드를 중심으로 디테일한 음악과 분장으로 관객의 호응을 유도한다. 파타피직스의 원리를 살려 반전에 반전을 거듭하면서 짧은 일화를 재미와 아픔으로 리얼하게 묘사하여 웃음과 눈물을 자아낸다. 문자 세대에 대한 위로와 공감의 스토리가 영상 세대의 호기심을 자극하면서 중장년층 관객들의 마음을 움직임으로써 흥행의 발판을 마련한다. 앙드레김, 정주영, 남진, 이만기 등 실존 인물을 등장시키는 것도 재미를 더하는 요소가 된다. 가족애와 애틋함을 관통하는 요소들이 배우들의 호연과 만나 관객들의 공감을 불러일으키게 된 것이다.

지난 60여 년간의 한국 경제사는 기적으로 평가된다. 피터 드러커 Peter Drucker는 "한국의 놀라운 경제 성장을 제외하고는 20세기 역사를 논할 수 없다"고 했다. 1인당 국민 총소득(GNI)이 불과 50년 만에 100배 넘게 성장했다. 지원을 받던 나라가 지원을 하는 나라로 바뀌었으며, 국제적인 발언권도 강화됐다.

오늘날 이런 상황은 '아버지 세대'가 폐허의 땅에 '경제 발전'이란 씨앗을 뿌리고, 그 씨앗에 싹을 틔워 꽃을 피우고, 열매를 맺게 했기 때문이다. 한국 경제 60년사는 '아버지 세대'의 헌신과 노고의 역사다. 〈국제시장〉의 영어 제목은 'Ode to My Father', 우리말로 '아버지에게 드리는 송시頌詩'다. 1950년대부터 현재에 이르기까지 시대를 관통하며 살아온 사람들을 통해 오늘을 살아가는 우리들의 삶을 재조명하면서 가족을 위해 살아온 아버지상을 그려낸다. 하고 싶은 것, 되고 싶은 것도 많았지만, 단 한 번도 자신을 위해 살아본 적 없는, 오직 가족만을 생각하며 굳세게 살아온 아버지의 이야기를 대한민국의 현대사와 함께 생생하게 그려내고 있다.

그러나 〈국제시장〉을 보는 시각은 다소 엇갈리는 것 같다. 영화에서 평점이 중요한 기준이 되는 것은 아니지만, 전문가들의 평점은 5.3에 불과하고, 네티즌들은 10점 아니면 0점으로 상반된 반응을 보여준다. 그런데도 이 영화는 1,000만 관객을 넘어섰다.

영화에 대한 이념 논쟁은 예술의 본질이나, 문화에 대한 추이를 제대로 읽지 못하는 경우에 야기되는 현상이다. 이 영화가 20년 전에만 만들어졌어도 대한 뉴스 정도의 주목을 살 수 있었을지 모르지만, 이렇게 큰 흥행몰이는 하지 못했을 것이다.

문화는 시대의 양상을 반영한다. 지금은 문자 문화와 영상 문화가 혼재되어 나타나는 시대다. 상황에 따라 관점의 차이는 있지만, 세대 간의 벽보다 문화의 벽이 더 큰 30대의 딸, 60대의 아내, 90대의 어머니가 웃고 울면서 관람한 영화 〈국제시장〉은 단절의 영상 문화 시대에 모처럼 소통과 교감을 강화하는 역할을 하고 있다.(2015. 2)

제 3 장

우리는 정말 진지한가

우리는 모두
무엇이 되고 싶다.
너는 나에게 나는 너에게
잊혀지지 않는 하나의 눈짓이 되고 싶다.

– 김춘수, 「꽃」 부분

시란 의미 부여다. 질료가 되는 대상은 자연이나 사물로서만 존재할 때는 의미를 소유하고 있지 않다. 시인이 대상에다 의식과 체험을 부여함으로써 문학적 의미를 더하게 된다. 시란 시인이 사물에다 시적 인식을 형상화하는 작업이다. 김춘수 시인은 "내가 그의 이름을 불러 주기 전에는/ 그는 다만/ 하나의 몸짓에 지나지 않았다.// 내가 그의 이름을 불러 주었을 때/ 그는 나에게로 와서/ 꽃이 되었다."라고 노래한다.

이 작품은 시가 의미 부여라는 사실을 절묘하게 형상화한다. 꽃이라는 사물은 그냥 보았을 때는 의미가 없다. 시인이 꽃이라는 이름을 불러 주었을 때, 비로소 구체적인 사물로서의 형상화가 이루어지는 것이다. 하이데거에 의하면 '시란 언어로 짓는 집'이다. 리챠즈는 『의미의 의미Meaning of Meaning』라는 저서에서 언어란 '사전적 의미 sense, 감정feeling, 어조tone, 의도intention를 내포'하고 있는 것으로 정의한 바 있다. 시가 시적 인식을 갖고 언어로 의미를 부여하는 일 이라면, 시인은 언어의 연금술사가 되어야 한다.

인생도 마찬가지다. 인간은 스스로 삶의 의미를 부여하면서 살아 가는 존재다. 꽃은 사람이 꽃이란 이름을 붙여주었을 때, 비로소 꽃 이라는 사물의 특성을 지니게 된다. 사물은 말할 것 없고 인간에게 있어서도 의미부여는 필연적이다. "내가 그의 이름을 불러 준 것처 럼/ 나의 이 빛깔과 향기에 알맞는/ 누가 나의 이름을 불러다오/ 그 에게 가서 나도/ 그의 꽃이 되고 싶다" 그렇다. 우리는 인간이기에 의미가 부여된 인간으로 대우받기를 갈망한다.

동물이나 식물은 자기의 존재 가치에 대해 불만을 느끼는 일이 없다. 자기 외적인 힘으로 변화를 일으키는 존재다. 이에 반해 인간 은 자기의 존재 가치에 대해서 불만을 느끼면서도 당위적 가치를 위 해 자신을 내놓는 존재다. 외적인 힘에 의해서 변화를 일으키는 것이 아니라 자기 내적인 힘, 즉 자기 자신의 자유 의지에 의해 스스로를 살아가는 것이다.

꽃은 자신의 의지와는 상관없이 인간과 거리를 두고 저만치 피어 있다. 인간은 자신의 감정이나 주관에 의해 그에 대한 의미를 부여 한다. 인간의 삶도 마찬가지다. 보는 관점에 따라 삶의 의미는 달라 진다. 인간이기에 고통과 번뇌가 있다. 살다 보면 필연적으로 괴로움 도 있고, 슬픔도 따르기 마련이다. 현재의 삶이 비록 어렵고 힘들다 고 하더라도 절망하거나 자기 비하를 하는 일은 삼가야 할 일이다.

자신의 삶에 의미를 부여함으로써 자신의 존재 가치를 확인해 볼 필요가 있다. 누가 나에게 의미를 부여해 주기 전에 내 스스로가 누군가에게 빛이 되고 향기가 되는 삶의 의미를 부여할 필요가 있다.

우리는 자신의 삶의 의미를 부여하고 확인하기 위해 시를 짓고 산문을 쓴다. 문인협회는 문인들의 창작 활동을 지원하고 후원하기 위한 단체다. 이런 임무를 수행하기 위해 경남문협은 생명·소통·감성을 슬로건으로 내걸고 다양한 활동을 전개해 왔다. 우선『경남문학』의 변신을 들 수 있겠다. 그 예로 '변환기 시대의 문학적 상상력'을 장르별로 심층 분석하였고, 이제 '자연과 신화가 살아있는 원주민 문학'을 분석하는 작업을 시도하여 문단의 주목을 사고 있다. 경남음협과 연대하여 '경남의 노래' 발표회를 2회에 걸쳐 개최하였으며, 소외된 시각 장애인을 위해 점자 시집을 4회에 걸쳐 발간했다. 올해는 처음으로 전국시각장애인시공모전을 가져 우수한 작품을 발굴하기도 했다. 지역을 순방하면서 찾아가는 문학 세미나와 시예술제 행사를 치르고 있으며, 회원들의 권익 옹호를 위해서도 힘을 기울이고 있다. 이러한 활동은 회원들의 권익과 발표의 장을 마련하기 위해 이루어졌음은 불문가지다. 그러나 아쉬움이 전혀 없는 것은 아니다. 말하기 거북한 이야기지만, 경남문협은 정식 등단을 마친 문인으로 구성된 문학 단체다. 이 말은 문협은 아마추어들의 모임이 아니라 프로페셔널의 모임이라는 말이다. 프로는 프로다워야 한다. 집행부에서 행사를 기획하고 작품을 청탁하면 그에 상응하는 작품을 창작해야 하는 일은 회원으로서 당연한 의무다. 그런데 시예술제와 점자시집, '경남의 노래'를 청탁하면서 작품이 제대로 들어오지 않아 애를 먹은 경우가 한두 번이 아니다. 주제가 주어지면 밤을 새워서라도 작품을 빚어 내놓아야 한다. 『경남문학』에 기고되는 작품이나, '생명을 주제로 하는 사화집' 원고를 받고, 주제를 벗어나는 작품들이 있어 편집위원들이 일일이 재검토하여 가리는 번거로움이 있었음을 실토한다. 원고료도 제대로 드리지 못하면서 이런 말을 하기는 민망하다. 그러나 솔직히 우리가 문학 활동을 하는 것은 자신의 삶에 대한 의미 부여와 표현의 욕구를 실현하는 일이지 치부를 하기 위한 일은 아니지 않는가. 협회 일을 보는 임원이나 경남문학 편집위원들도 빠듯한 일상에서 무급 봉사를 하고 있다는 사실을 제대로 안다면 이런 불만은 해소되리라 생각한다.

우리는 정말 진지한가. 삶의 의미를 제대로 음미하면서 정말 진지하게 시작詩作에 전념하고 있는가. 부끄럽지만 긍정적으로 답하기 어려운 물음이다. 짧지 않은 세월 시조를 써왔지만, 아직도 모자람을 절감한다. 시조인이라는 월계관을 쓰고 살아왔지만, 독자들 앞에 나서기에는 부족함을 느낀다. 무슨 일이든지 10년만 집중하면 전문가가 될 수 있다는데, 문청을 기점으로 수십 년을 공부하고도 제대로 문리가 터지지 않는다면 시조인으로서의 재능이 모자라기 때문이라고 고백할 수밖에 없다. 그러나 모자람을 알고 있기에 이를 보충하기 위해 잠을 줄이고 있다는 사실은 말할 수 있다. 시간이 모자라 필부들도 다한다는 사교춤을 배우거나 골프장 근처에도 한번 가보지 못하고, 글자 한 자 한 자에 심혈을 기울이면서 시간을 보낸다. 작품이 제대로 되지 않아 한없이 절망하면서도 끊임없이 매달리고 있다.

가야 할 때가 언제인가를
분명히 알고 가는 이의

뒷모습은 얼마나 아름다운가.

　　　　　　　　　　　　　　　　　－ 이형기, 「낙화」 부분

　　대상이 되는 자연을 인간화하고 객관화함으로써 시적 정취를 보여
준다. 꽃이 지는 모습을 사랑하는 사람과의 이별에 비겨 노래한다.
자신의 존재가 조락凋落하고 소멸한다는 사실을 인식하면서 오히려
'결실'이라는 의미를 구현하고 있다. '가야 할 때가 언제인가를/분명
히 알고 가는 이의/뒷모습은 얼마나 아름다운가.' 꽃이 지는 모습을
보면서 화자는 결별을 축복으로 승화한다. 성숙한 가을을 향해 꽃답
게 지는 청춘을 회상하며, 나약해진 자신의 초상을 돌아본다. 가야
할 때를 분명히 알고 간다는 행위는 인간이 오르기 어려운 삶의 지경

이다. 남을 헐뜯고, 짓밟고 올라서려는 욕망의 끝을 이 시에서는 꽃
잎이 떨어지는 한순간의 형상으로 카타르시스 한다. 사라지는 사물
에 대한 애착은 내적 자아를 빈 공간으로 열어 두고, 거기에 대상을
받아들여 채워 간다. 순수성과 맑음의 자아가 외적 세계를 부드럽게
수용하여 거기에 동화되어 가는 심리적 지향으로 드러난다. 과학화,
물질화, 기계화되어 가는 현대인의 슬픈 초상에 오아시스의 맑은 물
같이 다가오는 시다.

 신과 인간의 매개자라고 자부하는 시인, 그 이름값을 위해 끊임없
는 천착이 요구된다. 누가 아는가. 그러다 보면 김춘수 시인의 「꽃」
이나 이형기 시인의 「낙화」 같은 명품이 빚어질지….

 옷깃을 여미고, 새벽 별빛을 바라본다.(2009. 12)

문인의 자존심, 원고료

리히텐슈타인의 '행복한 눈물'이 화제입니다. 그림의 예술성 때문이 아니라 엄청난 그림 값 때문에 세인의 주목을 사고 있습니다. 그림 1점 가격이 100억 원이 넘는다고 하니 상상을 초월하는 가격입니다. 박수근의 그림 '빨래터'의 진위를 놓고도 시끄럽습니다. 작품 가격이 45억 원이 넘는다니 그도 그럴 만합니다.

언론에서 회자하는 유명 작가의 그림 값만 비싼 게 아닙니다. 미술대학을 졸업하고 첫 전시회를 하는 신예 작가의 경우 대개 70만 원 선에서 거래되다가 데뷔 후 5~6년이 지나면 100만 원에서 150만 원이 되고, 40대 후반의 중견 작가는 3,000만 원에서 4,000만 원을 호가한다고 합니다. 초기에는 공급자와 수요자에 의해 가격이 형성되다가 500만 원이 넘어가면 그 가격은 시장 논리에 맡겨진다고 합니다. 유명한 작품의 경우 그 값이 수천만 원을 오르내리는 경우도 있습니다. 작품의 가격이 널뛰기를 하는데도 미술 시장의 자율성 때문이라고 합니다. 미술 시장의 영향력이 그만큼 크다는 사실을 반증하는 것입니다. 작품이 진짜건 가짜건, 비자금으로 구입하였던 말았던 우리네 삶과는 너무나 먼 거리에 있는 이야기입니다. 단지 작품

가격이 비싸도 너무 비싸다는 사실이 놀라운 것입니다.

　그러나 저는 이 글에서 그림 가격의 높고 낮음을 말하려는 것이 아닙니다. 사람들의 머리에 그림값은 이미 계산돼 있고, 당연히 돈을 주고 사야 한다는 인식이 뚜렷하게 각인되어 있음을 말하고 싶은 것입니다. 그림만이 아닙니다. 거의 전 예술 장르에 걸쳐 창작을 하는 작가에게는 당연히 보수를 지불해야 하는 것으로 알고 있습니다. 화가에게는 그림값을, 작곡가에게는 작곡료를, 사진작가에게는 출사료를, 가수와 연극배우에게는 출연료를 지불해야 한다는 사실을 바르게 인식하고 있습니다.

　그런데 이상하게도 문인들의 작품에는 그 값을 치르지 않아도 되는 것처럼 알려져 있습니다. 문학은 모든 예술의 뿌리입니다. 시가 있어야 노래가 되고, 대본이 있어야 연극이나 영화가 됩니다. 평론이 있어야 그림과 영화를 바르게 이해할 수 있는 것입니다. 문학에서 모티프를 얻어 그림을 그리고, 작곡을 하고, 조각을 한다고 합니다. 그럼에도 불구하고 문학은 소홀하게 취급되고, 원고료마저 제대로 지급되지 않고 있습니다. 위기가 따로 없습니다. 좋은 작품을 발표해도 돈이 되지 않으니 유능한 젊은이들이 모이지 않습니다. 우리 사회의 예술이 천박하게 되어가는 주요한 요인 중의 하나가 문학이 왜소해지는 데 있다고 봅니다. 작품에 대한 보상을 받지 않으니 좋은 작품이 나올 리 없습니다. 좋은 작품이 나오지 않으니, 독자가 줄어드는 악순환이 일어나고 있습니다.

　원고료를 지급하지 않는 것은 분명히 잘못된 관행입니다. 원고료를 받아야 합니다. 당당하게 원고료를 받고 글을 써야 합니다. 그래야 자신이 쓴 글에 대한 책임을 질 수 있습니다. 정당한 가격을 지불

하였을 때 리콜도 가능한 이야기입니다. 원고료가 없으면 작품에 대한 책임도 없어집니다.

조달청은 원고지 1매의 단가를 3,500원으로 산정하고 있습니다. 이것은 원고지 10매에 35,000원이라는 계산입니다. 국가가 정한 고급 인력의 작품 가격이 이러하니, 시중에서 제대로 원고료가 형성될 리 없습니다.

경상남도 문예진흥기금과 경남예총 예산안, 경남메세나 운동의 문학에 관한 예산은 전무하거나, 있어도 쥐꼬리만 합니다. 예산을 요구하는 문학 단체에서도 아예 원고료를 예산에 반영하지 않고 있습니다. 모든 예산이 출판비나 행사비 중심으로 짜여 있습니다. 원고료를 받지 못하는 것은 어쩌면 우리 자신의 책임이 더 크다는 생각이 들기도 합니다. 문인 스스로가 자신이 하는 창작 활동에 대한 보상을 요구하지 않음으로써 원고료를 받지 못하는 현실이 당연한 일처럼 수용되고 있다는 사실입니다.

이제 우리 스스로 자성해야 할 때가 되었습니다. 문인은 고급 인력입니다. 프로 정신으로 단단하게 무장하여 높은 수준의 창작에 몰입해야 합니다. 당당하게 원고료를 받고, 원고를 써야 합니다. 원고료를 주지 않으면 아예 발표를 하지 않아야 하겠습니다.

원고료를 지급하는 잡지가 전혀 없는 것은 아닙니다. 『유심』의 격외시단에서는 시 한 편에 100만 원의 원고료를 지급한 적이 있으며, 『월간문학』『펜문학』『문학사상』『문학청춘』 등에서는 소액이지만, 원고료를 지급하고 있습니다. 이런 잡지를 정기 구독하여 힘을 실어 주어야 합니다. 그래야 우수한 잡지가 경쟁에서 살아남을 수 있습니다.

사실 이 문제를 제기하면서 부담이 전혀 없는 것은 아닙니다. 『경남문학』에서도 회원 작품에는 원고료를 드리지 못하고 있기 때문입니다. 한때는 수록하는 전 회원의 작품에 원고료를 지급하였습니다. 그러나 자금 사정으로 중단된 이래, 일부 특집 원고를 제외하고는 원고료를 드리지 못하고 있습니다. 기업 예술후원 운동과 광고, 정부 예산을 확보하여 점차 원고료를 늘려나가려고 합니다.

프로 작가라면 원고료는 당연히 받아야 할 보수입니다. 문인의 자존심과 결부된 사안입니다. 문인협회나 작가회의 같은 문학 단체에서는 조달청 단가부터 올리도록 협상해야 하고, 우리 문인들은 스스로의 자존심을 위해 원고료를 주지 않는 지면에는 작품 발표 거부 운동이라도 펼쳐야 하겠습니다.

그림 가격과는 비교되지 않지만, 갓 등단한 신예 시인이라고 하더라도 시 한 편에 적어도 5만 원은 받아야 하고, 5~6년이 지나면 10만 원에서 15만 원은 되어야 하며, 10년이 넘는 중견 작가는 20만 원에서 40만 원, 20년이 넘어가면 50만 원 정도는 되어야 상응하는 예우를 받는 셈이 되지 않을까요. 산문은 신예의 경우 최소한 매당 1만 원은 되어야 하며, 우수 중견 작가의 경우에는 경매 제도라도 도입하여 작품에 대한 가격을 정당하게 받을 수 있게 되었으면 하는 바람입니다.

"시 한 편에 100만 원은 받아야 합니다."

"나의 원고료는 일반 단가보다 조금 더 높습니다. 그래도 청탁하시겠습니까?"

하는 말을 자신 있게 할 수 있어야 하겠습니다. 그러면서 우리는 자신의 작품 수준과 품격을 높이기 위해 노력해야 할 것입니다. 지난해 가을 주한 미국 대사관으로부터 '2006 미국 올해의 가장 좋은 시'

라는 번역서를 기증본으로 받은 적이 있습니다. 객원 편집인 빌리 콜린스는 '시의 건초 더미에서 찾은 75편의 바늘'이라는 서문에서 '미국에서 출간의 빛을 보는 시가 한 해에 몇 편이나 될까? 그 해답을 알고 싶다.'고 하면서 '현대시 83퍼센트가 읽을 만한 가치도 없다'고 선언하고 있습니다. '그리고 남아있는 17퍼센트 속에 들어가지 못할 궁핍하고 못난 시속에는 물론 내 시들도 들어있음을 시인해야 하리라.'라는 말로 자성하고 있습니다. 우리의 경우는 어떠할까요. 더하면 더했지 결코 덜하지는 않을 것입니다.

독자가 읽고 감동하는 글을 써야 합니다. 원고료를 주고라도 보고 싶은 작품을 창작해야 할 것입니다. '좋은 시'는 원고료의 전제조건이 되어야 하며, 책 판매를 독려하고, 새로운 독자를 끌어들이는 마케팅 전략 차원에서 창작돼야 합니다. 고고한 체하고 있어 봤자 알아주지도 않는 시대입니다. 자본주의 사회를 살려고 하면 이제 문학도 실용화해야 합니다. 시장에 나가 당당하게 경쟁해야 한다는 말입니다. 그리하여 박수근의 '빨래터'나 리히텐슈타인의 '행복한 눈물'에 버금가는 작품값을 받아야 하고, 그에 상응하는 문학성과 대중적 예술성을 확보해야 할 것입니다.

치열한 작가 정신으로 밤잠을 줄여야 하겠습니다.(2008. 3)

상, 그 영예와 부끄러움

문학작품 활동을 하면서 노벨문학상을 꿈꾸지 않은 작가가 있을까. 문인이라면 누구나 한번쯤은 노벨상에 대한 수상의 꿈과 야망을 품어 보았으리라 생각된다. 이 상은 그만큼 세계적인 권위와 선망의 대상이 되고 있다. 수상자가 발표될 즈음이면 후보로 거론되는 작가의 집 근처에 기자들이 밤을 새워 운집하는 해프닝이 일어나기도 한다. 그러나 이 상도 정치적인 이유로 수상하지 못하기도 하였고, 수상을 거부당하는 경우도 있었다.

보리스 파스테르나크가 쓴 『의사 지바고』는 러시아 혁명의 잔혹함과 그 여파 속에서 정신적인 방황과 고독, 사랑을 서사적으로 기술하여 국제적인 베스트셀러가 되었으며, 소련에서는 비밀리에 번역본으로 유포되어 유명해진 소설이다. 1958년 본인의 의사와 관계없이 노벨문학상의 수상 소식이 전해지자 작가에 대한 탄핵 운동이 일어나는 등 정치적인 문제로 수상을 하지 못하게 된다. 이로 말미암아 그는 작가 동맹에서 제명되었으며, 생계유지의 수단마저 빼앗겼다. 말년에 암과 심장병에 시달리다 비운의 생애를 마감한다. 이런 경우는 차라리 수상자로 결정되지 않는 게 나았을 것 같다.

장 폴 사르트르의 경우는 본인의 의사에 의해 당당하게 수상을 거부한 경우다. 사르트르는 2차 세계대전 이후 프랑스 정치운동에 적극적인 관심을 보였고, 좌익으로 편향되어 소련의 찬양자가 된다. 그는 마르크스주의가 당대의 유일한 철학이라고 믿고, 『변증법적 이성비판』을 썼다. 제2권을 기획하다 포기하고, 대신 『말』을 집필하게 되었는데, 1964년 노벨문학상 수상작으로 결정되었다는 소식을 듣고, 이를 거부함으로써 그는 더욱 유명해졌다.

나라마다 이름난 문학상은 있고, 그 상을 수상하거나 거부함으로써 작가는 숱한 화제와 함께 문명을 날리게 된다.

일본의 대표적인 문학상은 아쿠타가와상이다. 1935년 요절한 일본의 대표적 작가 아쿠타가와 류노스케의 이름을 따서 만든 일본 최고 권위의 신인 문학상이다. 재일동포 유미리가 수상하여 우리에게도 잘 알려진 이 상은 이시하라 신따로, 오에 겐자부로, 히라노 게이치로 등 쟁쟁한 작가들이 수상하였다. 미국의 대표적인 문학상은 퓰리처상이다. 퓰리처의 유산을 기금으로 1917년 창설된 이 상은 보도, 문학, 음악 세 부문에 걸쳐 그해의 가장 뛰어난 작품에 상을 수여한다. 마가렛 미첼, 어네스트 헤밍웨이, 존 스타인벡 등이 수상했다. 프랑스의 대표적인 문학상은 상금이 적기로도(불과 50프랑) 유명한 공쿠르상이다. 1903년 10명의 회원으로 이루어진 '아카데미 데 공쿠르'가 발족하면서 공쿠르 형제의 유산으로 창설되었고, 우리에게도 잘 알려진 마르셀 프루스트, 앙드레 말로 등의 작가들이 수상하였다.

나라마다 중후한 무게와 객관적인 신뢰를 획득한 유수한 문학상들이 있고, 이를 통해 배출되는 작가의 탄생은 집안 잔치로만 그치는 것이 아니라, 자국의 문화를 세계에 알리게 되는 새로운 영향력을 발휘하게 된다.

상이란 말 그대로 뛰어난 업적이나 잘한 행위를 칭찬하기 위하여 주는 증서나 돈, 값어치 있는 물건을 주는 행위다. 따라서 문학상은 신인의 문학적 자질과 역량을 기르고, 기성 문인의 문학적 성취를 고무시키기 위해 제정 운용된다. 상의 권위와 아우라는 작가와 작품에 대한 화제를 가져올 수 있어야 하고, 독자의 감성을 자극하는 동력이 되어야 한다. 그러기 위해서는 당연히 훌륭한 문학작품을 썼거나 문학 부문에 남다른 공적이 있는 사람에게 주어져야 한다.

우리나라는 수만 명의 문인들이 문학 활동을 하고, 문학상의 종류도 수백을 헤아린다. 하지만 일반인들이 이름을 들어 알 만큼 권위가 있는 문학상은 손꼽을 만큼 드물다. 크고 작은 문학상들이 난립하다 보니 뒷말이 적지 않다. 어떤 이들은 문단의 정치적 후계 구도 시스템으로 활용한다거나, 출판자본의 비즈니스 도구로 전락했다는 비판을 하기도 한다.

신인 등용문의 하나인 신춘문예도 당선이 취소되는 경우가 있고, 권위를 자랑하던 동인 문학상까지 수상작이 표절 시비에 휘말리면서 독자들의 의혹을 사기도 했다. 크고 작은 문화 권력을 행사하는 이들과 함께 그 주변에 많은 이들이 부나비처럼 몰려들고 있음은 주지의 사실이다. 문단 권력이라는 말이 횡행하고, 잔치는 끝났다는 비판까지 나온다.

우리 경남에는 경상남도문화상을 비롯하여 시·군 단위 문화상이 있고, 지자체의 출연과 운영위원회 주관으로 제법 큰 단위의 상금을 걸고 시상되는 청마문학상, 김달진문학상, 이형기문학상 등이 있다.

그 외에도 독지가의 후원과 다른 단체의 후원을 받아 시상되는 경남 문학상, 경남시조문학상, 경남아동문학상, 남명문학상, 경남수필문학상, 경남문협우수작품집상 등이 있다.

경상남도문화상을 비롯한 시·군 단위 문화상은 상금이 없어져 매력을 잃어버렸고, 청마문학상, 김달진문학상, 이형기문학상 등에는 우리 지역 출신 문인들이 수상자로 결정되는 일이 극히 제한적이라 관심권 밖이다. 문향이라 일컬어지는 경남에서 시상되는 문학상의 운영이 이렇다 보니 자연히 볼멘소리가 나온다.

행정 기관에서 운영되는 문화상은 하루빨리 상금이 부활되어야 하고, 지자체에서 출연하는 문학상에도 우리 지역 문인들이 운영위원과 심사위원으로 참여해야 한다. 우리 경남에는 전국적인 지명도와 빼어난 작품을 쓰는 유명 문인들이 있는데, 번번이 수상권에서 제외되고 있음은 지역 문학 발전의 저해 요인이 되고, 자존심을 상하게 하는 부적 현상을 야기한다. 경남도민의 세금으로 운영되고 있는 문학상에 경남 출신 문인들이 소외되고 있음은 문화 사대주의에 다름없다. 지자체 단체장들은 현재와 같은 방법으로 운영할 것 같으면 차라리 없느니만 못하다는 지역 문인들의 이야기에 귀를 기울여야 한다.

문학상이 운영되는 본래의 취지에 이의를 제기하거나 반대할 생각은 없다. 다만 지역에서 제정되고 시상되는 문학상이 경남 출신 문인을 배제하고 있음에 대한 문제를 제기하고자 하는 것이다. 우리 지역에서 출연한 문학상이 우리 지역 문인을 소외시킴으로써 결과적으로 지역 문학 발전의 장애 요소가 된다면 그 상의 근본 의미는 퇴색되고, 오히려 경남 문단을 황폐화 시키는 결과를 초래하게 된다. 상을 미끼로 순수한 문학 정신을 훼손해서는 안 된다. 우리 지역의 문인 중에서도 특정 문학상을 당당하게 거부한 사례가 없지 않다. 문단 권력자가 자기 뜻대로 상을 제정하여 입맛대로 시상하고 수여하는 허울 좋은 문학상은 단호히 거부하고 거절하는 참다운 문학인이 많을수록 우리 경남 문학은 건전하게 발전하게 될 것이다.

사실, 상에 대한 유혹을 멀리하는 일은 쉽지 않다. 그러나 상은 아무나 받는 게 아니라 받을 만한 사람이 받아야 한다. 만일 그럴 자격도 없는 사람이 상을 받는다면 이는 영예가 아니라 웃음거리가 될 뿐이다. 상은 권위를 잃게 되고 수상자는 망신을 하게 된다. 그런데 이러한 상식마저 없는 무자격자들이 상을 타기 위해 더러운 로비까지 한다고 하니 마음이 착잡하다. 묻혀있는 훌륭한 작품을 세상에 드러내기 위해 수상 운동을 전개한다면 이는 바람직한 일로 볼 수도 있다. 그러나 제대로의 조건을 갖추지 못한 자가 상에만 눈이 어두워 쫓아다닌다면 이 얼마나 측은하고 가련한 일인가. 문학상은 좋은 작품을 가려내고 이를 기리기 위해 제정한 것이다. 상은 과거에 대한 평가와 함께 미래를 향한 기대에 주어지는 것이다. 잘한 이를 더 잘하게 격려하고 부족한 이는 다음에 더 잘할 수 있도록 자극을 주자는 데 그 큰 의도가 있다.

근래에 들어와서 신춘문예를 비롯하여 전국적인 문학상에 우리 지역 문인들의 이름이 잘 보이지 않는다. 작고 문인을 기리고, 후학들을 격려하는데 근본 취지가 있는 문학상이 잘못 운영됨으로써 작고 문인에게 누가 되고, 지역 문인들에게는 상대적 박탈감을 가져오게 됨으로써 창작에 대한 열의를 위축하는 결과를 초래하고 있다. 우리 지역에서 시상되는 문학상은 우리 지역 문단을 풍요롭게 할 수 있는 수작들을 창작하게 하는 데 기여할 수 있도록 운용돼야 한다.

상이란 어차피 제한적이다. 지나치게 상에 연연하지 않았으면 한다. 상이 공정성을 잃고 있다면 그 상은 결코 영예로운 상이 아니다. 껍데기 상을 받는 일에 정력을 쏟을 시간이 있다면 정말로 좋은 작품을 창작하는 데 힘을 쏟을 일이다. 인구에 회자되는 좋은 작품은 현명한 비평가에 의해 언젠가는 빛을 발하게 될 것이다.(2009. 6)

문학의 재미

제주도립교향악단 상임 지휘자로 활동하고 있는 이동호 선생과 나누던 이야기가 생각난다. 문학을 하는 일이 어렵고 힘들다고 하였더니, 자신은 음악을 공부하면서 힘들고 어렵다는 생각을 해본 적이 한 번도 없다고 한다. 피아노를 치며 음을 고르고, 아름다운 소리를 만들다 보면 자신도 모르게 즐거워진다는 거다. 어려서부터 음악을 좋아했고, 음악과 더불어 살다보니 음악 공부를 하는 게 힘들거나 어렵다는 생각을 하기보다는 즐겁고 재미있는 것이라는 생각을 하게 되었다는 것이다. 음악音樂을 음학音學이라 하지 않는 이유를 알 것 같다. 음音의 뒤에는 배울 학學이 아니라 노래 악樂이 붙어 있다. 놀이를 하듯이 배우게 되면 즐거움이 뒤따라 올 것 같기도 하다.

악기樂記에 의하면 음과 악에 대한 정의를 "음이란 인심人心에 의해 일어난다. 마음의 움직임은 소리로 나타나며, 소리가 뜻에 응하게 되면 청清·탁濁·고高·저底 등의 변화가 생긴다. 소리의 변화가 곡조를 이루게 되는 것, 이것을 음이라고 한다. 그 음을 여러 가지로 조합하여 악기로 연주하되, 춤과 어우러질 때 이를 악이라고 한다."고 하였다. 음과 악을 조합하여 아름다운 소리를 형상화하는 일은 분명

즐거운 일이 될 수 있겠다.

그러나 문학과 시조를 공부하는 나는 왜 작업하는 과정이 그렇게 어렵고 힘들게만 느껴지는지 알 수 없다. 이동호 선생과의 대화를 떠올리며 이왕이면 문학도 즐겁게 해보자는 생각을 해본다. 문학은 종교가 아니지 않는가. 지나친 의미 부여로 문학의 재미와 즐거움을 앗아가는 일은 조심해야 할 일이다. 좀 더 쉽게, 좀 더 즐겁게, 좀 더 재미있게 문학에 접근할 수 있는 방법은 없는가.

박사논문을 쓸 때의 일이다. 주제를 '생태주의 시조 연구'로 잡는 것까지는 좋았는데, 공부하는 데는 엄청난 어려움이 뒤따랐다. 인문학인 '시조'와 '생태주의'라고 하는 자연과학을 접목하는 작업이다. 자연과학과는 거리가 있는 삶을 살아왔기에 더욱 힘들었다. 정말 쉬운 일이 아니었다. 퓨전은 서로 다른 두 분야에 대한 이해를 통해서 남들이 보지 못하는 연결 고리를 발견하고, 새로운 가치를 창출하는 것이다. 융합 분야에 도전하는 것은 많은 사람의 꿈이기도 하다. 그때 생각한 것이 이왕이면 재미있게 해보자. 평생을 즐겁게 공부하는 사람도 있는데, 세상에 쉬운 공부가 어디 있겠는가. 답은 의외로 간단했다. 생각을 바꾸는 것으로 효과를 볼 수 있었다. 서로 상반된 전문 분야를 파고들면서 그 과정이 비록 힘들고 고생스러웠지만, 보람 또한 만만치 않았다. 문학과 자연과학이 만나는 접점에서 새로운 재미가 솟아났다. 이치를 따져 하나하나 풀어나가다 보니 그 가운데 기쁨과 즐거움이 내재되어 있다.

삶은 끊임없이 배우는 과정이다. 배우는 것은 좋은 것을, 아름다운 것을 본받는 것이다. 젊은 날 한때 잠시 배운 것만으로 긴 인생을 살아가겠다는 것은 속 빈 강정으로 가련한 삶에 안주하려는 미욱함이다. 늦깎이로 문학을 공부하는 분들을 본다. 삶의 의미를 새롭게 진작하려는 뜻을 가진 분들로 보여 존경의 마음이 생긴다.

인간의 욕망은 끝이 없다. 보다 나은 직장과 직위, 명예를 얻기 위해 앞만 보고 달리다가 어느 날 문득 자신을 돌아보고 자성하는 마음을 가지게 됨은 지성인들이 가지는 당연한 귀결일지도 모른다. 늦었다고 깨달았을 때가 가장 빠른 때다. 자신의 삶을 되짚어 보고, 아름다운 빛으로 보다 진한 향기를 뿜어낼 수 있는 일거리를 챙겨봐야 한다. 아름다운 삶은 부단하게 배우고 깨우치는 가운데 빛나기 마련이다. 문학에 천착하는 맛에 빠져 들다 보면 정말 큰 기쁨이 솟아나리라 믿는다. 문학도 즐겁고 재미있게 접근할 수 있다는 확신을 가지고 하는 말이다.(2010)

문학과 정치

    문학과 정치는 어떤 관계일까. 쉽게 답할 수 있는 문제는 아니다. 다만 문인 중에도 정치를 하는 사람이 있고, 정치인 중에서도 문학을 하는 사람들이 있기에 이들의 관계를 살펴보면 문학과 정치의 관계를 조금은 이해할 수 있을 것 같다. 문인들은 문학을 하다가 정치를 하거나, 정치하다가 문학하는 사람을 곱게 보지 않으려는 경향이 있다. 그러면서 또 다른 한편으로는 기회가 주어진다면 정치를 하고 싶어 하는 아이러니를 보이기도 한다.

    역대 대통령들은 문인을 가까이하고자 했다. 그 이유야 여러 가지가 있겠지만, 당대 최고의 지성인 문인과 교유를 한다는 사실만으로도 보이지 않는 상징적 효과를 가질 수 있기 때문이다. 실제로 이승만 대통령은 서정주 시인을, 박정희 대통령은 구상과 이은상 시인을, 김대중 대통령은 한승원 작가와 고은 시인을, 노무현 대통령은 김훈 작가를 가까이하면서 대화를 하거나 자문을 구하기도 했다. 이명박 대통령은 중앙아시아를 순방할 때 황석영 작가와 동행하기도 했고, 이문열 작가와 여름 휴가를 함께 하기도 했다.

    스스로 시를 창작한 대통령도 많다. 우리나라에서는 이승만, 박정

희, 김대중 대통령이 있고, 프랑스의 퐁피두, 미국의 오바마, 세네갈
의 생고르 대통령을 들 수 있다.

        슬프다 저 나무 다 늙었네
        병들고 썩어서 반만 섰네
        심악한 비바람 이리저리 급히 쳐
        몇백 년 큰 남기 오늘 위태
        원수의 땃짝새(딱따구리) 밑을 쪼네
        미욱한 저 새야 쪼지 마라
        쪼고 또 쪼다가 고목이 부러지면
        네 처자 네 몸은 어디 의지(依支)
        버티세 버티세, 저 고목을
        뿌리만 굳박혀 반근盤根되면
        새 가지 새잎이 다시 영화榮華 봄 되면
        강근强根이 자란 뒤 풍우 불외不畏
        쏘아라, 저 포수 땃짝새를
        원수의 저 미물, 남글 쪼아
        비바람을 도와 위망危亡을 재촉하여
        넘어지게 하니 어찌할까?'

                                    – 이승만, 「고목가」 전문

  이승만은 청년 시절 제국주의의 거센 파도에 쓰러져가는 조국
을 늙고 병든 나무에 비유하여 「고목가古木歌」를 지었다. 이 한글 시
는 1898년 3월 『협성회보』에 발표됐다. 최남선의 「해에게서 소년에
게」(1908)보다 10년 앞선 한국 최초의 신체시다. 우남의 빼어난 문학
적 감각과 개혁 의식이 잘 반영된 '고목가'는 한국 근대시 기점의 역

사적 의의를 지닌다(고정일. 2008). '물 따라 하늘 따라 떠도는 이 몸/ 만 리 길 태평양을 몇 번이나 오갔던가/ 가는 곳마다 명승을 찾아보나/ 꿈엔들 잊을 리야 내 나라 한강 남산을.' 우남이 읽어주는 시를 듣는 순간 두 눈에 눈물방울이 맺혔다고 회고하는 서정주는 반세기가 흐르는 세월 속에 조선 사람으로서 가장 조선적인 사람이라고 지칭한 것을 보면 이 한시가 그만큼 절절하게 다가왔다는 말이다. 이수웅은 '그의 시는 대부분 어렵고 외로운 길목에서 쓰인 것들이지만, 아름다우면서도 사史적 가치를 지니고 있다'고 평가했다.

평생의 공功이 만년의 실失로 덮여버린 우남 이승만. 독립운동과 건국의 소용돌이에서 그만한 성취를 일구어낸 직접적인 동인은 그의 시적 역량과 언어적 구속력이 내재되어 있었기에 가능한 일이 아닌가 싶다. 우남의 빼어난 문학적 감성을 되돌아보게 한다.

비가 내린다
그다지도 기다리던 단비가
바람도 거칠어졌다

매미 소리도 멎어지고
청개구리 소리 요란하다

검푸른 저 바다에는 고깃배들이 귀로를 재촉하고
갈매기들도 제집을 찾아 날아간다

객사 창가에 홀로 앉아
저 멀리 섬들을 바라보며

음반에 흘러나오는 옛 노래를 들으면서

지난날의 추억을 더듬으며 명상에 잠겨
그 무엇을 찾으려고
끝없이 정처 없이 비 오는 저 바다
언제까지나 헤매어 보았도다

– 박정희, 「비 오는 저도의 오후」 전문

비가 오면 사람들은 센티해진다. 아내를 잃은 대통령도 한낱 필부가 되어 먼저 간 지어미에 대한 사랑과 그리움의 감정을 노래한다. 허허로운 속내를 달래기 위해 애써 보지만, 결국은 자신의 아픔을 확인하는 과정일 뿐이다. 비 오는 날 저도의 오후는 상념의 나래가 하염없다. 삶이란 지난날의 상처에 현재를 덧칠하는 기나긴 여정이며 형벌이다. 육 여사를 그리며 쓴 40여 편의 시 가운데, 비교적 후기작에 속하는 이 작품은 객관화된 화자의 심경을 표출하고 있다. 비 오는 날 저도의 근경을 묘사하다가 '귀로'를 재촉하는 '고깃배'와 제집을 찾아가는 '갈매기'를 보면서 객수를 달래고 있다. '음반에 흘러나오는 옛 노래를 들으면서' '지난날의 추억을 더듬으며 명상'에 잠기다 정처 없는 발길로 바닷가를 헤매다니는 화자의 심경이 잘 드러나 있다.

군인이며, 정치가인 박정희에 대한 평가야 역사가 할 일이지만, 개인사적으로 보면 불우한 일생을 보냈다. 1963년에 제5대 대통령에 취임하여, 1972년 10월 유신을 단행했고, 1979년 9대 대통령 재임 중에 중앙정보부장의 총격으로 사망한다. 사망하기 전 1974년 8월 15일 광복절 기념식장에서 문세광의 흉탄에 사랑하는 아내 육영수가 사망하는 현장을 목격해야 했다. 시를 아는 대통령이었기에 그가 갖는 심정은 여느 누구보다 아렸을 것이다. 절망에 가까운 삶의 체험이 절삭은 미감으로 다가와 잔잔한 감동을 준다.

> 면회실 마루 위에 세 자식이 큰절하며
> 새해와 생일하례 보는 이 애끓는다.
> 아내여 서러워 마라 이 자식들이 있잖소.
>
> 이 몸이 사는 뜻을 뉘라서 묻는다면
> 우리가 살아온 서러운 그 세월을
> 후손에 떠넘겨 주는 못난 조상 아니고저.
>
> 추야장 긴긴밤에 감방 안에 홀로 누워
> 나라일 생각하며 전전반측 잠 못 잘 때
> 명월은 만건곤하나 내 마음은 어둡다.
> ― 김대중, 「옥중 단시조―1982년 청주교도소에서」 부분

김대중의 「옥중 단시조―1982년 청주교도소에서」는 옥중에서 쓴 단시조라고 제목을 붙였지만, 시조로서는 비교적 긴 12수로 구성됐다. 초반부에서는 가족 간의 사랑과 삶의 의미를 유추하다가, 조국과 애민의 마음이 연결된다. 중반부에서는 인간으로서의 절망과 자유인으로서의 삶을 그리는 마음이 드러난다. 후반부에서는 봄이 다가옴을 인지하고, 새 세상을 그리는 희망을 노래하고 있다. 죽음의 고비를 넘기고, 6년이라는 긴 세월 옥살이를 하였으니, 김대중은 시심이 발화하여 **빼어난** 시조를 빚어내게 된 것이다. 체험은 미적 진

실과 함께 깊이를 더해준다. 부드럽지만 강하고 끈질긴 화자만의 내면세계가 시적 대상에 대한 성찰을 가능하게 한다. 황현산은 "DJ는 이 나라의 대통령이었을 뿐만 아니라 시인 공화국의 지도자였으며, 이 점은 여전히 변함이 없다. DJ의 말과 그 말을 가능하게 한 신념은 이 땅에서 자라나는 시의 영감이었다."고 밝히고 있다. 정치인에게도 시인의 마음이 내재해야 한다는 말로 에둘러 의미화할 수 있는 말이다.

프랑스 전 대통령 조르주 퐁피두는 시인이다. 뛰어난 문장가이자 높은 비평 안목은 프랑스 문학에서 손꼽히는 시선집 편저자로도 이름 높다. 드골이 대통령직에서 하야한 후 대통령에 당선된 시인 퐁피두는 성공한 대통령으로 평가된다. 국무회의에서 논란이 가열되어 모두 격앙될 무렵 시인 대통령은 홀연 명시 한 편을 낭송한다. 지치고 굳어있는 분위기는 마치 안개비가 내리듯 부드러워져 예리해진 정신과 심성에는 촉촉한 윤활유가 배이게 된다. 프랑스인 특유의 합리성과 타협을 시낭송으로 멋지게 살려낸 일화는 지금도 회자되고 있을 정도다.

정치와 문학을 논하면서 미국의 현역 대통령 버락 H. 오바마를 뺄수 없다. 오바마가 정치적으로 성공한 데에는 그의 시적 감수성과 마키아벨리적 정치 술수가 뒷받침됐다는 평가다. 오바마는 학생 문집 『피스트』에 시를 발표한 문학청년이었다. 하버드대학에서는 『하버드 로 리뷰』 편집장으로 글솜씨를 뽐냈다. 오바마가 대통령으로 당선된 것은 그의 정치적 경력보다 자신의 삶을 진솔하게 이야기할 수 있는 문학적 재능에 힘입었다. 아직은 현역 대통령이기에 그의 문학적 자질과 정치적 역량이 어떤 상관관계를 가질지는 미지수지만, 오바마의 시심이 새로운 세계를 열고 있음은 틀림없다.

아프리카 세네갈 초대 대통령 레오폴드 생고르 역시 뛰어난 시인이었다. 검은 것의 아름다움과 싱싱한 생명력을 노래하면서 핏줄에 흐르는 아프리카의 열정과 유럽의 지성과 분석력을 대승적으로 접합한 생고르의 시는 아프리카와 유럽인 모두에게 사랑받고 광범위한 공감대를 이루었다. 시인으로 20년간 유능한 지도자로서 면모를 유감없이 발휘했다. 노벨문학상 후보에도 올랐던 시인 대통령 생고르는 세네갈 국민으로부터 종신 대통령으로 추대되기도 하였으나, 임기를 마친 후에는 후임 대통령에게 부담을 주지 않기 위해 파리로 가서 시낭송을 하는 등 문학과 함께 만년을 보냈다. 시인 대통령 생고르의 뒷모습이 사뭇 감동적이지 아니한가.

시를 사랑한 대통령이 비교적 원만하게 대통령직을 수행한 사실을 볼 수 있다. 시는 언어의 정수다. 언어에 에너지가 있다면, 시가 주술력을 갖는 것은 당연한 이치다. 시에 주술력이 있다는 가설이 성립한다면 정치판에도 문학을 살려야 한다.

정치인은 본질적으로 싸움꾼이어야 한다. 자신을 뽑아준 국민을 위해 이해 당사자들과 치열한 싸움을 벌여야 한다. 그러나 그 싸움이 저잣거리의 손가락질을 받아서는 안 된다. 국제간의 이해관계는 말할 것 없고, 여야 간의 정치 싸움도 마찬가지다. 금도가 있어야 한다. 시가 울려 나오면 갑론을박하다가도 잠시 휴전하는 여유와 아량을 가져야 한다. 대통령과 고위 공직자, 정치인들이 시를 쓰거나 적어도 시를 애호한다면 세상의 모순과 사회의 고단함을 풀어나가는 해법은 좀 더 신선하고 밝아질 것이다.

문인과 정치인의 관계가 너무 가까우면 문학이 죽고, 너무 멀면 감동 없는 정치만 남는다. 무미건조한 보고서만 접하는 대통령이 문인과 더불어 민심을 듣거나 상상력을 충전하는 일이 잦았으면 한다. 옛날 우리 임금들은 을야지람乙夜之覽이라고 하여 낮에는 정사를 보고, 을야乙夜(밤 10시부터 12시까지)에는 책을 읽었다. 시인이 정치 일선에 나섰고, 관료가 되어 나라를 다스렸다. 드넓은 기개와 거침없는 행동은 많은 사람들을 감동시켰고, 국가의 미래를 설계하는데 크게 기여하였다.

요즘은 어떤가. 선거 때가 되면 간혹 애송시 몇 줄을 암송하며, 문학적 소양이 있는 양 과시하는 인물들은 있으나, 정작 등단한 시인이나 작가가 정치를 하는 일은 찾아보기 어렵게 되었다. 국무회의와 국회를 비롯하여 크고 작은 회의 석상에서 시가 낭송될 날을 기다려 본다.(2010. 12)

시詩를 낭송하는 사회

"참 괜찮은 송년회 자리였다. 시가 있고, 음악이 있고, 퍼포먼스도 있었다. 경남문협은 18일 오후 5시 마산 아리랑호텔에서 가진 송년 문학인의 밤에 명사들을 초청, 시 낭송회 자리를 마련했다. '詩를 낭송하는 사회'를 만들기 위해 정·재계와 예술계 명사들이 한자리에 모여 평소 자신이 아끼고 사랑하는 시를 읊으며 아름다운 추억을 회상했고, 관객들은 시를 음미하며 진한 감동과 따뜻한 사람의 정을 나눴다."

– 이준희, 경남신문(2010.12.20)

지난 연말이다. 그날의 감동이 아직도 잔잔히 남아 있다. 인용된 기사처럼 '명사 초청 시 낭송회'는 여유와 느림의 미학을 즐기는 아름다운 시간이었다. 지역 명사들과 문인들이 함께 어울려 시를 음미하며, 덕담을 나누고 진한 감동과 따뜻한 사람의 정을 나누는 소중한 시간이 됐다.

고영진 교육감은 청마 유치환 시인의 「생명의 서」를 낭송했다.

나의 지식이 독한 회의懷疑를/ 구救하지 못하고/ 내 또한 삶의 애증을 다 짐지지 못하여/ 병든 나무처럼 생명이 부대낄 때/ 저 머나먼 아라비

아의/ 사막으로 나는 가자

- 유치환,「생명의 서書」부분

울산에서 회의를 마치고, 시낭송회를 마친 후 김해 행사에 참여하고, 다음날 베트남으로 출국해야 하는 바쁜 일정이다. 그럼에도 약속을 지켜주었다. 범도민 독서 운동에 대한 구상을 밝히면서 많은 시집을 읽고, 애송하던 유치환 시인의「생명의 서書」를 찾아냈다며, 중량감 있는 목소리로 첫 테이프를 멋지게 이끌어낸다. "나의 생명이란/ 그 원시의 본연한 자태를/ 다시 배우지 못하거든/차라리 나는 어느 사구砂丘에/회한 없는 백골을 쪼이리라". 결연한 의지가 돋보인다. 다른 자리에서도 몇 차례 더 낭송했다는 후문이다.

외롭게 살다가 외롭게 죽을/내 영혼의 빈터에/ 새날이 와, 새가 울고 꽃잎이 필 때는,/ 내가 죽는 날/ 그 다음 날// 산다는 것과/ 아름다운 것과/ 사랑한다는 것과의 노래가/ 한창인 때에/ 나는 도랑과 나뭇가지에 앉은/ 한 마리 새

- 천상병,「새」부분

안홍준 국회의원은 마산은 문학이 살아 숨 쉬는 도시다. 시가 있고, 음악이 있어 아름다운 도시다. 통합시가 되어도 마산의 문학이 살아 있었으면 좋겠다는 덕담과 함께 지금까지는 바쁜 일정에 밀려 시를 읽기가 어려웠는데, 앞으로는 시도 읽고 지역 문학 발전을 위해 더 노력하겠다는 다짐을 하면서 천상병 시인의「새」를 낭송한다. "정감에 그득 찬 계절/ 슬픔과 기쁨의 주일,/ 알고 모르고 잊고 하는 사

이에/ 새여 너는/ 낡은 목청을 뽑아라"

　　사랑은 아름다운 구름이며/ 보이지 않는 바람/ 인간이 사는 곳에서/ 돈다// 사랑은 소리 나지 않는 목숨이며/ 보이지 않는 오열/ 떨어져 있는 곳에서/ 돈다.

– 조병화, 「내 사랑은」 부분

　　경남신문사 김순규 회장은 대학 시절 조병화 시인과의 일화를 들려준다. 법학도이면서도 조병화 시인을 좋아했고, 시인도 자신을 좋아해 자주 찾아뵈었다며, 작고한 은사를 그리워한다. 경남신문에서도 문학을 위해 할 수 있는 일이 있다면 적극적으로 돕겠다는 다짐과 함께 조병화 시인의 「내 사랑은」을 청아한 목소리로 낭송한다. 그렇다. 사랑은 "주어도 주어도 모자라는 마음/ 받아도 받아도 모자라는/ 목숨"이다.

　　저것은 벽/ 어쩔 수 없는 벽이라고 우리가 느낄 때/ 그때/담쟁이는 말 없이 그 벽을 오른다./ 물 한 방울 없고 씨앗 한 톨 살아남을 수 없는/ 저것은 절망의 벽이라고 말할 때/ 담쟁이는 서두르지 않고 앞으로 나아간다.

– 도종환, 「담쟁이」 부분

　　제일 먼저 참여 의사를 밝혔던 박완수 시장은 불가피한 일로 참석하지 못한다. 대신 참석한 이수환 과장은 양해를 구하고 박시장의 애송시인 도종환 시인의 「담쟁이」를 다소 상기된 목소리로 낭송한다. "저것은 벽/ 어쩔 수 없는 벽이라고 우리가 느낄 때/ 그때/ 담쟁이는 말없이 그 벽을 오른다." 우리는 살면서 무수히 많은 벽을 만난다. 벽을 느끼면서도 그 벽을 타고 오르는 가열한 정신으로 우리는 오늘을 살아간다.

　처음으로 하늘을 만나는 어린 새처럼/ 처음으로 땅을 밟고 일어서는 새싹처럼/ 우리는 하루가 저무는 저녁 무렵에도/ 아침처럼/ 새봄처럼/ 처음처럼/ 다시 새날을 시작하고 있다.
- 신영복, 「처음처럼」 전문

　최충경 창원상공회의소 회장은 20여 편의 시를 암송할 수 있는데, 그 가운데서도 신영복 시인의 「처음처럼」을 가장 좋아한다며 지긋하게 두 눈을 감고 낭랑한 목소리로 낭송한다. 가까운 지인들과의 회식 자리에서도 간혹 시를 낭송한다는 최회장의 시사랑은 남다른 데가 있다. 이날도 원고를 보지 않고 음송함으로써 그 실력을 유감없이 발휘한다. "우리는 하루가 저무는 저녁 무렵에도/ 아침처럼 /새봄처럼 /처음처럼/ 다시 새날을 시작"해 볼 일이다.

　한 송이의 국화꽃을 피우기 위해/ 봄부터 소쩍새는/ 그렇게 울었나 보다// 한 송이의 국화꽃을 피우기 위해/ 천둥은 먹구름 속에서/ 또 그렇게 울었나 보다.
-서정주, 「국화 옆에서」 부분

　전종인 우수AMS 회장은 서정주 시인의 「국화 옆에서」를 낭송한다. 전종인 회장은 경남문협과 매칭펀드를 체결했다. 쉽지 않은 일인데, 선뜻 협약을 해주어 고마운 마음이다. 기업가다운 시를 선별

했다는 느낌이다. '한 송이 국화꽃을 피우기 위해' '봄부터 소쩍새'가
울고, 먹구름 속에서 '천둥'이 울었다는 말은 과학의 시각으로 보면
이해가 되지 않는 부분이다. 적어도 시인의 상상력에 공감하지 않으
면 선별할 수 없는 시적 안목이다.

가을은 소리 없이 눈으로 읽어야 한다/ 촉촉이 젖은 가슴으로 읽어야
한다/ 산꽃 그늘이 바람에 흔들리듯/ 들썩이는 그리움의 뿌리를 지그시
눌러두고/ 내 가슴에 두런두런 그대 발자국이 지나간다
— 이월춘, 「가을의 무늬」 부분

이종일 경남예총 회장은 예술의 세계에서 문학이 차지하는 비중이
가장 높다는 말로 시작한다. 경남문학을 외국어로 번역하는 작업을
하겠다는 의사를 밝힌 후 이월춘 시인의 「가을의 무늬」를 연극인 특
유의 목소리로 낭송한다. "초록의 비린내 떠난 산 그림자 한켠에/ 푸
른 시간의 어깨들을 한 짐 부려 놓고/ 하고픈 말 아직 많은데/ 물과
바람과 사람" "강 같은 사람도 흘러가고/ 바람 같은 사람도 등 두드
리고 갔다". 모두들 떠나가는 길에 사랑은 '남루한 바퀴를 돌리며' 낮
은 곳으로 흘러간다.

김교한 고문의 애송 시조는 이은상 시조인의 「옛동산에 올라」다.
제자인 서일옥 시조인이 낭송하자 달변의 사회자 이달균은 느닷없
이 가곡으로 불러주기를 요청한다. 사양을 하다 못 이긴 채 부르는
노랫소리에 분위기는 완전히 고조된다. 이광석 고문은 자작시 「산에
가면」을 암송한다. 전문수 고문은 피아노 반주를 하면서 「더 파랗다」
를 힘을 주어 낭송했고, 정목일 이사장은 한용운 시인의 「사랑하는

까닭」을 낭송한다. 마지막으로 무대에 오른 이우걸 관장은 자작시조 「비」를 노래로 불러 박수갈채를 받는다. 청중들은 역시 원로라며, 이벤트성 시낭송에 깜짝 놀라는 분위기다. 노연숙 시낭송가의 시 퍼포먼스와 감화식 가수의 노래, 현악 4중주도 환상적이었다.

경남문협은 '시를 낭송하는 사회'를 조성하는 일에 힘을 쏟고자 한다. 도단위 행사는 말할 것 없고, 지역 문학 행사에서도 명사들을 초청하여 시를 낭송하는 일을 지속적으로 추진할 것이다. 지도급 인사들이 시를 낭송함으로써 시의 사회화를 유도하고, 시가 낭송되는 사회 분위기를 조성할 것이다. 학교에서는 시를 낭송하면서 수업을 시작하고, 인사나 연설을 할 때도 시를 낭송하여 정서적 미감을 자극한 후 주제를 발표하면 더욱 효과적이라는 사실을 알게 할 것이다. 우리 민족은 아이들의 글 읽는 소리가 담장을 넘어갈 때 희망을 느꼈다. 그러나 언젠가부터 아이들의 책 읽는 소리를 들을 수 없게 되었다. 이제 어른들이 시를 낭송하면서 수범을 보여야 할 때다.

경남문협은 경남 문학의 본래 면목을 확보하고, 문학과 문학인의 위상을 드높이는 데 주력할 것이다. 문인이 우대받고, 존경받는 사회가 바로 문화 대국이다. 시를 낭송하는 사회를 위해 『경남문학』의 질을 높이고, 보다 다양하게 편집할 것이다. 올해 처음으로 기획되는 기업과 함께하는 문학 콘서트에도 다양한 시낭송과 인접 장르와의 퓨전을 통한 공연으로 문학도 무대 공연이 가능함을 실증적으로 보여주게 될 것이다.

'시 3백이면 사무사思無邪'라고 했다. 시를 사랑하던 우리 민족의 시적 DNA를 오늘에 되살려 전 도민 시 3편 외우기 운동을 제안한다. 우선 좋은 시 세 편만 가려서 외워보자. 팍팍해져 있는 우리 사회가 훨씬 아름답고 풍요로워질 것이다. 집집마다 마을마다 시를 낭송하는 사람들이 어울려 사는 사회. 생각만 해도 싱그럽지 아니한가. 적극적인 참여와 행정당국의 관심을 기대한다.

희망의 새해를 맞아 오르막길을 바라보면서 토끼처럼 뒤꿈치에 힘을 주어 본다.(2011. 3)

세뱃돈과 시낭송회

우리 집안은 유교 가풍이 이어지고 있다. 설날에는 단아한 몸가짐으로 차례를 지내고 세배를 한다. 안부를 묻고, 덕담을 나눈다. 세뱃돈 받는 재미 또한 예사롭지 않다. 이런 전통은 지금도 계속된다. 그러나 어른 입장에서 보면 절 한번 받고 세뱃돈을 주는 건 여간 밑지는 일이 아닐 수 없다. 교육상으로도 좋지 않을 것 같다. 어려서부터 불로소득을 가르치는 게 아닌가. 잘못된 관행은 고쳐야 한다. 7년 전이다. 동생 내외와 상의하여 가족 카페에 글을 올렸다.

설이 다가오고 있습니다. 그간 세뱃돈 받는 재미가 쏠쏠하였지요. 그러나 이제 세배만 하고, 돈 받을 생각은 아예 하지 마세요. 절만 하고 돈을 받는 것은 참으로 염치없는 일입니다. 적어도 시 한 편 정도는 외우고 세뱃돈을 받도록 합시다. 자작 시를 외워도 되고, 좋은 시조를 가려 낭송해도 됩니다. 잘 외우면 보너스도 있습니다. 시심은 천심이라 했습니다. 올해 설에는 시를 한 편씩 낭송하면서 새해를 맞이합시다. 좋은 시를 낭송하여 어른들을 기쁘게 해드린 후에 세뱃돈을 받는 교양 있는 사람이 됩시다.

공지를 하고 며칠이 지났다. 반응이 없다. 은근히 걱정이 된다. 바쁜 자녀들에게 부담스러운 일을 강요하는 건 아닌가 하는 우려가 생긴다. 한번 주문한 일을 취소할 수도 없고, 마냥 기다리자니 애가 탄다. 채근을 할 수도 없다. 누님과 동생들에게 전화를 해 시조를 외우지 않으면 세뱃돈을 주지 말자고 협조를 구한다. 드디어 설날이다. 오후 4시, 한복을 곱게 차려입은 가족들이 모여들기 시작한다. 전 가족이 모였다.

여느 해와 같이 합동 세배를 하고, 덕담을 나눈다. 그러나 약속한 대로 세뱃돈 줄 생각은 하지 않는다. 아이들도 감지한 모양이다. 예의 시 낭송 이야기를 꺼낸다. 잠시 침묵이 흐른다. 누가 먼저 해볼까. 선뜻 나서지를 않는다. "올해는 세뱃돈을 안 주어도 되니, 오히려 돈 벌게 되었네." 동생이 너스레를 뜬다.

초등학교에 다니는 유빈이가 슬그머니 손을 든다. 안도의 숨을 내쉬며, 귀를 기울인다. 교과서에서 배운 시 한 편을 찬찬히 낭송한다. 제법이다. 세뱃돈을 준다. 처음 낭송한 보너스라며 만 원권 한 장을 더 준다. 눈치를 보던 아이들이 하나둘 나서기 시작한다. 초·중학생이 끝나고 나니 수능을 치른 조카가 시집을 한 권 사보고, 마음에 든 시를 골라 외웠노라며 거뜬히 암송한다. 박수를 받는다. 국어 교사를 하는 딸도 어릴 때부터 문재를 보이던 생질도 자작시 한 편을 낭송한다. 외삼촌 홈페이지에서 시조를 가렸다는 생질부의 시조 낭송 솜씨도 만만치 않다. 시가의 새로운 풍속에 적응해 줘서 고맙다고 보너스를 준다. 나이 50이 다되어 가는 생질서는 아무리 외워도 외워지지 않아 적어 왔는데, 보고 읽어도 되느냐고 묻는다. 성의가 가상해 그렇게 하라고 하였더니 청아한 목소리로 읊조린다. 장년이 다 된 조

카사위인지라 세뱃돈은 조금 더 나간다. 철들고 처음 받아보는 세뱃
돈이라며 좋아한다.

　웃고 박수하는 사이 서너 시간이 잠깐이다. 대성공이다. 우려와
달리 우리 아이들은 가슴에 시 한 편씩을 담아왔다. 어둠이 내리는
시간, 도란도란 시를 낭송하다 보니 집안에 사랑과 정겨움이 가득
하다. 세뱃돈은 평소보다 많이 나갔지만, '설맞이 가족 시 낭송회'라
는 새로운 가풍을 만드는 계기가 되었다. 해를 거듭하면서 가족에게
보내는 편지 낭독하기, 릴레이 덕담 나누기, 평소에 못다 한 이야기
하기, 장기 자랑, 지난해 영상 보기 등 새로운 프로그램으로 설날을
맞이한다. 만나서 술이나 마시며 끼리끼리 어울리던 가족들이 혈연
의 정을 나누고, 화합하는 계기가 되었다고 좋아한다. 새해 첫날, 정
서적 미감을 살려 시와 사랑과 인생을 이야기하는 그 아름다운 정경
이라니….(2010. 1)

열린 시인의 사회

국회가 난장이라는 비판을 사고 있다. 당 대표가 물러나고 새로운 지도 체제가 들어설 정도로 야단이다. 이를 나무랄 수는 없는 일이다. 국회는 다툼의 장이 되어야 한다. 민의를 전달하고 관철하려면 싸울 수밖에 없다. 민주주의의 본고장 영국의 국회에서도 싸우는 일은 자주 일어난다. 우리 국회의원처럼 몸싸움을 하는 경우도 있다고 한다. 그런데 흥미를 끄는 일은 설전이나 몸싸움을 지나치게 하게 되면 의장이 의사봉을 두드리거나 마이크를 끄는 것이 아니라, 셰익스피어의 명시를 낭송한다는 것이다. 시 낭송이 울려 퍼지게 되면 소란스럽던 회의장은 조용해지고, 장내는 자연스레 정리된다. 시 낭송이 들리는데도 싸움을 계속하게 되면 유권자들은 '시도 모르는 의원을 자신의 대변자로 내세울 수가 없다'고 하여 다음 선거에서 낙선시켜 버린다고 한다. 표를 무서워하는 선량들이 싸움을 중단하는 것은 불문가지다. 성숙한 시민 의식이 의원의 질을 높이고 있는 경우다.

한때 우리나라의 국회의원 중에는 시인이 있었고, 작가도 있었다. 자신의 의견을 시적 은유로 묘사하는 정치인들도 많았다. 그 시기의 우리 정치는 그래도 유머와 멋이 있었다. 어려운 상황 속에서도 국민은 그들을 보고 여유를 찾을 수 있었고, 그들에게서 희망을 찾을 수 있었다. 고려조의 무신정권 시대에도 이규보와 같은 대시인이 있어 사회를 풍요롭게 하였고, 조선조 초기 역성혁명의 살벌한 사회적 분위기 속에서도 이방원의 하여가와 정몽주의 단심가는 백성들의 위안이 되었다. 최경창과 홍랑의 연애는 지탄의 대상임에도 그들의 시조에서는 풍류를 느낄 수 있었다.

시인은 사실적 언술보다는 이미지와 묘사, 감각적 은유를 많이 사용한다. 싱싱한 감수성과 열의와 다정함을 지니고 있으며, 사람의 본성을 잘 알고, 이를 포괄적으로 표현한다. 자신의 가정과 의지를 기꺼워하고 생명력에 기쁨을 느끼는 사람이다. 투사처럼 총을 들고 나서지는 않지만, 그들이 남긴 시는 민족의 영광이요, 역사의 횃불이다.

최근 우리 사회는 시가 읽히지 않는다는 비판 속에서도 시인은 꾸준히 늘고 있다. 발표되는 시 역시 헤아릴 수 없을 정도로 많다. 시의 담당 층위도 전업 시인에서 군인, 경찰, 소방관, 목수, 미용사 등 다양하게 확대되고 있다. 반가운 일이다. 시를 읽으려는 마음가짐만으로도 이미 우리는 카타르시스 되고 있기 때문이다. 하물며 시인으로 등단을 하고 시를 쓰게 되면 자신의 삶은 말 할 것 없고, 그 주변까지 풍요로워지지 않겠는가.

월드컵 축구로 우리에게 친숙해진 아프리카의 작은 나라 세네갈에는 70년대 후반 생고르라는 시인 대통령이 있었다. 주말이면 점퍼 차림으로 시민들과 시를 낭송하곤 하던 그는 절반이 넘는 각료를 시인으로 임명하였는데도 정치를 너무 잘해 전 국민으로부터 종신 대통령으로 추대되기도 하였다. 그러나 임기를 마친 그는 국민의 권유를 마다하고 파리로 가 시를 쓰면서 후계자를 편하게 해주었다. 시인이 대통령이 되는 나라. 정치도 시처럼 맑게 흘러 오늘의 세네갈이 있게 된 원천이 아닌가 싶다.

시심은 사랑이다. 사물을 아름답게 보려는 마음이다. 스스로에게는 엄격하고 남에게는 관대함이다. 실타래 같이 얽혀 있는 문제를 시심으로 풀었으면 싶다. 우리의 삶을 돌아보면 정보화 시대를 산다는 지금보다 산업사회가 인간적이었고, 산업사회보다 농경 사회가 훨씬 살만한 사회였다. 과거에 비해 풍요로워진 오늘날 우리의 삶이 더 간고해진 것은 시심을 잃었기 때문이다. 새해에는 집집마다 골목마다 시 읊조리는 소리가 도란도란 들려왔으면 좋겠다. 시의 집을 짓고 시심의 불을 밝혔으면 한다. 문화면의 작은 창에 박제된 시가 아니라 시심이 살아 숨 쉬는 활기찬 사회가 되었으면 한다. "시가 추락하면 자유도 실종된다." 프랑스의 주목받는 시인 자크루보의 말이다. 시를 낭송하는데도 싸움을 하거나 소모성 정쟁을 한다면 이는 자유의 실종에 다름없다. 시심을 가진 사람들이 편안하게 숨을 쉬고, 시의 선율이 맑게 흐르는 사회, 열린 시인의 사회를 그려본다.(2005. 1)

변방과 중심

내 오늘
서울에 와
만평萬坪 적막寂寞을 산다.

안개처럼
가랑비처럼
흩고 막 뿌릴까보다.

바닥난 호주머니엔
주고 간
벗의 명함名啣…

– 서벌, 「서울」전문

시골에서 농사를 짓던 문학청년 서벌이 친구들의 권유에 의해 서
울로 이사를 한다. 이른바 변방에서 중심으로 진입한 것이다. 일상
적으로 느끼는 일이지만, 어쩌다 한 번씩 가는 서울이란 늘 어리둥
절하다. 서울로 오라고 권유한 친구들도 정작 이주를 하게 되자 언제

그랬냐는 듯 꼬리를 내린다.

　무작정 상경부터 하고 보니 막상 찾아갈 만한 곳도 없고, 삶을 위한 뾰족한 해법이 있을 리 없다. 그러나 시인은 낯설고 쓸쓸한 심사를 호기롭게 읊조린다. 시끄러운 도심의 소음을 끌어모아 굳이 '만평萬坪 적막'을 사서 '안개처럼 가랑비처럼/ 흩고 막/ 뿌릴까보다'. 중심이라고 뽐을 내던 서울 장안이 일거에 '만평 적막'에 갇혀 안개로 가랑비로 덮여 버린다. 빌딩도 잠기고, 가로수도 잠기고, 자동차의 소음도 잠기고, 사람도 잠기게 된다.

　시인의 현실은 막연하지만, 가슴은 여유롭고 넉넉하다. '바닥난 호주머니'에 남아있는 '벗의 명함'을 만지작거리며, 사람들의 따뜻한 목소리를 그리워하다 자신의 호기를 있는 대로 다 쏟아 부어 '만평적막'을 사버린다. 오라는 데는 없어도 가야만 하는 소시민의 아픔을 노래하고 있지만, 그 기개는 대단하다. 변방에서 중심으로 진입한 시인이 그 삶의 질곡을 알레고리 시조 한 편으로 간단없이 접수한다.

　서벌 시조인은 시적 상상력으로 쉽게 중심부를 장악하게 되는데, 아직도 우리는 중심만 어질머리로 바라보고 있다. 골방에서 홀로 집필 작업을 하는 문인들까지 중앙에 관심을 쏟고 있다. 경남은 자타가 인정하는 문향이다. 유수의 문인들이 경남에서 태어났고, 경남을 배경으로 작품 활동을 해왔다. 그리고 우리는 일찍이 자주독립을 선언하였다. 한국문협경남지부에서 경남문협으로 이름을 바꾸면서, 우리의 자주성을 내외에 천명하였다. 그러나 지금 우리는 그 정신을 바르게 이어가고 있느냐는 질문에 자신 있게 대답하기 어려운 형편이다. 아직도 변변한 월간지 하나 없고, 빼어난 작품을 쓰기 위해 깊이 있게 천착하는 작가를 만나기도 쉽지 않다.

변화는 변방에서 시작된다. 식물의 생장점은 줄기의 중심이 아니라 줄기의 끝과 뿌리의 끝에 있다. 세상의 변화는 변방이 중심을 파괴하는 데서 시작한다. 변방이 변해야 중심의 변화가 가능하다. 누군가에게 기회가 왔다는 말은 또 다른 누군가에게 위기가 닥쳤다는 말과 동의어다. 변방이 중심을 잡는 것은 당연한 것을 당연시하지 않으며, 새로움을 끊임없이 추구함으로써 가능해진다.

사고의 전환이 요구된다. 변방과 중심을 새롭게 정의해야 한다. 나도 중심이 될 수 있다는 자의식이 필요하다. 서울이 모든 것의 중심은 아니다. 진해에 벚꽃이 피어야 경복궁에 벚꽃이 핀다. 마산에 봄이 와야 서울에 봄이 온다.

내가 중심이다. 내가 사는 곳이 중심이다. 나에게서 멀리 떨어져 있는 곳이 변방이라는 의식의 전환이 요구된다. 서울이 중앙이라지만 경남에서 보면 북쪽이고, 평양에서 보면 남쪽이다. 중심과 변방은 고정된 개념이 아니라 상황에 따라 유동적인 것이다. 거친 비유지만 나는 동심원의 원리를 말하곤 한다. 물에다 돌을 던지면, 가까운 곳부터 파문이 일고 차츰 외연으로 확대된다. 인간의 삶도 마찬가지다. 가까운 곳에서 인정을 받아야 한다. 올바로 된 평가를 받으려면 먼저 가정에서 인정받아야 하고, 동기 동창에게 인정받아야 하고, 직장 동료들로부터 인정받아야 한다. 이런 이치로 보면 경남의 문인은 경남에서 먼저 인정받아야 좋은 문인이 된다는 말이다.

내가 중심이라 생각했던 날이 있다

나를 주축으로 지구는 자전하고

186

우주와 뜨거운 나는 한 몸인 줄 알았다

뜨거울 땐 또 다른 불을 우리는 보지 못하느니

비껴나 앉고부터 외면했던 시가 읽힌다

겨울에 차갑게 식은 그 사내가 보인다

— 정일근, 「거울」 전문

이 시조는 변방과 중심의 의미를 절묘하게 묘사하면서 지나친 자기중심주의를 경계하고 있다. 화자는 자신이 세상의 '중심'이라 생각하면서 살아온 나날이 있다. 자신을 중심으로 '지구'가 '자전'하는 줄 알면서 기고만장하던 젊은 시절의 소중한 기억을 회상한다. 열정이 강할 때는 자신이 생각하는 일 이외의 다른 현상은 눈에 보이지 않아 '뜨거울 땐 또 다른 불을' 보지 못한다. '비껴나' 앉아야 비로소 '외면했던 시가' 읽혀지고, 다른 사람의 일상도 보게 된다. 자신을 돌아보고, 자신을 압박하던 개인적 고뇌 사이로 새벽과 아침에 대한 새로운 가능성을 보기 시작한다. 자신의 왜소함을 알게 되면서 자기 성찰을 하게 되어 자신이 겪은 현실과 이상 사이의 갈등 속에서 모순을 뒤돌아보고, 삶의 이치와 존재의 이유를 깨닫게 되는 것이다. 자기를 중심으로 생각하던 자의식에서 조금 비껴나 앉을 수 있는 삶의 지경이라면 굳이 변방과 중심을 구분할 필요가 있겠는가.

맹자는 '궁즉독선기신窮則獨善其身하고, 달즉겸선천하達則兼善天下한다'고 하였다. 일이 풀리지 않아 궁색할 때는 홀로 자기 몸을 닦는

데 힘쓰고, 일이 잘 풀릴 때는 세상에 나가 좋은 일을 한다는 말로 풀이된다.

　살다 보면 좋은 일보다는 어려운 일이 더 많기 마련이다. 일이 잘 풀릴 때보다는 일이 제대로 풀리지 않을 때가 문제다. 우리는 성공에 대한 교육은 받아 왔지만, 나락에 떨어져서 처참하게 깨지는 상황을 맞았을 때는 어떻게 마음을 추스르고, 어떻게 인생을 관리해야 하는가에 대한 학습은 하지 못하였다. 안타까운 일이지만 실패에 대한 경험은 값비싼 수업료를 치르고, 스스로 깨쳐야 한다. 그러다 보니 변방으로 밀렸다 생각하면 자칫 인생까지 포기하는 경우도 있다.

　"어려울 때 자기 몸을 닦는 데 힘쓰라"는 말은 맹자의 체험이 녹아 있는 말이다. 살다 보면 반드시 어려울 때가 있으니 당황하지 말고, 자기를 돌아보며 몸과 마음을 닦아야 한다는 메시지는 문학에도 유효하다. 진정한 문학이란 다른 사람에게 인정받기보다 자신을 다스리는 데 더 중요한 의미가 있다. 자기 스스로의 몸을 닦는 데 힘을 쓰다가 좋은 작품을 창작하게 되면 발표하라는 말로 새김질할 수 있다. 거칠게 말해 작품이 잘 안 될 때는 골방에 처박혀 책을 읽고, 또 읽어보라. 그러다 보면 창의적 상상력이 샘솟아 기가 막힌 아이디어가 떠오르게 될 것이다.

　지나친 변방 의식도 경계해야 할 일이지만, 지나친 자기중심주의도 경계해야 할 일이다. 세상에는 영원한 승자도 영원한 패자도 없다. 어둠이 있어야 밝음이 있고, 모자람이 있어야 넘침이 있다. 다층 구조화된 현대사회에서는 시작과 끝, 원인과 결과, 우연과 필연, 외부와 내부, 안정과 불안정, 사소한 것과 중요한 것, 변방과 중심이라는 전통적 구분이 전혀 의미를 갖지 못한다. 달라도 다르지 않고 같아도 같지 않은, 불일이불이不一而不二가 지배하는 사회다. 이 변화의 물결은 사회의 모든 구성원들에게 사회를 바라보는 새로운 패러다임을 요구한다.

변화의 바람은 변방에서 불어온다. 고기압에서 저기압으로 공기가 흐르고, 고밀도에서 저밀도로 에너지가 흐르듯 변화의 바람은 변방에서 중심으로 향한다. 그러므로 변화를 꿈꾸는 자는 변방으로 나간다. 변방의 척박한 곳으로 나가 황량한 그곳에서 자신의 내부를 고밀도로 축적시키고, 그 응집된 에너지를 중심으로 뿜어낸다. 소외된 변방 의식에서 중심으로 나아가기 위해 우리는 사회가 지워준 익숙한 형식으로부터 탈피함과 동시에 우리에게 이미 길들여진 고정관념을 부정해야 한다. 가리고 덮어둔 세상과 만나야 한다. 동시에 그러한 만남 속에 우리가 연대하여 순응의 역사를 떨치고 변혁의 시기로 나가야 한다.

우리 경남은 한국 문학의 새 바람을 일으키는 진원지로서의 역할을 하기에 좋은 지역이다. 끝으로 가야 새로운 시작을 할 수 있다. 변화의 바람이 불어온다. 변방에서 중심으로 감돌아들기 위해 다시 먼 길을 떠나 보자.(2009. 9)

문향 경남의 맥

경남은 문향이다. 문향이란 문학의 고장을 일컫는 말이다. 경남 문학의 뿌리는 깊고 오래됐다. '갱상도 보리 문디이'라는 말은 책 읽는 아이文童를 의미한다. 반갑다고 하는 인사가 '문디이'다. 이를 문둥병 환자로 잘못 이해한다면 갱상도 사람이 아니다. 우리는 대체로 "야이 문둥아", "문디이 가시나야", "문디 머스마야"라고 했을 때 반가움을 나타내는 정겨운 말로 이해한다.

연전에 경남 창원의 다호리 고분군에서 다섯 자루의 붓이 발굴돼 한반도 고고 발굴사 최대의 사건이라는 평가를 받은 적이 있다. 다호리 고분군에서 붓이 발굴됐다는 사실은 우리 지역에서는 선사시대부터 문자가 사용됐음을 의미한다. 당시 사용된 문자를 발굴하지 못해 아쉽기는 하지만, 이러한 전통은 가야 시대의 「구지가」에서 실증적으로 나타난다. 〈영신군가迎神君歌〉〈구지봉영신가龜旨峰迎神歌〉라고도 하는 이 노래는 가락국 시조 수로왕首露王의 강림 신화에 곁들여 전한다. 다음과 같이 4구체의 한문으로 번역된 것이 『삼국유사』의 가락국기에 기록되어 있다.

龜何龜何구하구하   거북아 거북아

首其現也수기현야   머리를 내놓아라

若不現也약불현야   만약 내놓지 않으면

燔灼而喫也번작이끽야   구워 먹으리

옛날 가락국 사람들이 구지봉에 모여 왕을 맞이하기 위해 흙을 파며 함께 불렀다고 한다. 이 노래의 해석은 사람에 따라 상당히 다른 견해를 보인다. 잡귀를 쫓는 주문으로 보는 견해, 영신제迎神祭의 절차 가운데 가장 중요한 희생무용犧牲舞踊에서 불린 노래라는 견해, 원시인들의 강렬한 성욕을 표현한 노래, 즉 여성이 남성을 유혹하는 노래로 보는 견해가 그것이다. 또 거북의 머리를 수로首露 · 우두머리 · 남근男根 등으로 해석하기도 하고, '구워 먹겠다'는 구절은 우두머리 선정을 위한 거북점의 점괘를 얻기 위해 거북을 굽겠다는 뜻 혹은 강렬한 욕망이 깃든 여성 성기 등으로 해석하기도 한다.(브리태니커백과사전)

학자들마다 견해가 분분하지만, 그 내용은 원시 동요童謠에 가깝다. 구간九干을 포함한 수백 명의 군중이 구지봉 산꼭대기에 모여 임금을 맞이하기 위해 흙을 파헤치며 목청껏 불렀을 장면을 상상해 본다. 신화 속의 이야기지만 당시의 사람들은 이와 같은 군중의 합창에는 주술력呪術力이 있다고 믿었고, 과연 하늘로부터 임금을 맞이했다. 여기서 학술적 해석은 그렇게 중요하지 않다. 다만, 가야 시대부터 이러한 노래가 전해지고 있었으며, 우리 지역의 문학적 시원이 깊고, 오래되었음을 말하고 싶은 것이다.

요즈음 한창 진행되고 있는 합천의 팔만대장경 축제 또한 문자의 중요성을 강조하는 일에 다름없다. 팔만대장경은 현존하는 세계의 대장경 가운데 가장 오래된 것일 뿐만 아니라 체재와 내용도 가장 완벽한 것으로 평가되어 유네스코 문화유산으로 등재되기도 했다.

> 두류산頭流山 양단수兩端水를 녜 듯고 이제 보니
> 도화桃花 뜬 말근 물에 산영山影조차 잠겨셰라
> 아희야, 무릉武陵이 어대매오 ᄂᆞᆫ 옌가 하노라.

> 삼동三冬에 베옷 입고 암혈巖穴에 눈비 맞아
> 구름 낀 볕뉘도 쬔 적이 없건마는
> 서산에 해 지다 하니 눈물겨워 하노라.

남명 조식曺植(1501~1572) 선생이 남긴 두 편의 시조다. 남명은 초야에 묻혀 살았으며, 조정에서 여러 번 불렀으나 평생 벼슬을 하지 않았다. 학문과 후진 양성에 몰두한 선비로 명종(1534~1567)의 부름을 받고 사정전에 나아가, 임금께 치란治亂의 도리와 학문의 길을 글로써 아뢰고 산으로 들어가 버리고 말았다는 일화는 유명하다.

다호리 고분군에서 발굴된 붓과 구지가, 팔만대장경, 남명이 남긴 시편들에서 경남 문학의 시원은 깊고 오래됐음을 확인할 수 있다.

근대에 와서도 이러한 역사는 잘 이어지고 있다. 환산 이윤재, 자산 안확, 노산 이은상, 고루 이극로, 이일래, 동원 이원수, 청마 유치환, 초정 김상옥, 향파 이주홍, 월하 김달진, 파성 설창수, 심온 천상병, 석재 조연현, 화인 김수돈, 대여 김춘수, 박경리, 박재삼, 이병주, 정재관, 일천 전기수, 황선하, 서벌, 운초 박재두, 이형기, 유천 신상철(무순) 등 이 짧은 글에서 그 이름을 헤아리기 어려울 정도다.

현대에 생존하고 있는 작가들에 대해서는 더 말할 나위가 없다.

그러함에도 불구하고 최근에 발간된 『마산시사』에 악의적으로 왜곡 훼절된 글이 발표되어 논란이 되고 있다. 없는 사실을 묘하게 꼬아 그럴 듯하게 꾸미기도 했고, 작고한 선배 문인을 고약하게 폄하하는 경우도 본다. 글쓴이가 재직하는 학교와 제자들은 빠뜨리지 않으면서 오랫동안 작품 활동을 해온 유명 문인들은 언급도 하지 않는다. 몰라서 놓친 경우라면 이해라도 할 수 있는 일이지만, 전체적인 문맥으로 보아 모르고 한 실수로는 보이지 않는다. 묘한 추측과 감정적 언설로 한 시대의 올곧은 지식인들을 매도하기 위해 왜곡되게 쓰인 글을 시사에 올리는 일은 용납할 수 없다. 이미 배포된 『마산시사』를 전량 회수 폐기하고, 새로운 필진에 의해 정정판을 제작해야 할 일이다.

답답한 마음을 제26회 소월시문학상으로 선정된 배한봉 시인의 작품을 감상하면서 마무리하고자 한다. "평범한 자연 속에서 비범한 생명을 발견하는 시인의 깊은 통찰력으로 시인 자신의 목소리를 통해 시적 긴장을 살려냈다"는 평가를 받은 그의 시는 소재를 일상에서 찾고 있다. 자연 속에서 새로운 생명의 지경을 발견해 내는 시인의 눈은 혜안이다. 어떤 특정한 경향에 매이지 않고, 오로지한 자신의 목소리로 시적 긴장을 살림으로써 공감을 산다.

봄날 나무 아래 벗어둔 신발 속에 꽃잎이 쌓였다.

쌓인 꽃잎 속에서 꽃 먹은 어린 여자아이가 걸어 나오고, 머리에 하얀 명주수건 두른 젊은 어머니가 걸어 나오고, 허리 꼬부장한 할머니가 지팡이도 없이 걸어 나왔다.

봄날 꽃나무에 기댄 파란 하늘이 소금쟁이 지나간 자리처럼 파문지고 있었다. 채울수록 가득 비는 꽃 지는 나무 아래의 허공. 손가락으로 울컥거리는 목을 누르며, 나는 한 우주가 가만가만 숨 쉬는 것을 바라보았다.

가장 아름다이 자기를 버려 시간과 공간을 얻는 꽃들의 길.

차마 벗어둔 신발 신을 수 없었다.

천년을 걸어가는 꽃잎도 있었다. 나도 가만가만 천년을 걸어가는 사랑이 되고 싶었다. 한 우주가 되고 싶었다.

— 배한봉, 「복사꽃 아래 천년」 전문

참 아름다운 서정시다. 시인이 자기 삶의 공간을 작품의 모델로 선정하는 것은 자신의 근원에 대한 탐색과 관련된다. 나는 어디에서 왔으며, 나에 대한 본래 면목의 근간은 무엇인가. 하나의 개체는 개별적 존재성을 통해 확인되기보다 가족이나 공동체라는 연속적 차원에 자리하고 있음을 본다.

경남 문학의 뿌리는 깊고 오래됐다. 자기 고장의 문화 예술에 관한 본래 면목을 찾기 위해 지자체마다 적극적이다. 많은 예술 장르 중에서 우리 경남은 문학이 단연 돋보이는 고장이다. 모든 예술의 뿌리가 되는 문학의 맥을 살리는 방안을 모색해야 한다. 다호리 문학이나 가야 문학, 야철 문학, 불교 문학, 해양 문학, 국제 문학을 기리는 세계 문학 축제라도 기획했으면 싶다. '갱상도 보리 문디이'를 현대화하여 재생해야 한다는 말이다.

　어렸을 적 "문디 머스마야"라고 놀리던 여자 친구들이 새삼 그리워진다.(2011. 9)

괴테와 노산

　몇 년 전 폴란드를 여행하면서 나치 독일이 양민을 집단학살한 아우슈비츠 강제 수용소를 가게 됐다. 이곳은 유대인과 나치즘을 반대한 450만 명 이상의 사람들이 처형된 역사의 현장이다. 흑백영화 〈쉰들러리스트〉에서 보듯이 그 잔혹함은 상상하기 어려울 정도다. 가스실과 산더미처럼 쌓여 있는 안경, 머리카락, 신발을 보면 등골이 서늘해진다.

　이어서 비알리츠카 소금 광산으로 갔다. 세계 12대 관광지로 알려졌으며, 유네스코 최초의 세계 문화유산으로 지정된 곳이다. 비알리츠카 소금층은 180만 년 전에 형성된 것으로 바닷물이 증발한 후 소금만 남았는데, 10㎞ 정도의 길이와 1.5㎞ 두께의 암염층이 형성되었다. 중세기에는 소금 무역으로 국가 재정의 3분의 1을 충당했고, 지금은 관광 수입으로 국가의 주요 재원을 충당할 정도라고 한다.

　소금 광산을 관광할 때는 가이드의 안내에 따라야 하는데, 처음 378개의 나무 계단을 내려가면 지하 64m가 된다. 여기서부터 약 3㎞를 걸어 28개의 방으로 이동한다. 소금 광산엔 소금을 파내면서 생긴 2,040개의 방이 있다. 모든 방을 연결하는 복도의 길이는 약

200㎞에 달한다.

　크고 작은 방에는 킹가의 성당, 최후의 만찬, 코페르니쿠스, 광부와 목수 등 다양한 동상들이 있는데, 독일의 유명한 시인 괴테의 동상이 유난히 눈에 띈다. 나치 독일의 지배를 받으면서 대량 학살된 자국민을 생각하면 어떻게 독일 시인의 동상을 그대로 세워둘 수 있는가 의문이 생긴다. 상황이 다르기는 하지만, 우리나라의 동굴에 오에 겐자부로(지한파로 알려진 일본인 노벨상 수상 작가)의 동상이 세워졌다면 괴테의 동상처럼 그 원형이 제대로 보존될 수 있을까.

　보도에 의하면 아우슈비츠로 상징되는 대학살의 피해자인 폴란드와 가해자인 독일은 과거의 역사적 갈등에 종지부를 찍었다고 한다. 20여 년 전만 해도 폴란드 국민의 84%가 독일에 적대적이었지만, 최근에는 50% 정도로 낮아졌다고 한다. 폴란드 사람들은 군사와 경제의 긴밀한 협력으로 '역사적인 화해'가 가능할 것으로 예측하고 있다.

　현대는 화해와 통합의 시대다. 차제에 우리 마산에서 야기되고 있는 갈등도 새로운 전기가 마련됐으면 한다. 3·15의거를 왜곡하였다고 비판받고 있는 노산의 경우, 전체적인 문면을 살펴보면 그런 것이 아님을 쉽게 알 수 있다. "내가 마산 사람이기 때문에 고향의 일을 걱정하는 마음이 크다. 분개한 생각이야 더 말할 것이 있으랴마는 무모한 흥분으로 일이 바로잡히는 법이 아니다. 좀 더 자중하기를 바란다."라는 말은 원로로서의 염려와 당부에 다름없다. 더욱이 대국면을 타개하기 위해서 전체적인 각료의 경질까지 요구하고 있다. 비상시국의 긴박한 상황에서 마산을 걱정하는 마음이 없다면 감히 하기 어려운 발언이다.

암울한 일제강점기와 대한민국 초창기의 정국, 동족 전쟁의 참화를 거치면서 형성된 그의 국가관을 예단하기는 어렵지만, 추론컨대 조국과 민족의 안위를 걱정하는 마음이 앞섰던 것만은 자명하다. 전쟁의 참화와 수백만의 동족이 살해된 폴란드도 독일과 군사 동맹을 맺을 정도로 우호적 관계를 형성하고 있다. 소금 광산에 있는 괴테의 흉상을 보면서 마산역 광장에 세워진 가고파 시비도 대승적인 차원에서 다뤄졌으면 하는 바람이다. 가고파 시비를 건립한 분들의 논리는 간명하다. "학교 다닐 때 배웠던 노래가 정말 좋아서 건립했다"고 한다. 공감이 가는 말이다. 수백만을 학살한 적의 나라 시인도 아니고, 우리나라 우리 고향 선배 시인의 시비를 세운 일이다.

　"불의를 발견하기는 매우 쉬운 일이다. 불의는 남의 행동을 보고 있으면 어디가 잘못되었는지 금방 알 수 있다. 그러나 진리를 발견하는 것은 어렵다." 괴테의 말이다. 지역에서 주장하고 있는 일부의 논리를 수용한다고 하더라도 작은 과오 때문에 더 큰 업적을 놓치는 우를 범해서는 안 된다. 산을 보려고 하면 산에서 멀리 떨어져 보아야 한다. 노산이 추구한 진리를 알고 싶어 1931년에 발행한 『조선사화집』을 읽고 있는 작금이다. (2013. 8)

비움과 채움의 미학

사람의 욕망은 성취 욕구에 대한 동기 유발이 되는가 하면 고뇌의 불씨가 되어 파멸의 길로 가는 계기가 되기도 한다. 욕망이란 금도를 넘어 서려는 본성이 있으며, 결코 만족할 줄 모르는 속성을 지니고 있다. 남의 부정과 비리, 탐욕은 혐오하면서도 자기에게 도움이 된다 싶으면 쉽게 유혹당하는 경우를 본다. 움직이는 사람의 감정을 소리 없이 반영하며, 내면의 욕구를 끊임없이 추구하기에 끝을 알 수 없는 것이 욕망의 집이다.

시인은 욕망의 집과 거리를 두고 사는 사람이다. 상상과 추억에 잠기는 우수는 진정한 의미에서 욕망이라고 할 수 없다. 시인은 자기가 보고 듣고 느낀 것을 마음의 눈으로 정화시키는 사람이다. 자신의 의지를 육화시켜 시의 그릇에다 비우기도 하고 채우기도 하는 사람이 시인이다.

언제나 내 곁에는
빈 잔이 놓여 있다

가진 것 모두 담아도
차지 않는 이 잔을

단숨에
그대로 들면 은회색 허공이 된다.

- 홍진기, 「빈 잔」 부분

　분수를 지키며 자족할 줄 아는 사람은 욕됨이 없다. 분수에 맞게 살아야 하는 삶의 이치를 빈 잔으로 제시하고, 비어 있는 공간에 자신의 분수를 담아놓고 있다. '가진 것 모두 담아도 차지 않는 이 잔을 단숨에 그대로 들면 은회색 허공이 된다.' 은회색 허공은 현실적인 갈등과 욕망을 초월한 비움의 미학을 제시하기 위한 것이다. 빈 잔에는 '달빛 한 줄기'도 다녀가고 '아내의 한숨 소리'도 드나들지만, 물리적 욕망과는 거리가 먼 자연과 정신적 사유를 담아내고 있다. 시인은 가진 것 모두 담아도 차지 않는 빈 잔을 가짐으로써 속인의 경지를 벗어나고 있다.

　탐욕이란 무한 욕망을 추구함으로써 오류와 죄악의 근원이 된다. 흔히 자신의 욕망을 충족시키기 위해 몸부림치다 부정과 비리의 함정에 빠지는 경우를 본다. 황금만능주의에 젖어 끝내 파멸의 길을 걷는 경우를 보면서도 유사한 상황이 주어지면 우리도 같은 잘못을 저지를 수 있는 개연성을 안고 있다. 욕망 과잉의 시대를 살면서 시인이 자신의 시에다 비움과 채움의 미학을 보이고 있음은 무엇을 의미하는 것일까. 자신의 욕망을 비우고 자연과 정신적 사유를 채우려 함은 고졸한 시정신으로 사회의 타락상을 정화하려는 의도에 다름없을 것이다.(2001. 9)

중복 투고와 표절 논란

　스포츠에서는 경기 규칙을 어기면 엄청난 비난을 각오해야 한다. 지난해 연말이다. 남아공 월드컵 유럽 최종 예선전인 프랑스와 아일랜드의 경기에서 오심이 일어났다. 프랑스의 앙리가 손으로 공을 건드리는 핸들링 반칙으로 골을 넣었는데, 심판이 이를 인정하지 않은 것이다. 결국 프랑스는 월드컵 본선에 올라가고 아일랜드는 탈락했다. 앙리 스스로도 반칙을 인정하였으니 오심은 틀림없다. 앙리에 대한 징계 여부와 관계없이 골은 인정되고, 프랑스는 예선을 통과하게 되었다. 국제축구연맹(FIFA)은 팬들의 비난과 함께 신뢰도는 추락하고 있다.

　범박한 비유지만, 신춘문예는 스포츠 못지않게 관심을 사고 있는 문단의 화려한 등단 제도다. 그런데 안타까운 일이 일어났다. 경기 규정을 어긴 당선자가 나온 것이다. 분명히 응모 규정에 '응모작품은 미발표 순수 창작품이어야 하며, 다른 곳에 이중 투고이거나 표절작품일 경우 당선을 취소'한다고 명시되어 있는데, 이중 투고를 하였음이 드러난 것이다. 이에 경남신문사는 2010년 신춘문예 수필 부문 당선작 '못'을 중복 투고로 당선을 취소했다. 시·시조 부문 최종심에 오른 작품 역시 중복 투고한 사실이 드러나 탈락됐다고 문학담당기자는 기명 기사로 밝히고 있다. 신문사의 이런 조치는 피파(FIFA)보다 훌륭한 판단이다. 당연한 조치지만, 처리 결과가 참으로 돋보인다. 잘못을 잘못으로 바로잡는 일은 용기를 요한다. 신년 벽두에 불거진 예기치 못한 사태이기에, 발 빠른 조치로 신문의 신뢰성을 높이는 계기가 되었다. 명백한 잘못도 적당한 선에서 덮어놓고 가는 일을 수없이 목도한 시민들은 이번 결과 처리에서 한결 후련함을 느낀다.

보도를 본 후 당선 취소된 작품을 다시 읽어 보았다. 꽤 좋은 수필이다. 그림 같이 멋진 골을 넣었는데, 오프사이드 판정을 받은 것 같은 아쉬움이 남는다. 이렇게 좋은 작품을 쓸 수 있는 신인이 왜 규정을 어겼을까. 당선에 대한 강한 욕망이 어처구니없는 반칙을 야기하게 된 것 같다. 현대는 유리알 시대다. 투명하지 않으면 살아남을 수 없다. 이번 일로 당선이 취소된 자에게는 당선 취소라는 멍에가 남게 되고, 낙선자에게는 좋은 기회를 놓치게 되는 잘못을 범하였으니 참으로 아쉬운 일이다.

신춘문예의 당선 취소를 간혹 본다. 왜 이런 일이 반복되는가 곱씹어 볼 일이다. 물론 문제의 모든 책임은 본인에게 있지만, 기고자들이 중복 투고 유혹에 빠질 수 있는 사회 분위기도 문제다. '주홍 글씨'가 아니라도 글줄깨나 쓴다는 사람치고 문제의 기고자에게 돌을 던질 수 있는 이는 그렇게 많지 않을 것이다.

표절과 중복 게재는 요직을 검증하는 후보들의 단골 메뉴다. 전여옥 의원과 마광수 교수의 표절 사건으로 세상이 시끄러웠다. 인기 강사 도올 김용옥 교수가 몇 년 전 갑자기 방송을 중단하고 사라진 것은 표절 의혹 때문이다. 김병준 교육부총리가 낙마하게 된 가장 큰 이유는 대학교수로 재직하던 당시 제자의 박사학위 논문을 학회지에 기고한 것과 중복 게재 의혹 때문이다. 이필상 고대 총장이 낙마하게 된 것도 논문 표절과 중복 게재가 주요인이다. 황우석의 논문 조작 사건은 우리 사회의 관행이 국제적으로 망신을 당하는 경우였다. 인터넷을 검색해보면 영화, 드라마, 디자인, 만화, 작곡, 건축 등 예술과 실생활 분야에 이르기까지 크고 작은 표절 사건들이 줄을 선다.

그러나 사실 글쓰기를 전문으로 하는 교수나 작가, 심지어 음악과 미술을 전공하는 예술가들까지 표절과 중복 게재에서 자유롭지 못하다는데 더 큰 문제가 있다. 글쓴이의 경우도 저간에 꽤 많은 책을 읽었고, 오랫동안 글쓰기를 하다 보니 자신도 모르는 사이 유사한 뉘앙스의 표현을 하는 경우가 있고, 분명히 각주를 달았다고 생각하였는데, 인쇄가 된 뒤에 빠져 있는 경우를 발견하기도 한다. 더욱이 잡지사의 정식 요청에 의해 공식적으로 중복 게재를 허락한 경우도 있다.

표절과 중복 게재는 고쳐져야 할 관행이지만, 이 문제는 비단 우리나라만의 문제가 아닌 것 같다. 보도에 의하면 1988년 미국 대통령 선거 때 민주당 후보였던 조지프 바이든 상원의원은 선거 연설문 일부가 표절로 밝혀져 후보직을 사퇴하였으며, 도쿄대학의 한 교수는 자살로 표절을 사죄하기도 했다고 한다.

고려 시대의 대시인 이규보 선생은 구불의체九不宜體라는 글에서 어설픈 도둑이 쉽사리 잡히는 체라는 뜻의 졸도이금체拙盜易擒體는 말로 옛글을 근거도 밝히지 않고 표절하거나 모방하는 것은 도둑과 같다고 하였다. 더구나 표절과 모방으로 뜻조차 제대로 소화를 하지 못하면서 인용하는 것은 섣부른 도둑과 같다는 의미로 경계의 뜻을 나타내고 있다. 이 말로 미루어보아 표절의 역사는 꽤 오래된 것 같다.

제시한 몇 가지 사례에서 보듯이 표절과 중복 게재는 시대와 공간을 초월하여 존재해 온 사회문화적 병리 현상이다. 그렇다고 이를 관행으로 수용할 수 있는 일은 더욱 아니다. 저작권은 말할 것 없고, 표절과 중복 게재에 대한 사회적 규제는 엄격하게 적용돼야 한다. 저작권법이 제정됨으로써 저작권에 대한 법적 장치는 마련되어 있다. 그러나 문단에서는 아직까지 이를 엄격하게 준용하는 것 같지 않다. 그러다 보니 표절과 중복 게재 문제도 다소 느슨하게 처리되는 게 아닌가 싶다.

차제에 문학작품의 표절과 중복 게재에 대한 분명한 기준이 제시되어 이런 오류가 제어되었으면 한다. 표절剽竊은 다른 사람의 작품이나 논문을 베끼거나 모방하면서, 자신의 글처럼 발표하는 행위를 말한다. 따라서 전거를 밝히지 않거나 저작권법에 어긋나는 글은 표절의 대상이 된다. 표절은 도둑질이나 절도와 같은 차원에서 인식되다가 저작권법이 강화되고 난 이후 법정 문제로 이슈화되기도 한다. 교수나 연구원의 표절은 신뢰도나 성실성의 손상은 말할 것 없고, 정직이나 파면 사유가 될 때도 있다.

자기 표절Self-plagiarism은 저자 자신이 과거 출판물을 사용하면서 그 출처를 밝히지 않는 행위를 말한다. 자신의 글을 따올 때 어느 정도가 자기 표절에 해당하는지 그 기준은 비교적 애매하다. 문제의 소지를 없애기 위해 가능하면 자신의 글을 인용하거나 다시 발표하는 경우에도 전거를 밝히는 것이 좋겠다. 저작권법과는 별도로 윤리적인 문제에도 저촉되지 않도록 유의해야 할 일이다. 현대는 자기 표절에 대해서도 엄격한 기준을 적용하고 있다. 자기 표절은 작가의 양식이나 양심의 문제가 더 크게 작용한다. 신문이나 잡지에 기고되는 시사 문화적인 칼럼에서 자신의 전공이나 논문의 재인용은 자기 표절에 해당하지 않는 것으로 보는 것 같다.

이중 게재의 경우 문인은 학자들과 함께 더욱 자유롭지 못하다. 무의식적 실수는 두고라도 동일한 작품을 지지紙誌에 발표하고, 시화로도 발표하고, 낭송으로도 발표한다. 이는 허용해도 괜찮을 것 같다. 신문과 잡지의 이중 게재는 허용되는 분위기이고, 잡지 간에도 이중 게재되는 경우를 본다. 그러나 이제 우리 문인도 자기 관리 측면에서 이중 게재를 자제해야 하겠다. 부득이 이중 게재를 해야 할 경우에는 작품 하단에 최초에 발표된 작품의 지면과 시기를 밝혔으면 한다. 웹사이트나 블로그에 발표할 때도 마찬가지다. 원고료도 받지 않는데, 이중 발표를 하면 어떠냐고 생각할 수 있지만, 종교계에서 목회자가 동일한 내용으로 설교를 하는 것도 이중 설교로 제한을 받는다고 생각해보면 답은 자명해진다. 다만 비영리를 목적으로 하는 협회나 동인회에서 발간하는 연간집의 경우는 편집진의 합의에 의해 이중 게재를 허용해도 괜찮을 것 같다.

우리는 자신에게는 관대하면서 남에게는 엄격한 잣대를 대는 경우가 많다. 그러나 표절과 이중 게재는 보다 엄격한 자기 관리를 요구한다. 법 이전의 기본 양식으로 표절은 삼가야 하며, 이중 기고 또한 자제해야 할 일이다. 양심은 작가의 소중한 삶의 가치다. 신춘문예 당선 취소를 보면서 등단작가의 작품과 발표 양상을 돌아볼 필요를 느낀다. 스포츠맨의 페어플레이에서 관중들이 환호하듯 보다 엄격한 자기 관리에서 자신의 위상을 바로 세워야 하겠다.(2010. 6)

왜 문학인가

어지럽다. 하루가 다르게 터져 나오는 뉴스로 정신을 못 차릴 지경이다. 변화의 원리가 지배하는 사회라지만, 그 변화의 속도가 너무 빠르다. 땅과 흙이 생산의 동력으로 작용하던 농경 사회에서, 속도와 운동을 기본 속성으로 하는 기계 중심의 산업사회를 거쳐, 지식과 변화를 본질로 하는 현대의 지식 정보사회를 살면서 우리가 느끼는 변화의 가속성은 현란할 정도로 극심하다.

20세기에 들어와 우리는 비극적인 세계 전쟁을 두 번이나 겪는다. 파괴와 죽음, 폭력적 권력과 대량적 학살, 핵무기의 위협, 기술 혁명에 의한 사회적 메커니즘, 환경오염과 지구 온난화, 이유 없는 살인과 테러, 빈발하는 납치 사건, 인구의 폭발적인 증가로 우리가 사는 지구촌은 잠시도 편할 날이 없다. 변화의 소용돌이는 인간의 서정과 모럴을 뿌리째 뒤흔들어 불안과 초조, 소외, 혼란의 구조적 원인을 제공한다. 헤아리기 어려운 공포가 가슴을 짓누른다. 오죽하면 철학자가 신의 죽음을 선언하고 나섰겠는가. 신의 죽음은 도덕적 해이와 사회의 붕괴를 뜻하며, 인간의 존재를 부정하고, 나아가 인간의 죽음을 상징한다. 저간에 쌓아왔던 우리의 윤리와 도덕적 사회관이 한꺼번에 무너지는 참혹함에 빠지게 된 것이다. 우리는 미래의 존재에 대한 의문을 가지면서 연속성이 붕괴되는 현실을 살고 있다. 시간은 단절되어 파편화되고, 공간은 원근에 대한 거리감을 잃고 비틀거린다. 단절과 분열, 혼란과 무질서, 불안과 소외, 모순과 부조리가 횡행하는 사회를 살면서 흔들리고 있는 우리의 초라한 영혼을 보게 된다.

멀리 갈 것도 없다. 작금의 우리 주변에는 사방을 둘러봐도 시원한 틈새가 없다. 쇠고기 문제로 야기된 촛불 시위, 일본의 역사 왜곡과 중학교 교과서 학습지도요령 해설서 독도 영유권 명기, 금강산 관광객 피살 사건, 고유가 시대를 맞아 치솟아 오르는 물가와 경제적 불안 등 눈만 뜨면 새롭게 밀려오는 불안한 소식들로 우리는 자신도 모르는 사이 멋대로 휘둘리며 살고 있다.

이러한 시간적 · 공간적 변화와 속도의 시대를 살면서 우리는 아직도 왜 문학인가. 문학으로 무엇을 어떻게 하자는 것인가.

문학은 인간이 자신의 사상이나 감정을 말과 글로 표현하면서부터 생겨났다. 그 역사의 유구성이나, 인류에게 미친 영향은 자로 잴 수 없을 정도다. 변화와 혼란의 원리가 지배하는 현대 사회에서도 문학의 존재 이유는 분명하며, 문학이 담당해야 할 역할과 층위는 확실하다.

사실, 문학의 위기는 어느 날 갑자기 시작된 게 아니다. 오래전부터 위기는 감지되었고, 날이 갈수록 그 골은 깊어지고 있다. 문제를 인식하고 있지만, 별다른 실천적 대안을 제시하지 못하고 있다. 우리의 젖줄과 같은 문학이 도대체 왜 이렇게 찬밥 신세가 되었는가. 황금만능 사회라고 웃으며, 뒷짐 지고 있는 사이 사회는 경제성을 추구하는 거대한 흐름을 따라 정보화와 지식사회라는 새로운 지배 구조를 형성하게 되었고, 그 앞에 우리는 도토리 찬밥 신세를 면하지 못하게 되었다. 문학은 바닥 장세다. 바닥을 치면 반전을 한다든가, 더 이상 뒷짐 지고 있을 일이 아니다. 우리 스스로 활로를 모색해야 한다. 문학은 독자를 찾아야 하고, 대중이 바라는 작품 세계를 구축해야 한다.

아직은 희망이 있다. 인간은 누구나 행복을 추구하면서 살고 있다. 인간의 행복이란 의식주 해결에만 있는 것이 아니라 인간답게 사는 것을 전제로 한다. 인간답게 산다는 것은 다른 사람을 이해하고 관용하고, 더불어 사는 사회를 의미한다. 다행히 독자는 아직도 이런 미덕을 그리워하고 있다. 물질적 재화에 밀리고 있는 정신적 가치를 꿈꾸고 있는 것이다.

이제 우리도 기회를 잡아야 한다. 대학마저 취업이 되지 않는 비인기과는 줄여나가고, 기초 학문인 인문학을 줄여나가고 있지만, 이러한 일이 외부의 작용에 의해서 야기된 것만은 아니라고 본다면, 우리가 우리의 허리춤을 다잡을 필요가 있다. 원인을 알게 되면 처방은 있기 마련이다. 좋은 상품도 고객이 알아주고, 구매를 해야 가치가 있듯이 문학도 독자의 시선을 사로잡는 전략이 필요하다. 일찍이 헤밍웨이는 문학성을 담보하기 위해 「노인과 바다」를 쓰고, 대중성을 얻기 위해 「누구를 위해 종을 울리나」를 썼다. 우리도 당연히 우리의 문학성을 위해 그 고고함이나 도도함을 견지해야 하겠지만, 또 다른 한편으로는 일반 대중을 위한 작품을 생산하여 구매 가치를 높여야 할 것이다. 전통적이고 획일적인 작품이 아니라 그야말로 다양성을 인정하는 실용적인 창조자로 혼신의 힘을 기울여 창작에 임해야 하겠다. 문학은 재미와 즐거움이 있어야 한다. 아무리 좋은 작품이라도 재미가 없으면 무용지물이다. 지금 우리 사회는 흥미 중심의 감각적인 문화가 판을 치고 있다. 독자의 관심을 유도하기 위해 새로운 접근이 요구된다.

자유·생명·구원의 순수문학을 지향하는 경남문협에서는 독자들이 보다 가까이에서 문학을 접할 수 있는 몇 가지 시도를 하고 있다.

우선은 『경남문학』의 발전적 기획이다. 새로운 모습으로, 새로운 기획을 시도하고 있다. '21세기 변환기 시대 문학적 상상력'이라는 주제의 하나로 문학적 환경이 변화하는 시대에 무엇을 어떻게 쓸 것인가-손안의 종말, 그럼에도 불구하고(고봉준)를 수록하여 주목을 샀다.

올해로 다섯 번째 맞이한 경남시예술제는 '물과 늪, 그리고 사람'이라는 주제로 120여 회원의 시화를 점자시와 함께 전시함으로써 눈길을 머물게 했다. 시낭송과 물에 관한 문학 강연을 통하여 자연에 대한 인식을 높이는 계기를 마련한 것으로 본다. 경남음악협회와 함께 가진 '경남의 노래' 신작 가곡발표회 또한 그 호응도가 대단히 높았다.

시각 장애인을 위하여 경남의 시인들이 손끝으로 세상을 읽는 '점자시집'과 귀로 듣는 '낭송시집'을 묶어내어 각계의 관심을 끌었다. 지역의 신문 방송에서도 시각 장애인들을 위해 펴낸 『손끝으로 세상을 열다』 점자시집을 통해 문학을 접하는 기회를 만들고 있다며 높이 평가한 바 있다. 시각 장애인을 위한 점자시집과 한글판 시집을 곁들여 발간한 일은 경상남도문인협회가 전국에서 처음 하는 일이라며, 이 사업이 계속 이어지기를 기대하고 있다. 이미 부산점자도서관에서는 점자시집을 대상으로 하는 독후감 공모전에 들어갔고, 연말에는 시각 장애인 백일장을 개최하여 우수 입상작을 다음 해 점자시집에 함께 수록할 계획이다. 이러한 우리의 작업에 대해 경남메세나도 후원의 뜻을 밝혀 더욱 고무적이다.

찾아가는 문학 세미나는 해를 거듭할수록 성황이다. 거제 세미나는 170여 회원들이 참여하여 진지하면서도 즐겁게 진행되었다. 시낭송과 문학 강연을 통해 문학에 대한 연찬을 하고, 당해 지역을 관광하면서 소재의 폭을 확대하고 있다. 내년, 내후년까지 유치를 희망할 정도로 인기가 높다. 이러한 일련의 작업을 통해 시 · 군문협과 도문협의 유대를 강화하고, 우의를 나누면서 정보를 공유하게 된다면 더욱 이상적이다. 작은 예가 되겠지만, 의령문협에서는 경남문학 봄호에서 제안한 원고료를 확보하여 지급하기로 결정하였다고 한다. 흔히 글로벌 시대를 말하지만, 문화와 예술은 로컬화, 섹트화 하고 있다. 우리는 우리 지역의 특성을 살린 문학작품으로 세계적 경쟁력을 확보해야 하는 시대를 살고 있다.

문학은 삶의 본질을 탐구하는 인간다움의 예술이다. 어쩌면 디지털 시대를 맞아 가치관이 변하고, 인간성의 위기를 맞이하게 된 현재의 시점이 우리에게는 오히려 새로운 기회가 될 것이다. 과학은 인간의 위기를 해결하면서 또 다른 위기를 몰고 왔다. 물질문명의 급격한 변화와 정신문화의 부조화로 가치관의 혼돈과 방향상실감을 가져왔다. 과학은 우리에게 풍요와 편리를 주었지만, 근본적인 삶의 방향에 대해서는 오히려 혼란을 가중시키고 있다. 인간성의 해법은 역시 휴머니즘과 삶의 모럴에서 찾아야 한다.

문학의 가장 큰 덕목은 인간성의 회복에 의한 자기 구원이다. 인간에 대한 배려가 없는 과학 문명은 결코 인간을 행복하게 만들지 못한다. 바로 여기에 문학의 존재 이유가 있다. 인간이 자연을 떠나 존재할 수 없듯이, 과학은 문학에 대한 이해가 전제되어야 한다.

문학은 인간의 본질과 특성, 가치관, 삶의 방향 등을 주로 다루다 보니 실용적 가치가 중시되는 현대 사회에서는 비실용적으로 받아들여지기도 한다. 그러나 우리의 두뇌 구조는 논리적이면서 감성적이다. 인간의 감성과 휴머니티를 위해서 문학은 여전히 유효하다. 문학은 느림의 미학이기에 효과는 서서히 드러나지만, 그가 갖는 위력은 대단하다.

현대인이 꿈꾸고 있는 행복한 가치를 위해 변화와 속도의 혼란스런 시대 상황에서도 문학은 당당하게 존재해야 한다. 청량감 있는 문학작품을 기대한다.(2008. 9)

문학교육, 어떻게 할 것인가

교육이 바뀌고 있습니다. 서서히 바뀌는 것이 아니라 아주 빠르게 바뀌고 있습니다. 가장 크게 바뀐 것은 쓰는 일이 줄어들었다는 사실입니다. 공책이 사라지고 있습니다. 몇 년 전까지만 해도 집필법과 받아쓰기가 중요하게 지도되었는데, 지금은 너무 예사롭게 다루어지고 있습니다. 일기 쓰기가 제대로 되지 않습니다. 일기 쓰기 지도가 인권 침해라는 국가인권위원회의 권고를 교육부가 받아들여 일기 쓰기 지도를 하지 말라고 한 것은 교육을 몰라도 너무 모르고 한 행정 조치입니다.

학교에 문예부가 사라지고 있습니다. 그러면서 논술 쓰기는 엄청나게 강조되고 있습니다. 글쓰기의 기본과 읽기 교육은 외면한 채 논술을 가르치라니 참 어처구니없는 일입니다. 문예부를 개설하면 수강생이 모이지 않는데, 논술부에는 상당히 많은 아이들이 모여듭니다. 그러니 학교마다 논술 강좌를 개설함으로써 기초 글쓰기부터 다시 시작해야하는 아이러니한 현상을 봅니다. 공자 천구孔子穿球라는 말이 있습니다. 공자가 아홉 굽이로 구부러진 구슬 구멍에 실을 꿰려다 이루지 못하고, 하찮은 촌부에게 개미허리에 실을 꿰매는 비결을 배웠다는 말에서 온 말입니다. 그렇습니다. 기본은 가르치지 않고 나중에 해야 할 일을 먼저 하라는 것은 교육을 하지 말라는 말과 다름없습니다. 글쓰기나 일기 쓰기를 강조하면 진부한 교육을 하는 것처럼 받아들여지니 답답한 일입니다. 변화는 필요하지만, 가르치는 일은 바르게 해야 하는데, 그게 제대로 되지 않습니다.

연전에 교육대학에서 글쓰기와 문학 강의를 한 적이 있습니다. 우수한 학생들의 집단인지라 역시 글쓰기 능력도 뛰어났습니다. 그러나 논리적인 글쓰기와 실용문 쓰기는 잘하지만, 감성적 글쓰기인 시나 수필 쓰기는 제대로 되지 않아 크게 우려한 적이 있습니다. 학교 교육은 논리보다는 감성 교육이 우선되어야 합니다. 애똑똑이를 봅니다. 예전 아이들에 비해서 훨씬 똑똑하고 영리합니다. 자기중심적인 논리를 전개하게 되면 어른들도 말문이 막힐 지경입니다. 절대로 손해 보지 않습니다. 이런 아이들을 가르치려면 선생님들이 시나 수필을 제대로 이해하고 쓰는 감성이 있어야 합니다. 그런데 선생님들의 재교육 프로그램에도 글쓰기나 문학 교육은 거의 없는 실정입니다. 문학의 위기는 글쓰기 지도를 제대로 하지 않는 학교 현장에서 먼저 발견할 수 있습니다.

'교육이란 잠재능력을 실현하는 것을 도와주는 것.'이라는 E.프롬의 말을 빌리지 않더라도 배우는 이들의 잠재능력을 계발하려면 상상력을 기르는 일이 선행되어야 합니다. 상상력을 키우려면 문학이 우선되어야 하고, 문학이 제대로 되려면 문학 교육이 뒤따라야 함은 불문가지입니다.

학교에서는 '지식과 인격을 갖춘 창의적이고, 공동체적인 인간'을 지향하기 위해 멋진 교육목표를 설정하고 있지만, 실제로는 '점수 따기와 출세 지향적 입시 교육'에 머물러 있으며, 문학 교육도 이에 부화뇌동하고 있는 게 현실입니다. 문학 교육이 이루어지는 현장에서도 학습자의 흥미와 수준과는 거리가 있습니다. 교재의 내용을 전달하고, 이론을 주입하는 획일적인 문학 교육이 이루어지고 있는 실정입니다.

고3 진학 지도를 오랫동안 하신 선생님이 대학원에서 제 강의를 들으러 왔습니다. 강의는 토론식으로 전개되었습니다. 저는 문학 교육의 이상론을 이야기하고, 선생님은 문학 교육의 현실론을 이야기하였습니다. 우리의 교육은 입시가 우선이며, 시험 점수를 위한 강박증 때문에 문학 작품을 향유하고, 예술적 감수성을 기르는 문학 교육의 근본 목표에 접근하기 어렵다는 것입니다. 교과서의 작품도 청소년들의 문학적 감수성이나 관심과 거리가 먼 작품들로 구성되어 있어 학생들은 문학 수업을 거저 '난해한 지식 교육'이나 '지루하고 고루한 시간' 정도로 여기고 있으며, 교사의 일방적인 텍스트 분석과 획일적 내용 전달 교육은 문학에 관한 지식 전달에 치중할 뿐 실제적인 감상 지도와 창작 활동이 제대로 이루어지지 못하고 있다는 것입니다.

우리는 문학 교육의 현안 문제를 극복하기 위해 문학 교육의 '목표'와 '내용', '방법'의 문제를 다시 점검해야 할 필요가 있습니다. 문학 교육은 문학의 여러 현상들이 바람직한 방향으로 나아갈 수 있도록 행해지는 계획된 교육의 과정과 그 결과를 총칭하는 것입니다.

따라서 목표에 대한 재검토가 있어야 하겠습니다. 문학 교육의 목표는 '상상력과 문학적 감수성'을 기르는 일이 중심이 되어야 하며, 문학 교육은 '문학을 즐기기 위한 훈련'이 되어야 할 것입니다. 여기서 '즐긴다는 것'은 '흥미를 느끼고 관심을 갖는 것'을 의미합니다. 단순하게 동기 유발을 하는 것이 아니라 '문학을 향유'하도록 해야 하며, 문학 자체를 '느끼고, 즐길 수 있게 해야 한다'는 말입니다. 관심과 흥미를 갖고 즐기는 단계를 넘어서야 그것을 정교하게 분석, 비평할 수 있는 힘이 나오며, '새로운 창조의 힘'으로 전환되는 것입니다. '문학작품을 좋아하고, 즐기도록 만드는 일'이야말로 문학 교육의 제일 큰 목표가 되어야 할 것입니다.

문학 교육에서 가장 소홀하게 다루어지는 부분이 바로 '감상 교육'입니다. 문학 교육이 오히려 '문학과 거리 두기' 현상을 야기한다면 이는 문제가 아닐 수 없습니다. 자신의 감성을 자극하는 작품의 선택은 '문학을 통한 자아 정체성 확보'라는 미학적 인식을 얻을 수 있을 것입니다. 감상 교육이 제대로 이루어지기 위해서는 청소년들이 가장 좋아하고, 즐길 수 있는 문학작품을 문학 교육의 '텍스트'로 해야 함이 전제되어야 합니다.

문학 교육에서 창작 교육은 대단히 중요합니다. 시와 소설의 창작이 교실 수업에서 이루어지지 않는다면 이것은 바로 그동안의 문학 교육이 본질적인 문학 교육의 목표에 도달하지 못하고 있음을 반증하는 일과 다름없습니다. 창작 교육은 생산적이고, 즐거운 과정이 될 수 있습니다. 그것은 자신의 상상력과 창조력을 확인함은 물론이고, 문학의 구성과 특징에 대한 지식을 역으로 이해하는 과정으로써 매우 유효한 문학 교육의 과정이 되는 것입니다.

예를 들면 청소년이 소설을 쓰고자 할 때, 필연적으로 사건과 구성, 그리고 주인공에 대해 고민할 수밖에 없습니다. 자신이 말하고자 하는 주제를 드러내기 위해서 문학적 장치를 활용하게 됩니다. 자신이 쓴 소설을 바탕으로 소설이 갖는 서사 구조와 전개에 대한 분석을 활용할 수 있는 것입니다. 이러한 고민은 문학 작품이 갖추어야 할 조건에 대한 충분한 학습이 됩니다. 창작은 가시적인 수업의 결과물로 교육의 성과를 확인하는 의미를 갖기도 합니다. 학생들이 직접 쓴 글을 묶어낸 『창작 작품집』은 살아있는 좋은 교재가 될 것입니다.

따라서 이 기회에 교육행정 당국과 일선 학교 선생님들께 몇 가지 제안을 할까 합니다.

우선 선생님을 위한 문학 교육 강좌를 개설하여 주었으면 합니다. 무엇을 어떻게 가르쳐야 할 것인가를 알고 문학 교육을 할 수 있도록 선생님에 대한 재교육 프로그램을 개설하였으면 합니다. 문학적 소양이 있어야 문학 교육이 가능할 것입니다. 교사 스스로가 양질의 수용자가 되도록 문학에 대한 연수를 하였으면 합니다. 둘째 우리 경남 지역 출신 문인들의 작품을 읽을 기회를 제공하였으면 합니다. 우리 지역에는 전국적인 지명도를 가진 문인들이 수없이 많습니다. 노산 이은상, 청마 유치환, 동원 이원수, 대여 김춘수, 천상병, 박재삼, 이형기, 박경리, 이병주 등 작고 문인은 말할 것 없고, 현존 작가들도 700여 명에 달하고 있습니다. 이들의 작품을 읽으면서 아름다운 시심을 키우고, 사랑을 배우는 기회를 제공하였으면 합니다. 그러기 위해서는 학교 도서관에 우리 지역 출신 작가들의 작품을 구입 비치하는 일이 절실합니다. 셋째 일기 쓰기 지도를 꼭 하여 주었으면 합니다. 일기 쓰기는 그 자체가 바로 글쓰기 교육이요, 문학 교육의 단초가 되는 것입니다. 넷째 문예부를 개설하였으면 합니다. 문예부를 부활하여 전문적이고, 체계적인 글쓰기 교육이 이루어졌으면 합니다. 유명 문인을 초청하여 특강도 하고, 교내 백일장이나 지역 백일장에 참가하여 자기 능력을 진단하고, 성취동기를 부여할 수 있었으면 합니다. 끝으로 명시·명시조 외우기를 지도하였으면 합니다. 프랑스에서는 초등학교에서 200편 이상의 시를 외우게 하고, 러시아에서는 국가 대표 럭비 선수가 되려면 150편 이상의 시를 외워야 한다고 합니다. 우리도 어렸을 때 옛시조를 흥얼거리며 다녔던 기억이 새롭습니다. 언제부터인가 우리 교육의 현장에는 시 암송 교육을 소홀히 하는 풍조가 만연하고 있습니다. 문학 교육에서 암송은 필수입니다. 아름다운 시·시조를 100편만 외워도 우리의 미감은 정말 풍요롭고 아름다워질 것입니다.

저는 우리 인간의 삶이 윤택해지려면 문학이 유용하다는 사실을 믿고 있는 사람입니다. 정서적 미감을 기르고, 자신의 삶을 풍요롭게 하기 위해서 문학은 우리 생활의 일부가 되어야 합니다. 이를 위해서 문학 교육을 어떻게 할 것인가를 심각하게 고민해야 하고, 체계적으로 가르쳐야 할 것입니다. 교육행정 당국의 정책적 배려와 일선 학교 선생님들의 따뜻한 가르침을 기대합니다.(2008. 12)

문화예술 교육 인프라 구축

현대는 문화예술에 대한 담론이 폭발하고 있는 시대다. 신세대 문화의 등장으로 학생 문화는 과거와 비교할 수 없을 정도로 다양하게 변화하고 있다. MP3와 휴대폰, 힙합 바지와 염색 머리의 새로운 스타일을 하고 다니는 이들은 소비문화의 중심에서, 대중문화를 즐기는 대표적 세대로 인식되고 있다. 정신적이고 이성적인 행동보다는 개성적이고 감각적인 반응을 나타낸다. 지금까지의 문화와 차이를 보여 혼란스럽기도 하지만, 이러한 변화가 새로운 문화를 창출하고, 한류 열풍을 몰고 오는 계기가 되고 있다.

따라서 문화예술 교육 실태가 어떠한지 그 중요성과 문제점, 발전 방안에 대한 메타적 점검이 필요하다.

우리나라에는 유행과 먹거리 문화만 있다고 할 만큼 기성 문화에 대한 개탄의 소리가 높다. 문화예술에 대한 교육과정은 체계적이지 않고, 방법론과 지도력 또한 조직적이지 못하다. 신세대는 예술과 문화로 학교교육을 접하는 것이 아니라, 기능과 지식으로 예술 교과를 받아들이고 있다.

문제에 대한 효율적인 접근을 위해서는 먼저 문화예술 교육의 중요성과 우리 문화의 소중함을 인식해야 한다. 문화예술 교육과정을 체계화해야 하며, 기업 문화예술 사업을 교육적 투자로 전환할 필요가 있다. 대체로 기업은 학교의 문화예술 활동을 지원하는 데는 인색한 경향이 있다. 기업 메세나 운동은 문화예술 단체만 필요한 것이 아니라, 학교 문화예술 교육 진흥을 위해서도 절실하다. 기업은 미래를 예견하여 잠재적 문화예술인의 양성과 교류에 관심을 기울여야 할 때가 되었다.

학교 교육이 지역 문화예술과 연계를 맺어 새로운 문화 인프라를 구축한다면 효용성 제고 면에서 긍정적일 것이다. 그러나 현실적으로 학교 교육이 안고 있는 시·공간적·물리적 한계로 문제가 전혀 없는 것은 아니다. 운영 주체들의 능동적이고 적극적인 사고와 합리적 행동 패턴이 요구된다.

교사들의 문화예술 교육에 관한 재교육 또한 제한적이다. 문화예술에 대한 체험 기회가 적고, 고유문화에 대한 인식과 지도력 또한 긍정적으로 대답할 만한 상태가 아니다. 문화예술 교육의 수준은 지도자의 수준과 비례함은 불문가지다. 수요자의 예술적 욕구는 교사의 지도력을 넘어서고 있다. 새로운 문화를 인정해야 하며, 이를 위한 교사 교육이 필요하다. 문화예술 교육을 특기 적성 강사들에게만 맡겨둘 것이 아니라 현직 교사와 보다 전문적인 역량을 가진 예술인이 참여해야 한다.

교육 정책을 담당하는 교육 당국과 학교 관리자들의 문화예술 교육에 대한 인식 전환이 요구된다. 이들의 인식이 문화예술 교육의 성패를 좌우한다고 해도 과언이 아니다.

문화와 예술은 동의어로 쓰이고 있지만, 상반되는 개념을 포함하고 있다. 문화란 사람을 교화하여 풍속을 좋게 변화시킨다는 뜻을 함의하고 있어 기존 가치를 재인식시키는 과정으로 본다면, 예술에는 본질적으로 인간의 원시적 충동과 야성이 내포되어 있다. 이러한 문화와 예술의 개념을 파악하고 그 갭을 극복할 수 있는 문화예술 교육이 요구된다.

한류 문화는 세계를 향해 저만치 앞서 가고 있는데, 학교의 인식은 과거와 크게 다르지 않다. 학기 초부터 문화예술 교육에 대한 마인드를 새롭게 하여, 학생 교육을 강화해야 한다. 다만, 문화예술 교육이 자칫 문화예술 향유에 대한 교육은 소홀히 하고, 전문가를 지향하는 교육만 중시한다면 이는 경계해야 할 일이다. 모든 학생을 문화예술 전문가로 키워내는 일은 실제로 할 수 없는 일이고, 할 필요도 없다. 생활인으로서 문화예술을 즐기는 교육이 선행되어야 한다는 말이다.

민족의 우수성은 국민소득으로 나타나는 것이 아니라, 문화예술의 수준으로 가늠된다. 문화예술은 삶의 양식이고 질이며 척도다. 이런 맥락에서 학교교육은 인간이 인간다워지기 위한 과정이며, 질 높은 삶을 추구하는 과정으로 볼 수 있다. 이제 학교에서도 문화예술의 중요성을 재인식하고, 개개인의 특기와 적성에 맞는 맞춤식 교육에 힘써야 할 때가 되었다.(2007. 2)

생명 · 소통 · 감성

지난 연말 총회에서 협회명을 경상남도문인협회로 개정하였습니다. 한국문인협회경남지부, 경남문인협회 등으로 불러오던 협회 명칭을 도명과 장르명을 합쳐 경상남도문인협회로 개칭하게 된 것입니다. 경상남도는 인적 구성이나 문학적 성과 면에서 한국 문학의 주류를 이루어왔으며, 빼어난 문인을 수없이 배출시킨 문향으로 알려져 있습니다. 정관과 규정을 시점에 맞게 정비하고, 협회의 명칭을 새롭게 내거는 것은 우리의 자긍심을 확인하고, 경상남도의 대표적인 문학 단체로서의 역할을 수행함으로써 문향 경남의 위의威儀를 높이고, 그 책무성을 다하고자 하는 것입니다.

브랜드 슬로건으로 생명 · 소통 · 감성을 설정하여 좌표를 제시하고, 독자와의 거리를 가까이하고자 합니다. 이러한 작업과 병행하여 협회인을 한글체로, 도 규모 기관 단체와 같은 크기로 바꾸어 새겼습니다. 변화하는 시대 상황에 맞게 협회의 슬로건과 로고, 캐릭터 등을 제작하여 경상남도문인협회의 위상을 높이고, 본래 면목을 바르게 하고자 합니다.

생명

생명은 모든 가치를 초월하는 현상입니다. 인과율에 의해 실현되며, 잉태와 더불어 존재하게 됩니다. 우주에 존재하는 모든 유기물과 무기물을 포함하는 개념으로 확대 해석할 수 있습니다. 거칠게 말해 생명은 '살아있음'입니다. 산다는 건 스스로 성장하고 발달하며, 유지, 전파하는 생명 과정을 겪습니다. 생장과 소멸로 이어지는 시간성과 자기 구현이라는 삶의 가치와 관련을 맺게 되는 것입니다. 생명체는 스스로가 삶의 중심입니다. 하나의 생명체는 다른 생명체와의 관계 속에서 다양성을 실현해 갑니다. 이를 통해 상호 의존 체계의 일부로 존재하는 것입니다.

자연은 공생을 원칙으로 하는 하나의 질서입니다. 우리 선조들은 자연계의 모든 사물에 정령이 깃들어 있는 것으로 믿어 왔습니다. 만물은 신의 섭리로 이루어져 있고, 생명 활동을 함으로써 삶의 가치와 의의를 발견하는 것입니다. 그러나 서양의 과학적 인식은 지식을 매개로 하는 사고방식입니다. 지식은 도구적 이성으로 활용되고, 자연을 보다 효율적으로 활용하기 위한 수단에 지나지 않습니다.

이러한 인식차로 생명에 대한 외경심은 서양의 시인보다 우리나라 시인이 더 높습니다. 서양보다 동양사상이 보다 자연 친화적이라는 사실을 염두에 둔다면 이런 현상은 당연한 귀결로 볼 수 있습니다. 물질적 풍요를 생명의 본질로 인식하게 된 현대사회는 불행하게도 인간의 기본적 생존마저 위협하는 파괴적이고 소모적인 형태로 발전하고 있습니다. 저급한 개발 논리에 의해 수탈되어온 자연은 무차별적인 희생을 감수해야 하며, 그 화는 바로 우리 인간에게 돌아오고 있습니다.

인간은 자연환경과 밀접한 관계를 맺고 있습니다. 인간과 자연은 대결의 상대가 아니라 상생의 존재입니다. 자연에 대한 인간의 사고와 감정 반응은 다양합니다. 인간의 삶은 끊임없이 느낌을 쌓아 가는 과정이라 할 수 있습니다. 현대의 자연은 생태계의 파괴로 과거와 같이 조화로운 순환적 질서나 인간과 일체가 되는 모습으로 나타나지 않고, 인간과 괴리되거나 소외된 대상으로 형상화되고 있습니다.

문학은 인간의 감정과 반응을 글로 나타내는 표현 행위입니다. 생명은 존엄한 것이기에 문학에 있어서 생명 사상은 대단히 중요한 인식 세계라고 할 수 있습니다. 생명에 대한 외경심과 생태 의식을 높이고, 생태 보전과 생명 사상을 고취하기 위해 더욱 힘써야 하겠습니다.

소통

소통의 중요성을 절감하고 있습니다. 소통은 인간관계를 원활하게 하는 필요충분조건입니다. 우리의 삶이 다양해지면서 소통의 중요성은 더욱 강조되고 있습니다. 작게는 자기 자신에게서 크게는 우주 질서와의 소통까지 요구하고 있습니다. 소통이 되면 안 될 일도 되게 할 수 있고, 소통되지 않으면 할 수 있는 일도 못 하게 됩니다.

인간은 태어나면서 소통을 통해 관계를 맺게 됩니다. 대인관계가 좋다는 말은 소통을 잘한다는 뜻과 다름없습니다.

소통은 감성 차원의 조절 장치로서 사람과 사람을 이어주는 연결

고리입니다. 사람의 생각은 제각기 다르지만, 사회적 성취를 하여 행복하게 살고 싶어 하는 지향점은 유사합니다. 소통은 인간의 사회적 욕구를 충족시켜주며, 기쁨을 나누고 슬픔을 위로하면서 비슷한 생각을 하는 사람끼리 자연스럽게 응집하는 촉매 역할을 합니다. 간혹 주변의 인정을 받지 못하거나, 미움이나 오해를 사기도 하며, 심각하게 갈등을 빚는 경우를 봅니다. 이런 일은 원만하지 못한 인간관계와 잘못된 메시지에 의한 소통 부재에서 오는 경우가 많습니다.

소통은 신뢰를 전제로, 언어능력과 함께 부단한 훈련 과정과 경험으로 학습될 수 있는 능력입니다. '메시지 작성 기술'과 '표현 기술', 상대방의 말을 제대로 듣는 '경청 기술'이 있어야 할 것입니다.

발화 능력이 부족한 사람은 상대에게 자신의 의사나 감정을 효과적으로 전달하기 어렵습니다. 말을 잘하는 사람은 진실을 바탕으로 하여 정보를 분석하거나 종합하는 능력이 뛰어나며, 정보를 효과적으로 이용하는 경우를 봅니다. 원만한 소통을 위해서는 말하기와 듣기를 상대방의 언어사용 방식에 맞추어 적절하게 조율할 줄 알아야 하며, 자신의 언어사용 방식을 조정하는 상호작용 기술로서 '공감'을 우선시해야 합니다.

문학은 소통의 가교입니다. 작품을 통해 상대와 교감하고, 공감대를 형성할 수 있어야 할 것입니다. 우리는 작품을 창작하고 발표만 하면 자신의 임무를 다한 것으로 생각해왔습니다. 그러나 현대는 소통에 의한 문화가 세상을 덮고 있습니다. 소통의 범위가 소규모에서 대규모로 확산되고 있습니다. 소통의 범위가 넓어질수록 무엇과 소통하는가, 어떻게 소통하는가가 중요해졌습니다. 소통의 제일 좋은 도구는 언어입니다. 문인은 말과 글을 주로 다루다 보니 오히려 소통에 예사로워진 경향이 없지 않습니다. 좋은 작품으로 독자와의 새로운 소통을 꿈꾸어 봅니다.

우리는 문필가입니다. 문필가는 유연한 사고로 탄력성 있는 글쓰기를 해야 하며, 언어의 달인이 되어야 합니다. 디지털 시대를 사는 문인으로서 독자와의 감정적 소통을 위해 쌍방향으로 교감되는 공감의 원리를 제대로 이해하고 창작에 임해야 할 것입니다.

감성

우리는 감성 시대를 살고 있습니다. 감성은 보고(see), 듣고(hear), 냄새 맡고(smell), 맛(taste)을 알고, 느끼는(feel), 그리하여 어떤 것을 분별하여 알아내는 능력을 의미합니다. 감성은 오감으로 분별하고 체감하는 지혜입니다. 문학의 창의성은 감정에서 나오는 것이 아니라 감성에서 비롯되는 것입니다.

현대는 감성을 바탕으로 하는 창의력이 지배하는 사회입니다. 감성과 취향을 파악하여 눈에 보이는 색채와 형태, 소재로 형상화시켜 특정한 이미지를 전달하는 시대입니다. 마케팅도 감성 마케팅으로 진화하고 있습니다. 감성 마케팅이란 말 그대로 고객의 기분과 감정에 영향을 미치는 감성적인 자극을 통해 브랜드와 유대 관계를 강화하는 것입니다. 상품의 품질과 기능으로 선택되는 이성 마케팅보다 소비자의 내적 가치와 미학적 욕구를 충족시키며, 고객 감동이 중요함을 인식하게 된 결과입니다. 고객은 브랜드에 대해 자기만의 가치를 느끼고, 브랜드 로열티Brand Loyalty를 높여가고 있습니다. 고객은 제품 자체를 사는 것이 아닌 아름다워지고 싶은 꿈과 희망, 즐거움, 자부심, 인간적인 정 등을 사는 것입니다.

이제 문학도 감성 마케팅을 지향해야 하겠습니다. 독자가 문학을 외면하게 되는 가장 큰 이유는 독자와의 감성과 거리를 두었기 때문입니다. 감성을 외면한 채 지나친 의미 부여와 다의성을 추구하다 보니 문학이 어려워져버린 것입니다. 지성이나 이성이 높아도 감성지수가 낮으면 견딜 수 없는 시대를 살고 있습니다.

말랑말랑한 사고로 자연의 순환에서 새로운 사실을 감지해야 하며, 작은 일에도 진하게 감동하는 마음의 눈을 가져야 하겠습니다. 아름다운 이성을 보면 설레는 마음이 있어야 하고, 슬픈 영화를 보면 눈물이 나는 천품을 유지해야 할 것입니다. 감미로운 음악을 들으면 즐겁게 동화하고, 자신을 위해 우아하게 시간을 투자할 줄 아는 감성지수를 높여나가야 할 필요가 있습니다. 작가의 촉촉한 감성으로 시민들의 감수성을 자극하다 보면 세상은 한결 여유로워지고, 독자와의 간극도 좁힐 수 있으리라 확신합니다.(2009. 3)

제 4 장

동안

"아빠시니?"

"아니, 할아버지셔."

모자 밑으로 얼굴을 가만히 들여다보더니

"아~, 동안이십니다."

어린이 놀이터에서 아이들과 어울리다 잠시 쉬고 있는데, 초등학교 1학년인 손녀와 함께 3학년 여자아이가 쪼르르 오더니 저들끼리 이야기 하다 나를 빤히 쳐다보면서 하는 말이다. 내가 손녀의 아빠처럼 젊게 보인다는 말인가, 거기다가 동안童顔이라니. 섭천 소가 웃을 일이지만, 초등학교 3학년 여자아이가 동안이라고 하는 바람에 공연히 기분이 좋아진다. 머리숱도 줄어들고, 주름도 생기고, 다크써클까지 생겨 나이보다 늙어 보이지나 않을까 우려하고 있는 참인데, 동안이라고 해주니 고맙기도 하고, 다행스럽기도 하다. 가만히 생각해보면 초등학교 3학년 아이의 눈에 초등학교 1학년 아이의 아빠로 보이고, 동안이라고까지 한다면 이것은 실로 어마어마한 일이 아닐 수 없다.

동안에 대한 사회적인 관심이 높아지는가 싶더니, 어느새 어린아이들까지 자연스럽게 사용하는 용어가 된 모양이다. 동안을 위하여 값비싼 화장품을 사용하는 사람도 있고, 피부과 시술을 하는 사람도 늘어나고 있는 모양이다. 남자들도 얼굴 마사지를 하고, 피부 미용을 한다고 야단들이다. 먹고, 바르고, 쐬는 등 피부 속 콜라겐을 높이기 위한 방법도 다양하게 제시된다. 동안에 대한 선망은 건강에 대한 욕구와 함께 다양하게 분출된다. 신체의 노화가 느리게 나타났으면 하는 염원은 누구나 기대하고 있는 일일 게다.

그러나 나는 이러한 일에는 비교적 무심한 자연산 얼치기 생태주의자인데, 초등학생이 동안이라고 해주다니, 아직도 그 감동이 가슴에 짠하게 남아 있다.

직장에 다닐 때는 직업의 특성상 어쩔 수 없이 정장에 넥타이 차림을 하고 다녔지만, 최근에는 청바지와 청자켓, 청모자를 즐기게 됐다. 외모와 사고는 비례하는 것인가. 젊은이들이 즐기는 복장으로 바꾸고 보니 간혹 젊어 보인다는 이야기를 듣는 경우가 있다.

동안이라는 말은 실제보다 나이가 적어 보인다는 뜻으로 풀이된다. 연예인이나 모델과 비교할 정도는 아니더라도 최소한 늙어 보인다거나 아파 보인다는 말은 듣고 싶지 않다. 동안이 되려면 얼굴에 윤기도 있어야 하고, 여드름, 주름, 검버섯과 같은 잡티가 없어야 할 것이다. 적당하게 머리숱도 있어야 하고, 턱선도 어느 정도 갸름해야 할 것 같다. 동안은 그냥 이루어지는 일이 아니다. 외모와 복장도 중요하지만, 적당한 섭식과 규칙적인 운동, 긍정적인 사고방식도 뒤따라야 한다.

우선 먹는 일이 중요하다. 먹방이 유행하는 것만 봐도 알 수 있는 일이다. 그러나 먹는 일만큼 신경 쓰이는 일도 없다. 먹는 것은 혼자 힘으로 해결할 수 있는 일이 아니기에 더욱 난감할 때가 많다. 식재료부터 국산은 구하기가 쉽지 않다. 집에서 삼시 세끼를 꼬박꼬박 챙겨 먹는 일도 민망하다. 식당에서 매식을 하는 일은 더욱 찜찜하다. 그러나 어쩔 수 없는 일, 나는 먹는 일에는 비교적 원만한 편이다. 의미 없는 이야기를 나누며, 음식을 나누어 먹는 일은 즐겁기만 하다.

운동 또한 대단히 중요할 것 같다. 요즈음 나는 걷는 일이 중요한 일과가 되었다. 웬만한 길은 걸어 다닌다. 지리산 둘레길 270㎞를 걸었고, 제주 올레길 430㎞를 완주했다. 일주일에 두세 번 정도는 팔룡산이나 창원 둘레길을 걷는다. 한 달에 한 번은 해발 1,000m 내외의 높은 산을 오르내리기 위해 노력한다. 팔다리에 근육이 생기고, 허리둘레도 조금 줄어들었다. 군살이 빠지고 근육이 늘어나니 피부도 탄력이 생기는 모양이다.

긍정적으로 사는 일 또한 중요하다. 긍정 마인드로 긍정 사고를 하면서 긍정적인 말을 하다 보니 '절긍'이라는 별명까지 얻을 정도다. 여간 어려운 문제라 할지라도 긍정적인 사고로 접근하다 보면 긍정적인 결과가 도출되기 마련이다. 나는 어렸을 때부터 '겨울이 가고 나면 봄이 온다.'는 낙천적 사고방식으로 생활했다. 그러다 보니 사회적 성취는 늦은 편이지만, 정신적으로는 안락하고 여유롭다. 내가 문학을 좋아하고, 즐기는 것도 성격 탓인지 모르겠다. 긍정적인 사고는 자신이 바라는 것을 성취하거나, 성공적인 삶을 이끌어 내기 위해서는 필요충분조건이 틀림없다.

지금도 왕성하게 사회적인 활동을 하는 이들을 보면 긍정적인 사고와 꾸준한 운동, 즐겁게 식사하는 모습을 볼 수 있다. 조용필, 허참, 안성기, 허경영 등 동년배보다 젊게 보이는 사람들은 동안에 가까운 유전인자를 가지기도 하였겠지만, 그들만의 섭식과 운동, 사고가 한 몫하고 있을 것 같다.

시간은 꽤 흘렀지만, 아이들이 하던 이야기가 지금도 귀에 쟁쟁한다.

근간에 들어본 어떤 말보다 기분 좋은 말이다.

"아빠시니?"

"아니, 할아버지셔."

"아~, 동안이십니다."(2016. 6)

매화와 꿈, 내 시조에 대한 음미

　매화분에 물주는 일로 하루의 일과를 시작한다. 내 분매는 오래된 나뭇등걸과 가녀린 가지, 듬성듬성한 봉오리가 제대로 된 품격을 지니고 있다. 내가 매화를 좋아하게 된 것은 꽤 오래된다. 매뢰梅雷가 맺힐 즈음이면 가슴이 설렌다. 신혼 시절에는 매화가 그려진 병풍을 머리맡에 둘러두고, 그 아름다움에 취하면서 외풍을 막기도 했다. 『시조문학』 천료 작품인 「바람」에 백매가 나오면서 매화는 내 시조와도 인연을 맺게 된다. 본격적으로 매화를 좋아하게 된 것은 직장 생활을 마치고 난 후다. 지리산 둘레길을 완주하겠다고 나섰다가 산청 단속사지를 지나면서 정당매를 보게 되고, 산천재에 핀 남명매와 예담 마을의 원정매를 보면서 산청 3매에 빠져든다. 봄이 오면 심매審梅에 나선다. 전라 5매를 보고, 구례 화엄사 흑매, 거제 구조라 춘당매, 양산 통도사 자장매, 김해 와룡매, 강릉 오죽헌 율곡매를 보면서 그 아름다움을 완상한다. 그러던 중 내가 사는 마산 가까이에 고매古梅가 있었으면 하는 바람을 갖게 되고, 드디어 가포 바닷가에 있는 '비포리 매화'를 찾아내기에 이른다. 매우梅友 보는 즐거움이 예사롭지 않다. 동지, 소한, 대한, 우수, 경칩, 춘분, 곡우, 망종, 하지, 절기가 바뀔 때마다 다양하게 변신하는 매화를 보면서 계절의 순환을 느끼게 된다. 날씨가 차거나, 바람이 불거나, 비가 내리거나, 휘영청 보름달이 뜰 때도 그 아름다움을 본다.

어제는 비가 와서 비와 비 비켜서서

바닷가 갯바람은 발끝에 힘을 주고

잘 익은 섣달 보름달 언 가슴 풀어내듯

벼리고 벼린 추위 근골을 다잡으며

백 년 전 염장 기억 파르라니 우려내어

경상도 꿈 많은 사내 동지매冬至梅를 구워낸다
— 김복근, 「비포리 매화」 전문

비포리 매화는 나에게 신선한 기쁨을 준다. 볼 때마다 새로운 모습이다. 동지 즈음에 뢰蕾를 보겠다고 찾아갔는데, 하마 벌써 꽃을 피우고 있는 게 아닌가. 동지에 꽃을 피웠으니 우리나라에서 가장 먼저 피는 매화임이 틀림없다. 누가 봐주지도 않는 외로운 바닷가에서 백 년이 넘게 제 홀로 피고 지면서 오랫동안 살아온 삶의 지혜를 배우게 된다. 저 매화인들 살아오면서 어이 풍상이 없었겠는가. 마음은 적이 흥분된다. 비포리 매화를 보면서 나는 아직도 내 가슴에 꿈이 살아있음을 실감한다.

비포리에는 바다가 있고, 갯물에 젖은 바람이 있다. 그 바닷가에 오도카니 선 매화는 추위를 이기기 위해 근골을 다잡고 있다. 옛시조는 모음이 조화롭게 배치되고, 자음이 상생의 원리를 차용하면서 가락을 살려낸다. 이런 원리를 생각하면서 "어제는 비가 와서 비와 비비켜서서"로 읊조려 본다. 가락이 일어난다. 가락이 있으니 읊조리게 되고, 읊조리니 암송하게 된다. 훈민정음 창제 원리를 시조 창작에 도입하게 되면 자연이 순환하는 원리를 따르게 되고, 자연스럽게 가락이 붙게 된다.

나는 남강이 흐르고 필봉이 둘러서 있는 경남 의령 화정의 산간벽지에서 태어났다. 어려서부터 고라니처럼 산과 들로 쏘다니다가 수달처럼 강물에 뛰어들기도 했다. 때로는 홍수가 나서 농사를 망치거나 태풍이 불어 지붕이 날아가는 모습을 보면서 자연과 더불어 사는 도리를 배운다.

나는 내 나름대로 인생을 진지하게 살아왔다고 자부한다. 독립운동을 한 할아버지 덕분에 집안은 몰락했지만, 가풍은 면면히 이어졌다. '할아버지 대받침이 될 것'이라는 어른들의 말씀을 들으며, 무슨 말인지 뜻도 모르면서 어렴풋이 뭔가를 해야 한다는 의식이 싹트기도 했다. 부산행 열차를 타고 가면서 소를 부리듯이 '이랴, 이랴'라고 하여 촌놈이라 우스개가 되기도 했고, 주걱 숟가락을 달라고 하여 큰놈 되겠다는 소리를 듣기도 한다. 마산에서 중고등학교를 졸업하고 진주에서 교육대학을 졸업한 후, 초등학교 교사로 출발하여 시조인으로 추천을 받게 되지만, 여전히 촌놈 티는 벗어나지 못한다. 제대로 아는 게 없다. 그때마다 오기가 작동한다. 내 인생은 오기로 이루어졌다 해도 과언이 아니다. 힘들고 어려운 일도 오기로 극복하곤 한다. 그러나 시조는 오기로 해결되는 게 아니었다. 갈증이 커졌다.

40대 초반이다. 꿈속에서라도 제대로 된 시조 한 편을 쓰게 해달라고 기원했다. 그러던 어느 날, 꿈에 산불이 났다. 어른들의 묘소가 있는 선산 바로 옆이다. 가랑잎 솔가리를 타고 오르던 불길은 생솔까지 태우면서 거세게 타올랐다. 나는 어쩔 줄 모르고 발만 동동 굴렀다. 그 순간, 꿈에라도 시조를 쓰고 싶다고 하지 않았느냐, 지금 이 상황을 시조로 써보라는 계시가 섬광처럼 지나간다. 비몽사몽 간에 주변에 있는 메모지를 더듬어 뭐라고 썼다. 새벽에 일어나 보니 바로 「불꿈」이었다. 이런 경우가 바로 영감이라는 말에 해당하는지 모르겠다. 그 이후 똥꿈을 꾸었는데, 그 또한 희귀한 경험이었다. 똥이 마려워 안방으로 뛰어들었는데, 얼마나 많은 배설을 하였는지 방안이 온통 황금빛으로 가득했다. 똥꿈을 꾸면 부귀와 재물이 생긴다는 해몽을 듣고, 은근히 기대를 하면서 「똥꿈」이라는 시조를 쓰기도 하였으나, 별다른 소득 없이 지나가 꿈에 대한 기대는 하지 않기로 한다.

젊은 시절, 나는 사람의 인연에 대해 관심이 많았다. 인연에 의해 사람을 만나게 되고, 만남에 의해 사연이 생긴다. 이 인연을 포착하여 사연을 노래하고자 했다. 이러한 나의 시조 세계는 시조집 『인과율』, 『비상을 위하여』 등에 나타나 있다. 그러다가 차츰 산업화 되어가는 현대사회의 물상을 노래하게 된다. 자연과 인간의 문제로 관심이 바뀐다. 정보화 시대를 맞이하면서 현대 문명과 생태 문제 같은 현실적인 사안에도 관심을 기울이게 되어 「클릭 텃새 한 마리」로 형상화된다. 그 이후 자연과 생태 문제로 관심이 바뀌게 되어 「는개,

몸속을 지나가다」와 「새들의 생존법칙」을 상재한다.

2015년 봄에는 뱀꿈을 꾸었다. 왼손에 뱀을 한 마리 들고, 잠시 후 다시 오른손에도 뱀을 잡았다. 나는 평소에 뱀을 좋아하지 않는데, 이날은 뱀을 잡고 싱글벙글 웃고 있는 게 아닌가. 한 마리가 더 찾아와 검지까지 힘을 주어 어렵게 세 마리의 뱀을 잡았다. 건너편 마당가에서 또 한 마리가 기어온다. 더 잡을 수 없었지만, 무섭거나 징그럽기보다는 반가운 생각이 앞섰다.

신기한 일은 현실로 이어졌다.

날씨도 화창한 4월 어느 날, 「볼트와 너트의 시」가 유심작품상 수상작으로 선정됐다는 소식을 듣는다. 연이어 다섯째 시조집 『새들의 생존법칙』이 김달진 창원문학상과 PEN송운시조문학상을 받게 된다는 전갈을 받으면서 꿈 생각이 난다. 그 후 세종도서 문학 나눔까지 선정되었으니 뱀 4마리가 행운이 되어 나를 찾아온 셈이다. 나는 평소에 상은 객관성과 공정성이 담보되어 수상자가 모르게 심사되어야 한다고 주장하는데, 나도 모르는 사이 한 해에 4개의 상을 받는 결과가 되었으니, 민망스러움과 기꺼움이 교차하여 말하기가 조심스럽다. 프로이트는 꿈을 '무의식으로 가는 지름길'이라고 하였지만, 나에게는 욕구에 대한 예언자적 암시를 주는 것 같기도 하다.

설계도 허가도 없이 동그란 집을 짓고 산다.
작은 부리로 잔가지 지푸라기 물고 와
하늘이 보이는 숲 속에서 별들을 노래한다.
눈대중 어림잡아 아귀를 맞추면서
휘어져 굽은 둥지 무채색 깃털 깔고

무게를 줄여야 산다. 새들의 저 생존법칙

대문도 달지 않고 문패도 없는 집에

잘 익은 달 하나가 슬며시 들어와

남몰래 잉태한 사랑 동그마한 알이 된다.

울타리 없는 마을 등기하는 법도 없이

비스듬히 날아보는

나는 자유의 몸

바람이 지나가면서 뼛속마저 비워냈다

- 김복근, 「새들의 생존법칙」 전문

   새들이 살아가는 모습을 보면서 쓴 작품이다. 이 시조를 쓸 즈음 나는 자유인自由人이 되는 기쁨을 누리면서 새들이 살아가는 모습을 보게 된다. 그들은 자신이 살아야 할 집을 어설프게 짓고 있지만, 그들의 삶 속에는 따뜻한 사랑이 내재되어 속진俗塵이 묻은 나의 삶과는 전혀 다른 청렴淸廉의 삶을 살고 있다. 자신의 영역 확장을 위해 싸우고 투쟁하는 인간의 삶과 확연히 대비되는 모습이다.

   나도 저들처럼 욕망을 비워내는 성찰의 삶을 살고 싶다. 문학이 생태학적 문제를 해결하는 구체적인 행동을 제시하는 것은 아니지만, 삶의 방식과 인간의 정신적 사유 체계는 문학의 감화로서 가능하다는 생각을 하고 있기에 새들이 살아가는 모습을 보면서 화자의 기질지성을 살리고 싶은 마음을 빗대어 본 것이다. 종심소욕불유구 從心所欲不踰矩. 나이 일흔이 되면 마음이 하고자 하는 대로 하여도 법도를 넘어서거나 어긋나지 않는다고 한다. 지금까지 나는 속세의 삶을 사노라 본연지성을 제어하면서 살아왔다. 「새들의 생존법칙」은 대자연 속에서 내가 하고 싶은 대로 자유로운 삶을 살아가고 싶은 마음을 읊조려 본 것이다.

살다 보면 더러는 고마운 일 잊고 산다

바람 씌운 햇살은 실팍하게 살이 올라

꽃 속에 꽃을 피우며 남몰래 익은 사랑

옹 다문 입을 열어 화사해진 눈웃음은

줄기보다 긴 뿌리 맑은 물 잣아 올려

벌 나비 놀다간 무늬 고요도 여유롭다

- 김복근, 「고마리」 전문

산호천변을 지나다가 지천으로 피어있는 고마리를 보게 된다. 한참을 들여다본다. 고마리는 생태적으로 햇살이 따사로운 오전에 꽃을 피우고, 오후에는 입을 다무는 속성을 가지고 있다. 꽃과 이파리, 줄기, 뿌리를 관찰하며 고마리의 생태를 관찰하고, 그 효용적 가치와 유용성을 알게 된다. 살다 보면 고마운 일이 너무 많다. 그러나 우리는 살아가면서 고마운 일을 잊고 산다. 고마리와 같은 작은 생명체에게서 삶의 슬기를 배우게 된다.

지나온 길 돌아보면 푸르고 맑아진다
살다 보면 야박한 세상이 눈물겨워

한 줄기 바람을 따라 출렁이는 은빛 파문

흐르다 갈라지다 굽이에서 합쳐졌다
더해도 하나
빼도 하나
저 빛나는 응집凝集
서로를 잡아당기는 연가를 부르고 있다

물이 물을 사랑하면 내川가 되고 강이 된다
'솟구쳐 오르려면 몸을 낮추어야 해'
감돌아 속삭이면서 뒤꿈치에 힘을 준다

— 김복근, 「물」전문

돌아보면 나는 한평생을 물과 함께 살아왔다. 어머니의 양수에서 우물물, 개울물, 남강물, 가고파, 한려수도 바닷물까지 잠시도 물을 멀리한 적이 없다. 윤재근 선생께서 내 시조를 읽고 물밑에서 달을 씻는 기미가 보인다며, 상선약수上善若水(노자) 수지취하水之取下(맹자)를 증거하여 아호까지 수하水下로 주셨으니 이제 이름까지 물을 안고 살게 됐다.

저간의 내 시조는 몇 가지 갈래를 가지고 있다. 젊은 시절 나는 사람의 인연에 대해 관심이 많았다. 사람은 인연에 의해 만나게 되고, 만남에 의해 사연이 생긴다. 이 인연을 포착하여 사연을 노래한다. 역사적 인물을 현대화하여 묘사하기도 하고, 그 의미를 유추하기도 한다. 그러다가 차츰 산업화하여가는 현대사회의 물상을 노래하게 된다. 자연과 인간의 문제로 관심이 바뀌었다. 정보화 시대를 맞이하면서 현대 문명과 생태 문제와 같은 현실적인 사안에도 관심을 기울이게 된다. 발효 과정을 거쳐 투명하게 증류함으로써 부드러우면서 쏴한 맛이 감돌아드는 시조. 읽고 나면 향기로운 여운이 남아 의미가 함의되어 있는 아름다운 시조. 우리의 입맛, 우리의 영혼을 촉촉하게 적실 수 있는 한국적 사유가 담겨 있는 시조를 빚고 싶다.

"내게 단 두 줄의 글만 보여라.
그 필자를 사형시킬 수 있는 꼬투리를 찾아낼 테니….”

전율을 느낀다. 식은땀이 흘러내린다. 절대 권력을 휘두르던 프랑스 재상 리슐리외는 전 국민을 상대로 협박했다. 단 두 줄의 글로써 사형을 시킬 수 있는 꼬투리를 찾아낼 수 있다니 정말 무서운 말이 아닐 수 없다. 지금까지 쓴 글을 돌아보면서 청자의 마음을 아프게 하는 글을 쓰지는 않았는지 두려운 마음이다.

다행하게도 60여 명의 평론가와 시인들이 나의 작품과 작품 세계에 대해서 비교적 긍정적으로 언급하고 있다. 작고한 김열규 교수는 “김복근은 자연과 인간 그리고 사물을 섞음질 하는 데 그치지 않고 자연과 역사, 자연과 시사時事를 비빔질 하여 정서와 사회 현실을 섞어 냄으로써, 그의 작품으로 하여금 언제나 생생한 현장감에 넘쳐나게 하고 있다.”고 하였으며, 윤재근 교수는 “우리말이 간직하고 있는 음유의 참맛을 읊어낸다”고 하였다. 장경렬 교수는 “인간 중심주의를 넘어서서 온유하고 따뜻한 마음으로 자연과 세상을 바라보는 시조 세계”를 보여준다고 하였고, 유성호 교수는 “우리 시대를 매우 근원적인 시선으로 바라보는 일종의 ‘투시透視’의 시선에서 찾을 수 있다."고 하였다. 송희복 교수는 "생태주의 시조에 관한 한 상징적인 존재"라고 하였고, 이상옥 교수는 "김복근의 내밀한 휴머니즘에 매혹됐다"고 하였으며, 석성환 평론가는 "인위人爲의 길에서 무위적 도를 실천하는 시조시인"이라고 평했다. 말 그대로 과찬일 뿐이다. 나는 비평가들이 하는 말을 내가 그러한 방향으로 작품을 써주었으면 하는 바람을 제시하는 것으로 받아들인다.

시인은 왜 시조를 쓰고, 자연을 노래하는가. 그것은 언어의 정수인 시조의 주술력으로 쓸모의 노예가 되어버린 존재의 가치를 바로잡으려는 시인의 의도와 관련이 있다. 인간은 모든 존재를 용도와 효용성에 목적을 두고 판단하려는 성향을 가진다. 시조는 이러한 도구적 속성을 뛰어넘어 자생적이며 무목적적인 자연의 속성을, 또는 정체되지 않고 새롭게 생성되는 존재의 속성을 구현하려는 시인의 의도와 관계한다. 시조는 언어의 정수다. 언어의 중추신경에 의해 에너지가 생성하게 되고, 우리의 의식에 영향을 미치게 된다. 무용해 보이는 시조가 때로 엄청난 위력을 발휘하게 되는 것은 언어의 정수인 시조가 주술력을 갖고 있기 때문이다. 시인의 시조를 함부로 해서는 안 되는 이유가 여기에 있다.

시조는 우리 민족의 성정이 체화된 장르다. 이러한 특성을 살려 자연과 인간의 삶에서 찾아낸 새로운 주제를 질료의 본질에 맞게 형상화하기 위해 직접 보고, 듣고, 느끼고, 체험한 것을 시조로 옮기는 일은 대단히 의미 있는 작업이다. 이른 새벽 눈을 감고, 질료에 대해 사념하는 시간이 길어진다. 숙려하다 상이 잡히면, 종이에 옮겨 쓴다. 발상이 제대로 되지 않는 날은 지금까지 쓴 시조를 곱씹으며, 복기하는 일도 재미있다. 장자가 호접몽을 꾸는 양 사유에 상상을 더

하는 일은 대단히 흥미롭다. 매우梅友와 더불어 시조를 읊조리면서 꿈꾸듯 살아가는 어제오늘이다.(2017. 6)

오기

비가 잦다. 점점 많아지는 듯하다. 태국의 수도 방콕이 통째로 물에 잠겼다고 한다. 남의 일 같지 않다. 몇 년 전 일이다. 그해 여름에도 유난히 비가 많이 내렸다. 점심을 먹고 야트막한 언덕을 넘어가는 길이었다. 떼를 지어가는 개미들을 보았다. 엄청나게 긴 행렬을 지어간다. 작은 돌멩이가 나오거나, 물이 흘러가는 장애물이 나타나면 옆으로 돌아가도 될 길을 앞에서 가는 개미의 뒤만 보고 따라간다. 한동안 넋을 잃고 바라보았다.

개미가 떼를 지어 가면 비가 온다던가. 그 날 오후 큰비가 내렸다. 위기를 직감한 개미들이 리더를 따라 미리 물난리를 피한 것이다. 미물이긴 하지만, 대단한 감각이 아닐 수 없다. 위기에 대응하는 능력은 인간을 앞서고 있다. 지구상의 모든 존재는 자연에서 생명을 구가하고 있다는 점에서 근원적으로 동일한 것이다. 인간이라고 달리 뽐낼 게 없다. 개미들이 줄지어 가는 양상을 보면서 화자의 삶을 돌아본다.

그동안 살아온 삶이 만만치 않다. 미당은 '나를 키운 건 8할이 바람'이라고 했지만, 나를 키운 건 그야말로 8할이 오기였다. 나는 시

골 촌뜨기였다. 아무것도 가진 게 없었다. 무시당하는 삶의 연속이
었다. 출신지나 학력, 능력, 시력詩歷. 어느 것 하나도 남 앞에 반반
하게 내세울 게 없다. 있다고 한다면 오직 하나 오기뿐이었다. 상대
가 나를 무시하면 무시할수록 나는 오기를 부렸다. 개미들의 행렬에
서 나는 내 삶의 한 단면을 보게 된다.

지나온 험한 삶이 되돌아 보이지만

내가 가면 길이 된다
저 오만한 발걸음

깃발도 군악도 없이 위풍당당 걸어간다

　　　　　　　　　　　　　　　　　　　　 - 김복근, 「개미 행렬」 전문

　내 시조는 관찰에서 출발한다. 사물이나 미물, 인간의 행위에 대
해 오랫동안 관찰하고 숙려한다. 체험에 의한 관찰은 내 시조의 중요
한 동력이다. 「는개, 몸속을 지나가다」 역시 그렇게 해서 얻어진 작
품이다.

　친구들과 등산을 했다. 7부 능선쯤 올라가니 조그만 암자가 보
인다. 목도 축일 겸 절간에 들렀다. 물맛이 시원했다. 상쾌한 마음으
로 돌아 나오는데 대밭 어귀에 시커먼 폐타이어 한 짝이 보인다. 기
분을 잡쳤다. 인간의 오만과 몰염치에 대해 공연히 화가 났다. 누가
이 깊은 대자연 속에 폐타이어를 버리고 갔다는 말인가. 는개가 시야
를 가린다. 타이어의 오염 물질이 공기 속으로 스며들어 는개가 되
고, 는개는 다시 내 몸의 혈관을 타고 돌아 싸하게 경화된다. 우리는

부박하기 짝이 없는 상업주의와 어설픈 포스트모더니즘 담론이 횡행하는 혼돈의 시대를 살고 있다. 자연 훼손은 엄연한 현실이다. 우리에게 친숙한 자연은 파편화되어 걸레처럼 해어졌다. 문제 상황을 보고서도 그 당혹감은 반복되는 일상 속에서 점차 줄어들고 있다. 우리는 감각을 살려야 한다. 사태의 본질을 바르게 인식할 수 있어야 한다. 자신이 처한 위기 상황을 제대로 볼 수 있어야 하며, 문제 행위를 하는 사람에게 자신이 질곡에 빠져들고 있음을 경고할 수 있어야 한다.

절간을 오르는 길목에 버려진 타이어 한 짝 제 분을 삭이지 못해 둥근 눈을 끔뻑이고 문명에 길항하는 는개 물관을 따라가다

잎맥마다 걸려있던 초록빛 둥근 꿈은 실핏줄 타고 올라 포말로 부서지고 동화를 하는 이파리 힘겨워진 감성으로

붉은 녹 스며들어 경화된 혈관처럼 제 무게 못 이기는 내 몸속 하얀 피톨 살기 띤 수액을 따라 중금속 능선을 치고 있다

　　　　　　　　　　　　　　　　　－ 김복근, 「는개, 몸속을 지나가다」 전문

인간과 자연은 대결의 상대가 아니라 상생의 존재다. 인간은 보다 나은 사회, 더욱 나은 미래를 위해 주력해 왔다. 보다 나은 삶을 추구한다는 것은 과학의 편리를 추구하는 것과 다름없다. 그러나 과학이 주는 편리에 반해 우리의 자연환경은 인간의 존재를 위협하는 심각한 상황을 초래하기에 이르렀다. 자연과 인간은 상보적인 존재로서 매순간 상호 밀접한 연관성을 가진 유기체이며, 자연은 인간이 지

켜야 할 기본 윤리의 근본이다. 인간의 윤리는 자연으로부터 도출되어야 하는데, 우리는 이를 도외시하고 살아가는 것이다.

> 살아있는 것을 죽여서는 안 된다. 다른 사람을 시켜 죽이게 해서도 안 되고, 다른 사람이 죽이는 것을 보고 묵인해줘도 안 된다. 강한 자건 약한 자건 살아있는 이 모든 것들에게 폭력을 쓰지 말라.
>
> ─『숫타니파타』 2장 395절

우리는 살아있는 생명에 대해 너무 예사롭게 대한다. 비 내리는 노고단 길을 올라가다 우연히 화사의 주검을 목도한다. 달려오는 차들은 사체가 있는 줄도 모르고 그냥 지나간다. 한동안 자동차가 지나가고 나니 뱀은 흔적도 없어졌다. 그 장면이 뇌리에서 지워지지 않고 있다가 '노고단 가는 길'로 형상화됐다. 우리는 자신도 모르는 사이 살생을 하고, 암암리에 이를 묵인하고 있다. 편리를 지향하는 인간들의 오만에 의해 이유 없이 죽어가는 생명들을 위해 위령제라도 지내야 할 일이다. 이 작품 또한 관찰에 의해 빚어진 노작 중의 하나다.

1.
화엄사 뒷길 따라 화엄화엄 올라간다
청댓잎 가로 물고 가쁜 숨을 몰아쉬며
경건한 제의를 하듯 노고단을 바라본다

2.
노란 실선 위로 바람 불고 비가 온다
교차하는 계절 사이 화무십일홍 꽃이 진다

그 길을 가로지르며
화사 한 마리 가고 있다

사람이 만든 포도는 야생 동물 비명의 길
화사 등에 힘을 주듯 자동차가 지나간다
그 위로 다른 차가 가고
또 다른 차가 가고

3.
어울리며 숨 쉬던 지리산 저 넓은 품에
아무 일 아니라는 듯 구름은 지나가고
수습할 유해도 없는 주검
흔적 없이 사라진다

– 김복근, 「노고단 가는 길」 전문

우리는 위기의 시대the Age of Crisis를 살고 있다. 파괴되어가는
생태계와 환경오염이 우리의 생명을 조여 오는 현실과 살아남아야
한다는 절박함이 머리를 누르고 있다. 자연에서 나서 자연으로 돌아
간다는 말은 인간이 자연과 한몸이라는 인식의 표현이다. 그러나 오
늘날의 인간은 자연에서 나고 자연으로 돌아간다는 것이 자연과 함
께 자연스럽게 살 때만 가능하다는 것을 간과하고 있다. 인간이 태어
나서 자연으로 돌아간다는 말은 자연과 더불어 건강하게 산다는 말
과 다름없다.

지난 시대에 지은 인간 행위의 결과가 생태 · 기후 · 공해 등의 물
리적인 이상 현상으로 전환되어 우리에게로 돌아오고 있다. 오늘 우
리가 지은 행위의 결과는 시너지 효과까지 겸해서 우리 후손들에게

되돌려질 것이다.

> 꽃의 아름다움과 색깔, 그리고 향기를 전혀 해치지 않은 채 그 꽃가루
> 만을 따 가는 저 벌처럼 그렇게 잠 깬 이는 이 세상을 살아가야 한다.
> —『법구경法句經』제4장 49절

우리는 자손들의 환경을 빌려, 자손들의 집안에 세 들어 살고
있다. 우리는 '꿀벌이 꽃가루를 채집하듯' 자연을 이용해야 한다. 꿀
벌은 꽃의 아름다움이나 향기를 다치는 일이 없다. 사람 역시 자연을
활용할 때 자연의 풍요로움이나 아름다움을 깨뜨려서는 안 되며, 자
연 스스로가 본연의 모습을 회복할 수 있는 자정 능력自淨能力과 활력
소를 빼앗지 않는 범위 안에서 이용해야 한다.

우리의 전통 사상은 아름답고도 심원한 생태적 지혜를 보여준다.
그 사유는 시적이자 미학적이며 협소한 인간주의를 넘어 인간과 자
연, 인간과 만물이 근원적으로 동일한 존재로서 이른바 생생지리에
따라 생명의 율동을 구가하고 있다(박희병,『한국의 생태 사상』, 돌베개,
1999. p.16.).

나이가 들어감에 따라 나의 오기는 인간에게서 자연으로 전이되
어가는 모양이다. 대자연을 훼손하는 경우를 보면 괜한 오기가 발동
한다. 문학이 우리의 삶의 문제를 근본적으로 해결하는 구체적인 행
동을 제시하는 것은 아니지만, 삶의 방식과 인식을 바꿀 수 있는 정
신적 사유 체계는 문학의 감화로서 충분히 가능한 일이라는 믿음에
변함이 없다. 미약한 오기지만, 작은 감화라도 주게 되어 우리 대자
연을 조금이라도 정화할 수 있었으면 하는 소박한 바람으로 오늘도
시조의 길을 외롭게 걸어간다.(2011. 10)

고향강, 너 없으면 나는 겨울이다

지금은 어디 있을까 어린 날의

맑은 눈빛

바람도

숨을 죽인

청람 빛 그리메에

물보다 맑은 하루가

구름처럼

지나가는 곳

– 김복근, 「고향」 전문

　인용한 시조 「고향」은 『의령문학』 창간호에 기고한 작품으로 어린
시절을 회억하면서 자굴산과 남강이 굽이도는 내 고향 의령을 그리
며 노래한 것이다. 지금도 청정의 고장 의령은 "바람도/ 숨을 죽인/
청람 빛 그리메에// 물보다 맑은 하루가/ 구름처럼/ 지나가는 곳"으
로 각인되어 있다. 나는 고향이라는 말만 들어도 괜히 콧잔등이 시큰
거린다. 어쩌다 의령에서 전화라도 한 통 오는 날이면 온종일 기분이

좋아지기도 한다. 몸은 떠나 있어도 마음은 언제나 고향에 가 있는 것이다. 그러다 보니 내 문학의 근원은 의령에 있을 수밖에 없다.

『의령문학』이 지령 20호를 발간한다는 사실이 너무도 기껍다. 잡지 한 권을 펴내는 일이 얼마나 어려운가를 잘 알고 있기에 하는 말이다. 원고를 수합하고, 예산을 확보하고, 교정을 보고, 발송하기까지의 과정이 마치 모내기를 하여 쌀을 수확하는 것처럼 일일이 수작업을 해야 하는 일이기에 여간 힘든 게 아니다. 누군가의 희생과 봉사없이는 결코 해낼 수 없는 일이다.

저간의 노력에 힘입어 의령문인협회는 전국적인 지명도와 신뢰도를 확보하고 있다.

그 연유는 여러 가지가 있겠지만, 우선 의령 문인들의 열정과 노작이 싹 틔워낸 결실이라고 할 수 있겠다. 어려운 삶과 고단한 현실을 살면서도 한 편의 작품을 남기기 위해 밤잠을 줄이는 각고면려로 공감을 사는 작품을 창작하여 그 외연을 확장하고 있다.

대외적인 사업으로는 천강문학상 운영을 들 수 있다. 천강문학상은 충익공 천강 홍의장군 곽재우 선생의 의병 활동과 문학적 업적을 기리고, 한국 문학의 발전에 기여하기 위해 제정한 상이다. 응모 작품이 무려 5천여 편에 달하며, 이름만 들어도 알만한 기성 문인에서 신춘문예 당선자, 신인 지망생들까지 다양하게 응모한다. 천강문학상의 심사는 매우 엄격하다. 심사위원은 예심에서 본심까지 객관성, 공정성, 타당성을 갖춘 원로와 중진 문인으로 구성하여 '하늘이 내린 의로운 문학상'으로서의 신뢰도가 높아진다. 수상된 작품의 수준은 가히 최상급이다. 해를 거듭함에 따라 그 권위와 위의는 드높아지고 있다. 중후한 무게와 객관적인 신뢰를 획득하게 됨으로써 이를 통해 배출하는 작가의 탄생은 집안 잔치로만 그치는 것이 아니라, 의령 문화와 의병의 얼을 국내외에 알리는 영향력을 발휘하게 될 것이다. 지난해에는 예산 확보를 하지 못하여 제대로 운영을 못하는 등 행·재정적인 어려움이 전혀 없는 것은 아니지만, 이 사업은 지속적으로 추진하여 의령을 선양하는 사업으로 발전시켜 나가야 할 것이다.

다음으로 중요한 것은 원고료 집행이다. 글쓴이가 경남문협 회장으로 재임할 당시 원고료 없는 글은 쓰지 말자는 제안을 한 바 있는데, 이 제안을 가장 먼저 수용한 곳이 바로 의령문협이다. 의령문협이라고 하여 재정 형편이 여유가 있을 리 없다. 그러나 집행부의 노력으로 운영 기금을 확충하여 만족할 수준은 아니지만, 원고료를 지급함으로써 회원들에게 아마추어가 아니라 프로라는 인식을 심어주고, 프로로서의 자의식을 통해 자신의 작품에 책임을 지는 책무성을 유발함으로써 더 좋은 작품을 창작하게 하는 계기를 제공하고 있다.

의령은 예로부터 인물 자랑이라고 했다. 누란의 위기에서 나라를 구한 곽재우 선생은 말할 것 없고, 대한민국임시정부의 재정을 담당해온 백산 안희제 선생을 비롯하여 조선어학회 33인으로 참여한 이우식, 이극로, 안호상 선생, 세계적 기업을 창업한 삼성그룹의 호암 이병철 회장, 장학금을 가장 많이 출연한 삼영그룹의 관정 이종환 회장, 공군참모총장 김두만 장군, 천하장사 이만기 교수, 가요 작곡가 이호섭 등 지역을 빛낸 인물을 기리는 일도 의령문협이 하고 있으며, 해나가야 할 주요 업무 중의 하나다.

그 뿐만 아니다. 출향 문인과의 소통도 의령문협의 자랑이다. 『의령문학』지에 출향 문인 코너를 지속해서 운영하고 있으며, 각종 문학행사에 출향 문인을 초청하여 참여하게 함으로써 출향 문인의 애향

심을 자극하고, 지역 문인에게는 새로운 문예사조文藝思潮를 접하게
하는 상호 교류 작용도 지속적으로 행하고 있다.

고향 의령을 지키며, 청정 의령을 노래하고 있는 문단 후배들이
자랑스럽다. 외람되지만, 한 가지 바람이 있다면 심미적 상상력과
보다 투철한 작가 정신으로 의령을 소재로 하는 수준 높은 작품을 더
많이 창작해 달라고 당부하고 싶다.

간혹 의령은 면적이 좁고, 인구가 적다고 탓하는 사람을 본다. 그
렇다. 사실 의령은 면적도 좁고, 인구도 적은 고을이다. 그러나 의령
에는 누란의 위기에서 나라를 지키는 의병장이 있었고, 세계적인 경
제인을 배출했으며, 최고의 지성과 사상가를 배출하기도 했다. '작은
것이 아름답다.'는 말은 바로 의령을 위해서 나온 말 같다. 의령 사람
들은 지금도 팔도강산에서 의령에서 태어난 것을 자랑하며, 제 역할
을 튼실하게 하고 있다.

작품과 작가의 사유 체계는 밀접한 연관이 있기 마련이다. 글쓴이
의 경우 초기에는 인연에 관한 작품을 쓰다가 후기에 생태 문학에 대
해 관심을 기울이게 되었는데, 이것은 순전히 청정 고장 의령 덕분이
라고 할 수 있다.

    지금은 어디 있을까 어린 날의
    맑은 눈빛
    바람도
    숨을 죽인
    청람 빛 그리 메에

물보다 맑은 하루가

구름처럼

지나가는 곳

이곳이 바로 내 고향 의령이다.(2016. 12)

천강문학상의 위의

충익공 천강 홍의장군 곽재우 선생. 그는 의병을 일으켜 나라를 구한 불세출의 인물이다. 남명 선생의 문하에서 학문을 익혔으며 많은 한시를 남기기도 했다. 선생의 의병 활동과 문학적 업적을 기리고, 한국 문학의 발전에 기여하기 위해 제정한 '천강문학상'이 올해로 3회째를 맞이한다. 그리 오래되지 않은 짧은 기간에 문단의 주목을 사는 큰 상으로 자리매김하고 있다.

상이란 말 그대로 뛰어난 업적이나 우수한 행위를 칭찬하기 위해 증서와 상금을 주는 일이다. 따라서 문학상은 문학적 자질과 역량을 기르고, 기성 문인의 문학적 성취를 고무시키기 위해 제정 운용된다. 상의 권위와 아우라는 작가와 작품에 대한 화제를 가져올 수 있어야 하고, 독자의 감성을 자극하는 동력이 돼야 한다. 당연히 우수한 문학작품이 수상작으로 선정되어야 하고, 남다른 공적이 있는 사람에게 주어져야 한다.

우리나라는 수만 명의 문학 지망생들이 문학을 공부하고, 문학상의 종류도 수백을 헤아린다. 하지만 일반인들이 알 만한 권위 있는 문학상은 손꼽을 정도다. 크고 작은 문학상들이 난립하다 보니 뒷말이 적지 않다.

신인 등용문의 하나인 신춘문예도 당선이 취소되는 경우가 있고, 권위를 자랑하던 동인문학상까지 표절 시비에 휘말리면서 의혹을 사기도 했다. 크고 작은 문화 권력을 행사하는 이들과 그 주변에 많은 이들이 몰려들고 있음은 주지의 사실이다. 문단 권력이라는 말이 횡행하고, 잔치는 끝났다는 비판까지 나온다.

천강문학상은 지금까지 뒷말 하나 없이 깔끔하게 진행되고 있다. 상금의 규모가 큰 만큼 관심을 갖는 이도 많고, 편법을 써서라도 수상하고 싶어 한다. 그러나 천강문학상운영위원회와 의령문인협회의 철저한 사전 준비로 이러한 문제점은 완벽하게 차단되고 있다. 응모 작품은 5천여 편에 달하며, 이름을 들으면 알만한 기성 문인에서 신춘문예 당선자까지 다양하게 응모한다. 천강문학상의 심사는 매우 엄격하다. 심사위원은 예심에서 본심까지 객관성, 공정성, 전문성, 다습한 인품을 갖춘 원로와 중진 문인으로 구성하여 '하늘이 내린 의로운 문학상'의 신뢰도를 높이고 있다. 심사를 하기 전에 충익공 사당을 참배하고, 의병기념관을 둘러보고, 상의 의의와 위의를 설명한 후 심사에 임하게 한다. 자존감 높은 심사위원들도 이 단계에 오면 옷깃을 여미게 된다. 어찌 엄정한 심사가 되지 않겠는가.

수상된 작품 수준은 가히 최상급이다. 수상자들은 '하늘이 내린 의로운 문학상'이라고 기뻐한다. 해를 거듭함에 따라 그 권위와 위의는 드높아지고 있다. 중후한 무게와 객관적인 신뢰를 획득하게 됨으로써 이를 통해 배출되는 작가의 탄생은 집안 잔치로만 그치는 것이 아니라, 의령 문화와 의병의 얼을 국내외에 알리는 영향력을 발휘하게 될 것이다. 인구에 회자되는 좋은 작품은 현명한 비평가에 의해 빛을 발하게 된다. 천강문학상은 문향 경남의 선봉이 되어 선망의 대상으로 발전하고 있다. '의병의 날' 국가기념일 지정과 함께 의령에 '천강문학상'이 제정, 운영되고 있음이 정말 자랑스럽다.(2011. 9)

실수와 격려의 힘

대단한 감동이었다. 감동의 울림은 컸다. 문화 시민의 수준을 보여주는 가늠자가 됐다. 지난 7일 3·15아트센터에서는 노산 이은상 선생을 기리는 '노산가곡의 밤'이 열렸다. 올해는 30년이 넘는 오랜 세월, (사)합포문화동인회가 가곡을 연주해온 뜻깊은 해다. 주최 측에서는 이를 기리어 의욕적으로 행사를 준비했고, 시민들도 뭔가를 기대하면서 두근거리는 가슴으로 3·15아트센터에 모였다.

드디어 막이 올랐다. 숨을 죽이면서 귀를 기울였다. 첫 연주는 소프라노 박정원의 무대였다. 너무 긴장했을까. 이은상 시조 채동선 곡 '그리워'를 연주하면서 두 소절도 못 부르고 중단하는 실수를 했다. 숨 막히는 순간이었다. 절체절명의 위기였다. 그때였다. 누가 시킨 것도 아닌데, 천여 명의 관중들이 일제히 박수를 치기 시작했다. 단 한 마디 야유도 없었다. 목을 가다듬은 성악가는 다시 '그리워'를 연주했다. '그리워 그리워 찾아와도 그리운 옛 님'이 아니 보이는 것이 아니라, 그리워 그리워 찾아 왔더니 가슴이 따뜻한 마산 시민을 만날 수 있었던 것이다. 안도의 한숨이 나왔다.

두 번째 곡을 연주했다. 이번에는 이은상 시조 홍난파 곡 '사랑'이

었다. 그러나 이를 어쩌나. 두 번째 곡을 연주하면서 또 실수를 하고
만다. 등에서 식은땀이 흘렀다. 박정원은 쓰러질 것 같았다. 한양대
학교 음대 교수인 박정원은 일찍이 세계 최대의 매니지먼트 회사인
CAMI에 스카우트 되어 미국, 캐나다, 프랑스, 일본 등 국제무대에
서 활약했던 대표적인 소프라노가 아닌가. 오늘의 연주회는 완전히
끝났다는 생각이 들었다. 고인 침을 꿀꺽 삼켰다. 그때 다시 박수가
터졌다. 처음보다 훨씬 큰 박수였다. 격려는 위대한 힘을 발휘했다.
한동안의 박수 끝에 박정원은 다시 무대에 섰다. 연주는 멋지게 이어
졌다. '탈대로 다 타시오 타다 말진 부디 마오(…) 반 타고 꺼질진대
아예 타지 말으시오.'

바리톤 고성현이 이은상 시조 현제명 곡 '그 집 앞'과 이은상 시
조 김동진 곡의 '가고파'를 연주하고, 이어서 박정원의 '꽃구름 속에'
와 고성현의 '산아'가 연주됐다. 우레 같은 박수가 터졌다. 화답이라
도 하듯이 두 사람은 앙코르곡 '오 솔레미오'를 열창한다. 화음은 아
름다웠다. 슈만의 연가곡을 연주한 이병욱 지휘자와 TIMF앙상블,
'시인의 사랑'을 노래한 테너 김병오, 진행자인 피아니스트 임수연
모두가 정성을 기울여 긴 시간을 공연했다. 박정원은 이렇게 큰 무대
에서 이렇게 큰 실수를 한 적은 없었을 것이다. 그는 치명적 실수를
한 것이다. 박정원의 성악은 위기였다. 주최 측은 말할 것 없고, 자
칫 마산의 문화 행사 하나가 없어질 수도 있는 위기였다.

그러나 마산 시민은 위대했다. 우리는 누구나 실수를 할 수 있다.
시민의 따뜻한 격려가 박정원도 살리고, 노산가곡의 밤도 살려낸 것
이다. 시간이 흐를수록 그 감동은 진하게 다가온다. '노산가곡의 밤'
30년이 만들어낸 결실이다. 1976년 10월 23일 태양극장에서 테너

엄정행을 비롯한 다섯 사람이 열연한 이후 오현명, 백남옥, 김원경, 오경선, 김태욱, 박인수 등 기라성 같은 성악가들이 30년을 공연하면서 시민들의 문화 수준을 이렇게 성숙하게 한 것이다.

좋은 음악회는 연주자와 청중이 함께 만들어가는 것이다. 이날의 실수와 격려는 오랜 기간 연주자와 청중이 함께해온 잠재 교육의 효과다. 연주자와 청중이 혼연일체가 된 사랑의 금자탑이다.

물론 우리는 더 큰 욕심을 가질 수 있다. 당연히 실수는 없어야 하고, 더 좋은 성악가를 초빙해야 하고, 더 좋은 뮤지션이 함께 하는 음악 축제를 염원할 수 있다. 지역 성악가의 참여와 새로운 가곡의 창작도 뒤따라야 할 것이다.

비 온 뒤에 땅이 굳는다는 말이 있다. 오늘의 이 실수가 더 멋지게 승화하여 마산 문화의 시금석이 되었으면 하는 마음 간절하다. 우리의 서정과 풍요로운 삶을 위해 아름다운 가곡, 아름다운 연주가 이어지기를 갈망한다. 어디서 우레 같은 박수 소리가 들려오는 듯하다. 그 날의 감동이 되살아난다. 벌써 내년 시월이 기다려진다.(2014. 10)

딸이 딸을 낳다

초조하다. 일손이 잡히지 않는다. 창밖을 내다본다. 서류를 뒤적여도 제대로 눈에 들어오지 않는다. 공연히 앉았다 섰다를 반복한다. 입안이 깔깔하다. 어떻게 점심을 먹었는지 모르겠다. 회의 시간에도 마음은 콩밭이다. 매너 모드로 돌려놓은 휴대폰만 만지작거린다. 오후 4시가 넘어간다. 아무런 연락이 없다. 하루가 너무 길다. 회의를 마치고, 다시 사무실로 돌아와 시계를 본다. 4시 20분경. 드디어 전화가 울린다.

"4시 5분에 순산했어요."

아내의 목소리가 젖어 있다.

"그래요. 수고하였소."

딸아이가 순산을 하였다는 전갈을 받는 순간 긴장이 풀린다. 장미꽃바구니를 들고 병원으로 달려간다. 사위가 분만실로 안내한다. 침대에 누워있는 딸은 다소 핼쑥해 보인다. 머리를 짚어본다. 약간의 미열이 있을 뿐 순산을 하여서인지 별문제는 없어 보인다. 딸은 싱긋이 웃으며,

"우리 아기가 효녀예요. 모든 요구를 다 충족했어요."

"그래, 정말 그렇구나. 수고했다. 쉬운 일이 아닌데….”

저간의 마음고생을 짐작할 수 있는 말이다. 여자아이는 소띠가 좋지 않다는 속설이 있나 보다. 시가에서는 생년이 좋지 않기 때문에 생월, 생일, 생시를 맞추어 출산해야 한다고, 길일을 택하였으니 제왕절개 수술을 하라신단다. 더욱이 분만 예정일이 윤달이니, 출산을 앞당겨야 한다는 것이다.

아이들을 위해 하는 말이라는 생각을 하면서도 한편으로는 딱한 일로 다가온다. 순리대로 살아온 내 삶이 흔들리는 순간이다. 나는 이사 날을 잡거나 혼례일, 이름을 짓는 일 등 집안의 크고 작은 일을 결정할 때, 특별히 날을 잡거나 음양오행을 따지는 일은 하지 않았다. 계절과 날씨, 주변 상황에 맞추어 날을 잡고, 일을 처리하거나, 이름을 지어온 나의 입장에서는 이해가 되지 않는 일이다. 요즘 같은 시대에 무슨 말이냐며 딸에게는 자연분만을 하라고 했다. 사위에게도 수술을 하다 보면 잘못하여 아기나 산모에게 문제가 생길 수도 있고, 오히려 모유 수유를 하지 못해 건강에도 해롭지 않겠냐고 은근히 압력을 가하였다. 그러나 사돈댁의 생각은 달랐다. 사주가 좋아야 모든 일이 순조롭게 풀린다는 생각에는 변함이 없는 것 같다. 양가 어른들의 의견이 다르니 딸과 사위의 고민은 깊어질 수밖에….

'아가야, 수술하지 않아도 되게 며칠만 일찍 태어나거라.' 딸은 마음속으로 빌면서 의사 선생님께 자연분만을 하도록 도와달라고 사정을 하였단다. 지성이면 감천이라던가. 길일로 택일한 하루 전 병원에 갔더니 '자궁문이 열리기 시작하였으니, 산책을 많이 하라'고 하더란다. 힘들기는 하였지만, 오랜 시간 걸었다고 한다. 다음 날 병원에 갔더니, 자연분만이 가능하다고 하여 입원을 하게 된 것이다. 그런데 정말 신기한 일이다. 시가에서 희망하는 날짜와 시간까지 맞추어 자연분만을 하게 되었으니, 딸은 출산의 고통도 잊고 기뻐하였다. 간호사들까지 환호성을 올렸다고 한다. 얼마나 좋았으면 애비 앞에서 갓 태어난 아기를 보고 효녀라고 하였겠는가. 딸의 기쁨이 가벼운 떨림으로 전이된다.

　자연의 조화는 정말 신비하다. 생명은 가치를 초월하는 것. 새로 태어난 아기는 사랑의 꽃이다. 지상의 가장 위대한 신은 바로 자연이다. 새 생명의 탄생을 축복하고, 감사함은 낡은 사고를 밀어내고, 새로움을 창조하는 힘을 가지고 있기 때문이다. 자연은 생명이고, 생명은 바로 자연이다. 자연은 인간의 염원을 결코 외면하지 않는다. 나는 자연과의 조화를 꿈꾸며, 자연을 사랑하며, 순리대로 살아가리라 다짐한다. 딸과 딸의 딸도 자연을 사랑하며, 자연에 순응하며, 자연과 더불어 살아가기를 기원하며….(2009. 7)

황금 돼지해, 그 소박한 염원

새해다. 자연의 섭리에 따라 날마다 떠오르는 해돋이지만, 새해가 되면 왠지 가슴이 설렌다. 더욱이 올해는 600년 만에 돌아온다는 '황금 돼지해'라는 속설 때문인지 뭔가 좋은 일이 생기리라는 기대가 일어난다. 돼지해는 간지에 따라 12년에 한 번씩 돌아오며, 붉은 돼지해는 60년 만에 돌아온다. 황금 돼지해는 붉은 돼지해 가운데서도 으뜸으로 친다. 돼지꿈을 꾸면 행운을 얻는다고 하여 예로부터 돼지는 돈이나 재물을 상징하고 있다. 그러니 황금 돼지해에 태어난 아이는 재운이 있어 다복하게 산다는 말이 나올 만도 하다. 역학적으로는 근거가 없다지만, 곤고한 삶을 사는 서민들은 풍요와 여유를 바라는 마음에서 이런 속설을 자연스럽게 받아들이고 있다.

돌아보면 지난해는 답답하고 부아 나는 일이 참으로 많았다. 밀고 당기는 줄다리기가 너무 심하다. 시원하게 해결되는 일이 없다. 아파트 가격은 천정부지로 치솟고, 한미 F.T.A와 노사문제로 시위는 끊이지 않았다. 북한이 핵실험을 하였는데도 우리와는 상관없는 일이라며, 남의 집 불구경 하듯 하면서 별다른 대안을 내놓지 못하고 있다. 대통령의 막말과 전 총리의 입씨름, 전직 장성들의 성명을 보면 공연히 짜증이 난다.

교수신문은 이러한 사회 현상을 보면서 2006년을 '밀운불우密雲不雨'라고 하였다. '밀운불우'란 '구름은 가득하나 비는 오지 않는 상태'를 나타내는 말로 여건은 조성됐으나, 일이 성사되지 않아 답답함과 불만이 가득한 상황을 말한다. 교수들은 풀리지 않는 정치와 사회ㆍ경제ㆍ남북문제로 인해 각계각층의 불만이 임계 상태에 도달했다고 지적하고 있다.

우리 서민들은 갈등과 대립의 정치와 사회적인 문제보다는 자녀가 결혼하여 아이를 낳고, 가정을 꾸리는 소박한 꿈이 이루어지기를 갈망한다. 그러나 결혼을 기피하거나 혼인 자체가 성사되지 않는 경우를 많이 본다. 성비의 불균형도 문제려니와 과거의 남성들은 자신보다 조금 부족한 사람이라도 배우자로 선택하였는데, 오늘날의 취업 여성들은 조금이라도 자신보다 훌륭한 남성 배우자만 찾다 보니 혼인이 늦어지거나 아예 결혼하지 못하는 경우가 늘어나게 된 것이다. 시대가 바뀌면 마인드를 바꾸어야 한다. 지나치게 이상형만 찾다 보면 혼기를 놓칠 수 있다. 조금은 모자란 듯해도 살다 보면 알뜰한 가정을 꾸릴 수 있다. 황금 돼지해는 재운을 빌미로 자녀 혼사와 출산을 기다리는 부모 세대의 소박한 염원에 다름없다.

사실, 고령화에 접어든 우리 사회는 위기 상황이다. 이를 극복하기 위해서는 출산율 증가 외의 다른 대안을 찾기 어렵다. 출산율을 높이려면 결혼을 해야 하며, 결혼에는 취업이 전제돼야 한다. 따라서 정치인들은 과거사 조명이나 남 탓하는 일에만 목을 매달 게 아니라, 새로운 일자리 창출에 온 힘을 쏟아야 한다. 젊은이들이 자신의 생활을 즐기면서 자녀를 양육하고, 학교에 보낼 수 있는 양질의 복지환경

조성에 심혈을 기울여야 한다. 취업과 결혼, 자녀 출산, 교육에 대한 종합적인 인프라 구축이 선행되어야 우리 사회가 안고 있는 근본적인 문제를 해결할 수 있다.

실제로 우리는 지금보다 가난한 시절에 오히려 행복하였는지 모른다. 국민 소득이 올라감에 따라 상대적 빈곤감으로 인하여 오히려 불평과 불만을 가지게 된 것이다. 더 나은 상대, 더 편한 생활을 추구하다 보니 가정이 해체되고, 고령화 사회와 같은 미증유의 사태를 불러오게 된 것이다. 행복은 마음먹기에 달려 있다. 어떤 마음으로 사느냐가 중요하다. 때로는 시를 읊조리고, 때로는 노랫가락을 흥얼거리며, 가족과 함께 영화라도 볼 수 있는 여유로움이 바로 일상의 행복이다.

붉게 타오르는 태양과 해맑은 공기, 이 땅에 더불어 살 수 있는 것만으로도 축복이 아닌가. 지금 당장 옆에 있는 사람과 인사를 나누고, 덕담을 건네 보자. 어둡고 궂은일에 매달려 오늘을 헛되게 보낼 것이 아니라, 그래도 더 나아질 것이라는, 그래도 더 행복해질 것이라는 아름다운 꿈과 희망으로 새해를 맞이하였으면 한다. 황금 돼지해, 우리 서민들의 소박한 염원이 이루어지길 기대해 본다. (2007. 1)

막걸리 예찬

　나는 막걸리를 좋아한다. 한 잔 들이켜 보면 가슴이 탁 트이고, 갈증이 해소된다. 닫혔던 말문이 열리고, 사내다운 배포가 생긴다. 혀끝을 감돌아 목구멍으로 넘어가는 맛이 주흥을 돋워 주며, 베적삼빛 누런 술은 마음에 평화를 가져온다. 막걸리, 이름만 들어도 수수하면서 서민적인 느낌이 물씬 살아난다. 막걸리는 한 손으로는 마시기 어렵다. 사발에 가득 채워 두 손으로 받쳐 들고, 벌컥벌컥 들이켜야 제격이다.

　나는 젊은 시절, 독한 술을 좋아했다. 화학주보다 발효주가 좋다는 사실을 알고 있지만, 속이 차다는 빌미로 맥주보다 소주를 즐겨 마셨다. 안동 소주나 문배주, 양주, 배갈처럼 도수 높은 증류주를 마시기도 했다. 술맛도 나이 따라 변하는가보다. 이순을 넘기면서 차츰 순한 술을 즐기게 된다. 같은 발효주라도 맥주보다는 막걸리가 좋다. 사람도 독한 사람보다는 순한 사람이 좋아지기 시작한다. 젊을 때는 자아실현을 위해서 독기를 피울 줄 알아야 한다고 생각하기도 했지만, 이제는 지나치게 기가 센 사람은 가까이하고 싶지 않다. 그냥 막걸리처럼 수더분하고 부드러운 사람이 좋다.

우리 집은 농사를 짓는 집이어서 내가 어렸을 때부터 어머니는 막걸리를 담그시곤 했다. 꼬들꼬들하게 찐 지에밥에다 누룩과 물을 골고루 섞어 아랫목에 이불을 덮은 채로 삼사일 두면 보글보글 괴면서 발효가 된다. 몇 날 며칠을 단지와 같은 방에서 자고 나면 술은 적당하게 익게 되고 친구처럼 가까워진다. 동이에 막대를 걸치고 체로 거르게 되면 황금빛 막걸리가 빚어진다. 막걸리야 당연히 어른들이 마시게 되지만, 우리는 지게미에 사카린을 섞어 먹기도 했다. 지게미에도 알코올 성분이 있었을 터이니 일찍부터 술을 배우고 익힌 셈이다. 어머니가 빚은 막걸리는 누런 빛깔로 눈길을 끌었으며, 그 맛이 시원하기 그지없어 농사꾼들에게는 단연 인기였다.

나라에서는 밀주라며 술 담그는 일을 금했지만, 농사철이 되면 농가에서는 막걸리를 담그지 않을 수 없었다. 마을에 단속반이 나타났다는 풍문이 돌면 단지를 들고 삽시간에 대밭이나 뒷산에 숨기기도 했다. 도회에 이사를 와서도 어머니는 곧잘 막걸리를 빚으셨다. 어쩌다 집에 놀러 온 친구들이 막걸리 단지를 보게 되면 밑바닥을 봐야 파할 정도로 즐겨 마셨다.

옛말 그른 게 없다. 우리 선조들은 막걸리에도 오덕五德과 삼반三反이 있다고 했다. 일덕은 취하되 인사불성이 될 만큼은 취하지 않고, 이득은 새참으로 마시면 요기가 되고, 삼덕은 힘이 빠졌을 때 힘을 돋워 주고, 사덕은 안 되는 일도 되게 하여 웃게 하는 것이고, 오덕은 더불어 마시면 응어리가 풀리는 것이라고 했다. 그렇다. 내 50년 주력에 막걸리 마시고, 인사불성이 된 적은 한 번도 없다. 한두 잔 들이켜고 나면 요기가 되기도 하고, 힘이 솟아오르기도 하고, 절로 웃음이 나와 응어리가 풀리기도 한다.

삼반은 근로를 지향하여 반유한적이고, 서민을 지향하여 반귀족적
이며, 평등을 지향하여 반계급적이라고 한다. 과연 그렇다. 산행이
라도 하고 한 잔 들이켜 보라. 그 시원함이 이를 데 없고, 오지항아
리에 조롱박으로 부어 마시면 감칠맛을 더해준다. 나이나 직위와 관
계없이 마실 수 있으니 아래위가 따로 없다.

현대 의학에 의하면 막걸리는 유산균 함유량이 많아 면역력 향상
에 좋고, 식이섬유가 풍부하여 변비를 개선하며, 비타민B가 풍부하
여 과로와 탈모를 예방하고, 파네졸 성분이 있어 항암 효과가 있으
며, 콜레스테롤 수치를 낮게 하여 성인병까지 예방할 수 있다니 금상
첨화, 가히 만병통치약 수준이다.

언제부터 막걸리를 마시기 시작하였는지는 알 수 없는 일이지만,
고려 시대 송나라 사신이 색이 진하고 텁텁한 맛의 술이 있었다는 기
록을 남긴 것으로 보아, 그 이전부터 마셨을 것으로 추정할 수 있다.
막 걸러낸 술이라고 하여 막걸리라는 이름을 붙혔겠지만, 그 이름만
들어도 전통과 토속적인 느낌이 들어 소박한 정취를 느끼게 된다. 고
려 시인 이규보는 '나그네 창자는 박주薄酒로 씻는다.'라는 시구를 남
겼는데, 이 박주가 바로 막걸리라고 한다. 집현전 학사 정인지는 아
기들이 젖으로 생명을 키우듯이 노인에게는 막걸리가 젖줄이라고
했다. 한 선비가 소 쓸개에 소주와 약주, 막걸리를 채워서 처마 밑에
달아 두었더니 소주를 담은 쓸개는 구멍이 났고, 약주를 담은 쓸개는
얇아졌는데, 막걸리를 담은 쓸개는 더 두꺼워졌다고 하니 막걸리의
효능은 절로 증명이 되는 셈이다.

시인 천상병은 애주가 중의 애주가였다. 그가 가장 좋아했던 술은
역시 막걸리다. 해가 질 무렵이면 어김없이 단골집을 찾아가 막걸리

한두 잔 마시는 것을 큰 즐거움으로 삼았다. 주변의 문인들에게 천 원씩 막걸리 세금을 받은 사실은 지금도 회자되고 있으니, 그의 막걸리 사랑은 차라리 기행奇行에 가까웠다고 할 수 있겠다.

우리나라 사람들은 술을 마시고 한 실수에 대해서는 비교적 관대한 편이다. 정인지와 세조의 술에 대한 일화는 유명하다. 임금에게 불교를 가까이한다고 나무라기도 하였고, 풍수지리를 모른다고 핀잔을 주기도 하였으며, 심지어 '너'라고까지 하였으니 삼사에서는 극형에 처해야 한다고 주청하지만, 임금은 술자리에서 일어난 일이니 문제 삼지 말라며 넘어간다. 정인지는 주사酒邪를 빙자하여 세조를 훈계하면서 사림파와 결별한 자신의 처신에 대해 자위하고, 세조는 그의 주사를 용서함으로써 단종을 폐하여 인륜을 저버린 허물을 벗어나기 위해 아량을 베푼 것처럼 보인 게 아닌가 싶기도 하다.

그러나 이제는 세상이 바뀌었다. 술자리에서 주사酒邪는 단연코 금해야 할 폐습이다. 술을 마시다 보면 꼭 남의 비위를 건드리는 사람이 있다. 이런 사람은 술을 마셔서는 안 될 사람이다. 술자리에서는 정치와 종교, 돈, 여자 이야기는 해서는 안 되는 금기 사항이다. 자리에 없는 사람을 안주로 삼거나 비난하는 사람이 있으면 술맛은 떨어지기 마련이다. 특히 거래를 위한 술자리는 하지 않는 게 좋다.

술을 마시면서 의미 없는 이야기를 나누는 게 취미라고 할 만큼 나는 친구들과 노닥거리며 어울리는 것을 좋아한다. 가까운 친구들과 둘레길을 걷고, 식사를 하면서 막걸릿잔을 곁들이며, 수작酬酌을 하다 보면 시간 가는 줄을 모른다. 집으로 돌아와 샤워를 하고, 잠을 자고 나면 세상 부러울 게 없다.

나는 인간이 만든 음식의 으뜸 자리에 술을 올려놓는다. 술은 교우 관계와 인간관계에 우호적인 영향을 미치며, 희로애락喜怒哀樂을 함께한다. 기뻐도 한 잔, 슬퍼도 한 잔, 즐거워도 한 잔, 마주 앉아 술잔을 건네다보면 어둡고 힘든 세상이 밝고 환해 보인다.

막걸리와 해물 파전, 상상만 해도 입안에 침이 고인다. 피 돌아가는 소리가 들리고, 맥박이 용솟음친다. 술잔도 없이 상대와 마주하는 일이란 얼마나 민숭민숭한가. 막걸리 없는 세상은 윤활유 없는 엔진이며, 모래가 서걱거리는 사막과 같다. 한 잔 술에 우리의 삶은 도도하게 흘러가고, 촉촉하게 젖어든다. 삶에 대한 만족과 자신감을 심어주고, 나눔과 베풂의 정리情理가 샘솟아 오른다. 내일 세상을 마감하는 한이 있더라도 오늘은 한잔할 수 있게 되기를 기구한다.(2019. 1)

욕망의 노예, 가련한 나의 청소부

1.

바쁜 일상이다. 백 기어가 고장 난 자동차처럼 나는 앞만 보고 달려왔다. 살아온 시간이 살아갈 시간보다 많아진 지금 나는 누구이며, 무엇을 위해 살고 있는가. 참으로 오랜만에 던져보는 물음이다.

자신을 내보인다는 것은 부끄러움이다. 부끄러움 자체가 커다란 아픔임을 자각한다. 어느덧 지천명, 하늘의 뜻을 알아야 하는 나이가 되었으니 자신을 돌아보지 않음은 더 큰 아픔이다. 나는 그동안 수많은 좌절 앞에서 절망하였다. 허물어지는 내부의 아픔에 둘러싸인 채 자유롭고 싶은 감정을 추슬러야 했다. 자유에의 갈망은 감히 내비치지도 못한 채 내 가난한 영혼의 청소부는 아픔을 감수해야 했다.

투명한 벽 저편에 자연이 있고, 원시의 숨결이 배어있다. 숨결은 살아 있음을 뜻하는 것이다. 자연의 숨소리를 들으며 자아를 돌아본다. 순수와 자유에 대한 갈망은 결국 고뇌와 고통이라는 값비싼 대가를 지불해야만 하는 것인가. 마음이 아려온다.

2.

참으로 소중한 체험이다. 자신을 돌아보는 마음의 여유를 갖지 못

277

한 나에게 짧은 시간이었지만, 내 자신을 투사할 수 있는 계기가 되었다. 반면 거울을 주신 데 대한 고마움을 느낀다.

순간의 불빛이었다. 극점의 충돌에 의한 불꽃이다. 양극의 자극에서 나오는 충돌에 온몸을 떨어야 했다. 어머니와 아버지의 모습이 오버랩 되어 떠오른다. 오래전의 일인데도 기억이 생생하다. 유년 시절 동생의 잘못 때문에 내려진 아버지의 매는 견딜 수 없는 아픔이었다. 매에 대한 아픔보다는 내 잘못이 아닌 데 대한 억울한 마음이 더 아팠다. 어디서 달려오셨는지 어머니가 온몸으로 말리시며, 뒷목 간으로 데려갔다. 눈물을 닦아주며 자애로움으로 다독여 주셨다. 내 가슴에는 아버지에 대한 반발과 어머니의 사랑이 이란성 쌍둥이처럼 자라고 있었다. 힘든 성장을 하게 된 것이다. 종손으로 태어난 나에게 집안 어른들이 거는 기대는 큰 것이었다. 독립운동을 하신 할아버지 대 받침이 되어야 한다는 강요는 나를 더욱 옭아매었다. 기대에 부응하기 위해 나는 모든 일에 열심이었지만, 기대가 큰 만큼 일은 힘겹고 어려웠다. 아버지의 눈길은 무서웠다. 자신에 대한 불만이 생겼다. 어머니 격려가 힘이 되기는 하였지만, 뒤에 가서는 이것도 욕구 불만의 단초가 되는 것이었다. 돌아보면 나는 누구보다도 열심히 살아왔고 많은 일을 하였다. 그러나 이러한 일련의 일들이 욕구불만으로 자리하고 있을 줄은 몰랐다.

3.

일에 대하여 성취를 하여도 결과에 대해서는 불만이었다. 일에 대한 보상과 인간관계가 늘 마음에 들지 않았다. 그러나 이런 생각을 밖으로 표출할 수는 없는 일이었다. 그러다 보니 나는 속내를 드러내지 않는 사람으로 변해갔다. 안으로는 거부하면서도 밖으로는 표현을 하지 않았다. 말이 없는 아이로 바뀌어갔다. 일없이 돌부리를 걷어차기도 하고 죄 없는 나무를 쥐어박기도 하였다. 자신의 속마음은 숨겨두고, 엉뚱한 사물에게 욕구불만을 표출하게 된 것이다. 독립운동과 사회운동에 헌신하신 할아버지 때문에 집안 살림은 궁색했다. 이로 인해 제대로 욕망을 성취하지 못한 아버지는 당신의 욕구를 아들인 나를 통해 대리 만족하고자 한다는 사실을 알게 된 것은 훨씬 훗날이다. 그러나 내 인생을 아버지 뜻대로 살아갈 수는 없었다. 법관이나 행정가가 되는 데는 능력의 한계도 있지만, 욕구불만에 의해 내 스스로가 거부하는 일이기도 했다. 성장하면서 나의 감정은 아버지와 어머니에 대한 연민으로 승화되어 갔다. 자연히 나의 청년기는 방랑벽으로 이어졌다. 방황과 여행, 문학이 내 앞으로 다가와 있었다. 자신을 구원하는 길을 찾고 싶었다. 여행과 시조에 매달렸다. 현직 교사로서의 역할도 주어졌다. 나는 내 일에 열심이었다. 그러나 사회 현상은 내 뜻과는 다르게 움직이고 있었다. 이런 일들로 하여 나는 한때 한일 국교 정상화 반대 운동에도 앞장섰고, 유신에 대해서도 비판적이었다. 교육 행정가들의 잘못에 대해서도 정면 반발을 하게 되었다. 사회 부조리나 비리 현상에 대한 칼럼을 발표하여 찬사를 받기도 하였지만, 필화를 입기도 했다. 이러한 작업에는 원초적으로 아버지에 대한 반발과 어머니의 사랑이 깔려 있다. 이것이 욕구 불만이라는 핵심 감정으로 나타나 수시로 나를 괴롭혀 온 것이다. 그 후 나의 이러한 감정을 연민이라는 파생 감정으로 다소 절제할 수는 있었으나, 자유와는 점점 거리가 멀어졌다.

나의 욕구불만은 더욱 심화되고 있었다. 수없이 많은 일을 하면서도 욕구는 충족되지 않았다. 현장교육연구원으로서, 특별연구교사로서 국정 『도덕』과 교과서와 인정 『사회』과 교과서를 집필하였고, 학생 지도에도 최선을 다했다. 대통령 표창을 비롯하여 40여 회의 수상을 하게 되었지만, 내 욕구와는 거리가 있는 일이었다. 문단에 등단을 하고, 시조집을 발간하고, 한국시조문학상과 마산시문화상을 받아도 내 욕구는 충족되지 않았다. 가슴 한구석이 늘 허전하였다. 이유를 알 수 없었다. 이제는 학문에 대한 욕구불만까지 겹쳐 문학박사 과정까지 이수하고 있다. 경남시조문학회장과 경남초등교사회 회장, 『경남문학』 편집장 일도 어깨를 짓누르는 짐이 되고 있다. 이러다 보니 내 영혼은 부표도 없이 떠도는 누더기가 되어 가고 있었다.

눈부셔라 황금 소나기 내 위선의 옷을
짓고, 눈부셔라 황금 소나기 내 위선의
이름을 짓고……

부표도 없이 떠도는
내 영혼의 넝마도 짓고.

－ 김복근, 「황금 소나기」 전문

4.

어쩌면 나는 교사로서 문인으로서 내 얼굴에 책임을 져야 하는 데 대한 욕구불만과 강박관념 때문에 내 자신의 삶을 더욱 구속하면서 살아왔는지도 모른다.

인생은 고뇌하고 사색하면서 야생화같이 청초한 사랑을 가져야 한다고 생각한다. 나는 자유롭고 싶다. 내 가련한 욕망을 숨 쉬게 하고 싶다. 일에 대한 집착이 아직도 나를 괴롭히고 있지만, 나는 그 일을 피하지 않으려 한다. 주어진 여건과 현실을 정면으로 맞이하고, 긍정적으로 해결하고 싶다. 모든 일이 마음 먹기에 달렸다는 생각이다. 자신을 돌아보며 일을 즐기는 여유를 찾아야 하겠다. 기회가 주어진다면 내 안의 나를 찾아 인도에라도 가고 싶다. 시삼백詩三百이면 사무사思無邪라 하지 않는가. 참 나를 찾아 진솔한 삶을 살아가면서 내 정신의 자유를 추구하는 서정을 노래하고 싶다.

살아있는 것은 자기대로의 사랑을 가지고 있음을 깨닫게 된다. 하루살이나 사람이나, 하늘이나 땅이나 모두 자기대로의 사랑을 가지고, 서로 영향을 주고 받으며 살아감으로써 우주는 질서와 조화를 유지하게 되고, 그 속에 생명의 아름다움이 있음을 보게 된다. 50년을 구속해온 내 욕구불만에 대하여 나는 오늘 자주독립을 선언한다.(2001. 1)

얼마나 속을 비우면 하늘을 날 수 있을까

몸속에 흐르는 진한 피를 걸러 내어

이슬을 갈아 마시는 비상의 하얀 갈망

혼자서 견뎌야 할 더 많은 날을 위해

항로를 벗어나는 새들의 저 무한 여행

무욕의 날갯짓으로 보내지 못할 편지를 쓴다.

– 김복근, 「새」 전문

신발 소동

#1. 통영의 서우승 시조인이 작고하셨다는 전갈이다. 너무 갑작스런 소식이라 믿기지 않는다. 서둘러 조문을 갔다. 저녁 시간이다. 호상소에서 잔을 올린다. 영정으로 보는 시조인은 특유의 표정 그대로 빙그레 웃고 있다. 밤중에 물을 먹으려고 걸어가다가 넘어졌는데, 병원에 가기도 전에 절명하였다고 한다. 고인에 대한 이야기와 명복을 빌다 일어섰다.

그런데 신발이 없어졌다. 상가에서 신발을 잃어버리는 경우는 처음이다. 상주들에게 미안하여 '저승 가는 길에 내 신발이 필요하신 것 같다'며 조크를 하고 서둘러 나와 새로 구두를 한 켤레 사신고 돌아왔다. 다음 날이다. 신발을 바꿔 신고 간 사람이 도로 가져왔다며, 이달균 시인 편으로 보내왔다.

#2. 경남문협 회원들과 이순신 장군 백의종군로 탐방을 나섰다. 많이 걸어야 한다는 부담 때문에 등산화를 신고 갔다. 이른 시간 하동군 옥종면사무소에서 간단한 설명회를 갖고 출발한다. 백의종군을 하던 충무공 이순신 장군이 413년 전 합천 초계에 주둔하던 권율 도원수의 진영으로 가기 위해 걸었던 길이다.

경남의 백의종군로는 국도와 지방도 119㎞와 마을도로 29.5㎞, 산길 13㎞로 이뤄진다. 장군이 묵은 손경례 집과 이희만 집, 이사재를 둘러 산청의 목화식당에서 점심을 먹었다. 그런데 또 신발이 없어졌다. 백의종군하시던 장군이 내 등산화가 탐이 난 걸까. 어쩔 수 없는 일이다. 합천군 초계면에 있는 이어해의 집까지 슬리퍼를 끌고 다녔다. 회원들이 우습다며 야단이다.

#3. 중국의 산동성 제남시의 승리대가소학교와 자매결연을 하기로 했다. 도청과 도교육청 직원들의 도움이 필요했다. 점심을 먹으면서 이런저런 의논을 하다 나왔다. 그런데 또 신발이 없어졌다. 다행히 이번에는 조금 작지만 같은 모양의 신발이 한 켤레 남아있다. 누가 신발을 바꾸어 신고 간 게 틀림없다. 주인에게 연락이 오면 찾아 보내라고 하였다. 두어 시간 후 신발이 돌아왔다.

#4. 정도영 선생님의 시모상에 조문을 갔다. 최근에 등단을 하기도 하여 이런저런 이야기를 나누다 일어섰다. 그런데 또 신발이 없어졌다. 벌써 네 번째다. 분명히 갈색 구두를 신고 왔는데, 어떻게 된 일인가. 시모가 작고하셨으니 남자 신발이 필요할 리도 없고. 그러나 이제는 체념도 빠르다. 상가에 미안하여 서둘러 돌아온다. 그런데 이게 웬일인가. 다음 날 아침에 보니 갈색 구두가 버젓이 현관에 있는 게 아닌가. 내 기억력이 오작동한 것이다. 검은 구두를 갈색 구두로 착각했다. 며칠 뒤에 잃어버렸다고 생각한 신발이 돌아왔다. 참 민망한 일이다.

신발은 사람을 상징한다. 이력履歷의 이는 신 이履자를 쓴다. 사람의 발자취, 즉 신을 신고 걸어온 사람의 역사를 의미한다. 신발은 배우자나 부모 자식같이 신분과 재산을 보호하기 위한 귀한 물건이다.

댓돌 위에 신발이 가지런히 놓여 있는 집안에는 도둑도 들지 않는다고 한다. 신발이 가지런한 집에는 상서로운 기운이 서려 있고, 함부로 범접할 수 없는 지조와 격조, 빈틈없는 기품과 위용이 풍겨 나오기 때문에 도둑들도 몸을 사린다는 것이다.

영어 속담에 "아무 발에나 맞는 신발은 없다(One shoe will not fit every foot.)."고 한다. 몇 번의 신발 소동을 겪고 나니, 신발 노이로제가 걸릴 지경이다. 사실을 아는 사람들이 발부터 쳐다보는 것 같아 절로 고개가 숙여진다.(2009. 12)

바람을 안고 살다

거제는 우리나라를 지키는 방파제다. 동남 해안선에서 온몸으로 비바람을 막아주고, 왜구의 출몰을 막아내기도 했다. 심리적으로 불안한 현대인들에게 마음의 평화를 안겨주기도 한다. 젊은 시절부터 나는 주기적으로 바다를 보지 않으면 입에 솔이 날 지경이었다. 거제는 그리움의 대상이었다. 혼자서 찾아오기도 했고, 가족을 동반하기도 했으며, 친구들과 어울려 다니기도 했다.

그러던 내가 거제에 삶의 닻을 내리게 되었다. 교단생활의 방점을 찍을 좋은 기회가 주어진 것이다. 처음에는 일과 민원 때문에 경황이 없었지만, 얼마 되지 않아 나는 거제에 대한 매력에 빠져들고 말았다. 자연에 젖어, 사람에 취해 눈 깜짝할 사이 한 해 반의 시간을 보내고 만 것이다.

거제의 자연은 아름답다. 조선 여인의 신비스러움과 아이돌과 같은 현대적 이미지가 절묘하게 어우러진 고장이다. 바다를 사방에 둘러두고 있지만, 섬 같지 않은 섬이다. 승용차로 달려도 산과 호수가 연이어져 육지와 같다. 그러다가 탁 트인 바다를 대하고 보면 시원스레 가슴이 열리는 게 저간의 스트레스까지 다 날아간다.

거제는 해금강의 풍광부터 보아야 한다. 아름다운 모습이 금강산의 해금강을 연상케 한다 하여 해금강으로 이름 지어졌다. 두 개의 바위섬이 맞닿아 있으며, 깎아지른 듯한 절벽은 그야말로 절경이다. 천 년의 신비를 간직한 십자동굴을 비롯하여 겨우 배가 지나갈 수 있는 석문을 지나 사자바위, 두꺼비바위, 촛대바위, 장군바위, 물새바위 등 기암괴석들은 조각보다 아름답다.

예로부터 약초가 많아 "약초섬"이라고 불리기도 하였다는데, 시황제의 명을 받아 불로장생초를 구하러 온 서불이 다녀갔다고 하여 "서불과차徐不過此"라는 글씨를 새겨 놓았다고 한다. 바람의 언덕과 테마박물관 같은 볼거리가 생겨 유명해진 곳이다.

자연과 인간이 만들어낸 환상의 섬 외도 보타니아, 한가로운 섬 여행지 내도, 동백과 후박나무가 어우러진 지심도, 옥포 패전의 아픈 역사가 있는 칠천도, 노을이 아름다운 가조도, 명사 해수욕장, 삼방산 비원, 공곶이와 서이말 등대 등 거제의 비경은 끝이 없다.

거제 사람들은 수용의 폭이 크고 넓다. 고려 의종이 유배를 온 이후 조선시대에는 송시열, 이행 선생을 비롯하여 500여 명의 학자들이 유배를 왔다. 6.25 전쟁기에는 17만의 포로가 수용되었으며, 지금은 대우조선해양과 삼성중공업을 비롯한 외지인의 숫자가 시민의 절반을 넘는다고 한다. 유배학자와 외지인의 전출입이 많은 만큼 선진 문물도 빨리 받아들여 거제만의 독특한 문화가 살아 숨 쉬는 도시로 발전하고 있다.

거제 사람들의 성정은 거제의 날씨를 닮았다. 한번 내렸다 하면 비와 바람, 우레까지 몰고 오는 성난 파도 마냥 자신의 생각과 다를 때는 앞뒤 가리지 않고 휘몰아쳐 정신을 차릴 수 없게 만든다. 그러나 이해가 되었다 하면 언제 그랬냐는 듯 해맑고 온화하기 그지없다. 나는 이런 거제 사람들을 좋아한다. 가시에 찔려 아프기도 하였지만, 장미에 가시가 없다면 무슨 맛이 있으랴.

거제 사람들은 지혜롭다. 북쪽 해안 지역에는 양대 조선소를 건립하였고, 동남 해안선의 절경은 절경대로 가꾸어 조화를 꾀하고 있다. 무형 자산인 '바람'을 팔기 위해 '바람의 언덕'을 만들었고, '노을'이 아름다운 섬 가조도에 '노을 공원'을 조성한다. 봉이 김 선달은 대동강 물이라도 팔았지만, 거제 사람들은 형체도 없는 '바람'과 '노을'을 팔겠다고 나섰으니 그 지혜를 누가 따르랴. 기성관과 반곡서원, 거제 향교, 청마기념관, 해양박물관, 자연예술랜드 등이 잘 관리되어 있고, 국제펭귄수영축제, 고로쇠약수축제, 대구축제, 선상문학축제, 옥포대첩기념제전, 세계조선해양축제 등 다양한 축제가 발길을 머무르게 한다.

다만, 아름다운 산이 파헤쳐져 아쉬움이 전혀 없는 것은 아니지만, 생태 환경문제도 슬기롭게 해결해 나가리라 믿는다.

내 세 번째 주민등록지인 거제. 나는 거제에서 별나게 부는 바람[風]을 쐬며, 희망거제교육에 대한 바람[願]을 안고 살았다. 이런 나에게 명예 시민권을 주겠다는 분도 있고, 아예 계속해서 함께 살자는 분들도 있다. 돌아보면 나의 거제 생활은 힘든 만큼 행복했다.

얼마 전 윤재근 박사님께서 수하水下라는 아호를 지어 주셨다. 수하세월水下洗月. 물속에서 달을 씻는다는 의미가 담겼다. 내 시조에서 감을 잡으셨다는데, 거제와의 인연을 감안하신 것 같다. 물속에서 달을 씻듯이 어려움이 있을 때는 이곳 거제를 찾아와 마음을 가다듬고 닦아 내리라. 내 사랑과 그리움의 이미지를 더하여…. (2012. 7)

하루를 살아도 거제에 살면 거제 사람이다

거가대교와 대전통영고속도로의 개통으로 이제 거제는 섬이 아니라 사통팔달하는 교통의 중심지요, 인적 물적 교류의 중심에 섰습니다. 아름다운 자연경관을 활용한 관광 해양 산업이 발달하고, 양대 조선소의 호황이 이어지고 있습니다. 거제의 소득수준은 경남 1위요, 전국 2위를 자랑하고 있습니다. 이러한 연유로 시민들의 생활수준은 높아지고, 인구가 지속적으로 증가하는 기초자치단체가 되었습니다. 경남을 찾은 전국의 관광객을 대상으로 하는 한 조사에서 '경남'하면 '거제'가 떠오를 정도로 거제의 이미지는 좋아지고 있습니다.

그러나 생명주기 곡선 이론에 따르면 시작과 끝이 있는 모든 것은 도입기, 성장기, 성숙기, 쇠퇴기를 거쳐 소멸해 간다고 합니다. 생명주기 곡선에는 두 번의 위험이 도사리고 있습니다. 하나는 도입기와 성장 사이에 있는 특이점(Singular point)이며, 다른 하나는 성장기와 성숙기 사이에 있는 변곡점(Inflection point)입니다.

어쩌면 지금 우리 거제는 변곡점에 다다르고 있는 것은 아닐까요. 번영은 안일을 부르고 안일은 위기를 부르는 법입니다. 동서고금을 막론하고 수많은 제국의 번영과 몰락의 역사가 이를 웅변하고 있습니다. 융성하여 안일에 빠지기 전에 위기의식을 환기시켜야 합니다. 이미 위기의 전조가 드러나고 있습니다. 의료, 쇼핑, 외식 등에서 거대도시 부산으로의 역류 현상이 나타나고 있으며, 관광객들 사이에서는 거제의 고물가와 불친절로 인해 '거제에서는 보기만 하고, 통영에서 먹고, 자고, 산다.'는 말이 나돌고 있을 정도라고 합니다.

작은 위기는 호재에 가려 잘 보이지 않지만, 방심하면 호미로 막을 것을 가래로도 막기 어렵게 됩니다.

지금입니다. 거제의 이미지를 지속시킬 수 있는 새로운 대안을 모색해야 할 때는 바로 지금입니다. 여러 가지 방안을 제시할 수 있겠지만, 보다 근본적인 방법은 교육과 홍보를 통한 거제 시민의 인식을 전환해야 하는 것입니다. 거제에 살면 하루를 살아도 거제 사람이라는 마음으로 거제를 사랑하게 해야 합니다. 거제 사람으로서의 자긍심을 고취하고, 거제를 사랑하는 마음을 확산시켜 나가야 합니다. 거제에 한 번 발을 들여 놓은 사람은 거제에 매료되게 해야 합니다. 그래야 바가지요금이 없어지고, 불친절이 줄어들고, 교통질서를 지키고, 자연을 훼손하는 일도 줄어들게 될 것입니다.

많은 분들이 부산으로의 빨대 현상(?)을 걱정하고 있습니다. 위기는 기회와 함께 옵니다. 우리가 마음만 먹으면 거제로의 역 빨대 현상(?)을 만들 수 있을 것입니다. 우리 거제시민이 다 빨려가도 30만에 불과하지만, 우리가 빨아 당기면 300만을 불러올 수 있습니다. 부산의 저 수많은 사람들을 관광과 쇼핑, 외식을 즐기러 올 수 있게 만들어야 합니다. 자갈치 시장보다 고현시장의 생선이 싸다면 도시 생활에 지친 사람들은 필연코 아름다운 우리 거제를 찾아오게 될 것입니다.

결코 지역이기주의나 소지역주의 관점에서 하는 말이 아닙니다. 우리의 건전한 시민 의식을 북돋워 거제를 더욱 아름답고 미래지향적인 도시로 발전시키자는 것입니다.

이러한 일은 산발적이고 일회적인 캠페인만으로는 그 성과를 기대하기 어렵습니다. 구체적이고 체계적인 계획을 수립하여 집중적이고 장기적으로 추진해야 합니다.

우리 거제교육지원청에서는 '거제사람 · 거제사랑 희망교육' 프로젝트를 추진하고자 합니다. 그 일환으로 '거제교육사' '거제의 꿈' '거제 자연 · 문화 · 역사 탐방'이란 책자를 출간하여 출판기념회를 겸한 발대식(?)을 갖고자 합니다. 앞으로 '거제의 노래' 부르기, 걸어서 거제 한 바퀴, 거제 관련 독서운동 등의 교육 활동을 지속적으로 펼쳐 나갈 것입니다. '거제사람 · 거제사랑 희망교육' TF팀을 구성하여 학생과 시민을 대상으로 하는 다양한 프로젝트를 계획하여 실천하고자 합니다. '관광해양도시'와 '조선 도시'의 이미지에다 '명품 교육도시'라는 이미지를 더할 수 있도록 시민 여러분의 따뜻한 관심과 참여를 기대합니다.(2011)

책은 내 사랑이며 영원한 그리움이다

아내가 들으면 서운할 얘기지만, 책은 내 사랑이며 영원한 그리움이다. 책이 없었다면 내 삶은 어떻게 되었겠는가. 생각만 해도 아찔하다. 나의 하루 일과는 책과 함께 출발한다. 눈만 뜨면 책을 보고, 눈을 감기 전에도 책을 본다. 조선 시대 이덕무 선생이 간서치라는 별명을 가졌다는데, 나 역시 책 읽는 바보가 아닌가 한다.

거제에 와서 저자, 발행인, 주간 등 내 이름을 걸고 펴낸 책만 해도 이만 권이 넘는다. 지난 오월에 펴낸 동시집 '손이 큰 아이'가 2쇄를 하여 교보문고 동시집 베스트 15위를 하고 있으니, 아무래도 재판을 찍을 것이고, '거제의 꿈' 4,000권, '만화로 보는 거제의 꿈' 3,000권, '거제교육사' 500권, '경남문학' 4,000권, '화중련' 3,000권, 지금 편집하고 있는 '거제의 별'이 1,000권, 구입을 해서 나누어 준 책만 해도 500권은 넘은 듯하다.

그동안 내가 펴낸 책은 '클릭! 텃새 한 마리'를 비롯하여 4권의 시조집과 동시집 '손이 큰 아이' '생태주의 시조론'을 비롯한 저서 2권 등 총 7권이다. 짬짬이 써둔 원고까지 헤아리면 아무래도 대 여섯 권의 분량은 넘어갈 것 같다.

나는 책을 만들어 선물하는 것이 취미라고 해도 과언이 아니다. 내 집이나 사무실을 다녀가는 분들께는 한두 권 이상의 책을 드렸다. 우편으로 보내는 책도 상당한 분량이다. 책을 받는 이들의 표정은 언제나 밝고 환하다. 다른 선물은 아예 받으려고 하지 않지만, 책은 웃으면서 편하게 받아간다. 책을 만들어 나누어 가지는 일은 즐겁고 기분 좋은 일이다.

내 시간의 상당한 부분은 책과 관련되는 일에 투입된다. 직장에서 일을 하고 난 후의 여가 시간은 책을 읽는 일에서 책을 만드는 일, 책을 만들기 위해 글을 쓰는 일에 이르기까지 대부분 책에 관한 일들로 사용된다.

거제에 와서 내가 만나고 존경하게 된 분들은 책에 관계되는 분들이 많다. 거제대학교 정지영 총장님이 생각난다. 그는 내가 부임한 얼마 후에 내 시조집 『는개, 몸속을 지나가다』를 구입하여 사인을 해 달라고 하셨다. 그리고 또 다른 자리에서 만났을 때, 내 시조에 대해 이야기를 하는 게 아닌가. 나는 그 인품과 교양에 쉽게 빠져버렸다. '만화로 보는 거제의 꿈' 발간비를 지원해준 대우조선해양 조국희 전무님도 고마운 분이다. 거제의 어제와 오늘, 내일을 아이들이 읽기 좋게 만화로 펴냈다고 하였더니 더 많은 책을 만들어 보급해 달라며 거금을 쾌척하셨다. 『거제의 꿈』과 『거제교육사』를 펴내기 위해 원고를 써주신 분들도 존경하고 사랑한다. 자서전을 펴내어 직접 가지고 오신 거제향교 윤병오 전교님을 사랑하고 존경한다. 『초딩! 철학을 말하다』를 상재한 김철홍 선생님을 사랑하고 존경한다. 순수한 열정으로 작품을 저술하고 책을 펴내는 거제의 문인들을 사랑하고 존경한다. 우리 교육청과 연대하여 범시민 독서 운동을 제안하고 협약을 체결하신 새거제신문 반용근 사장님을 사랑하고 존경한다. 괘관문집을 만들겠다고 서두르고 있는 김홍곤 장학관을 비롯한 관계 직원들과 편집위원들을 사랑하고 존경한다. 그 외에도 많은 분들이 생각나지만, 지면 관계상 일일이 거론하기 어렵다.

반면에 나는 책을 읽지 않거나, 책을 함부로 대하는 사람은 경멸한다. 책 속의 지혜를 외면하는 사람이 올바른 판단을 할 리 없기 때문이다. 힘이 있는 자리에 있어 나에게 도움이 될 만한 분이라도 책을 좋아하지 않는 사람은 의식적으로 만나지 않았다. 그러다 보니 내 주변에는 책을 좋아하고 사랑하는 사람들로 넘쳐난다.

책은 나의 애인이요, 연인이다. 내가 사랑하는 애인과 연인을 좋아하는 사람들을 나는 필연적으로 사랑하고 존경할 수밖에 없다. 사랑하는 사람을 빼앗기면 눈물이 날 일이지만, 사랑하는 책을 나누어 보는 일은 참으로 기분 좋은 일이다. 나는 내 책을 읽고 느낌을 말해주는 사람에게 쉽게 매료된다. 나를 가까이하고 싶은 사람이 있다면 내 책이나, 시조 한 구절만 읽어주면 그만이다. 책은 내 애인이요 연인이다. 내 애인과 연인을 나는 더 많은 사람과 함께 공유하고 싶다.(2012. 6)

집으로 초대

친구가 집으로 놀러 오라며 전화를 했다. 주변을 산책하다가 술이나 한잔하잔다. 고맙기는 하지만, 부담이 전혀 없는 건 아니다. 집안을 정리하고, 청소를 하고, 식재료 준비와 조리, 설거지, 뒷정리까지 해야 할 일을 생각하니 선뜻 대답이 나오지 않는다. 내외분이 단출하게 살고 있으니 일손도 부족하고, 번거롭기도 할 것 같아 조심스럽다. 그렇다고 마음먹고 하는 말인데, 사양하기는 더욱 쉽지 않다. 망설이다 그러자고 엉거주춤 대답한다. 약속한 날이다. 버스를 탔다. 자유수출 후문에서 직행버스로 환승하고, 경화성당 앞에 내려서 걸어간다. 초겨울 날씨여서 쌀쌀하기는 하지만 기분은 상쾌하다.

벨을 누른다. 기다렸다는 듯 반가운 목소리가 먼저 뛰어나온다. 문을 밀고 들어서니 깔끔하게 정리된 정원이 눈 안에 들어온다. 주인의 바지런한 성품을 읽을 수 있다. 철 지난 국화가 마지막 자태를 뽐내고 있다. 비배 관리를 얼마나 잘하였는지 꽃송이가 아이들 머리만큼이나 크고 탐스럽다. 잔디를 밟는 기분이 양탄자를 밟는 듯 부드럽다. 현관문을 열고 들어간다. 정갈한 거실과 벽에 걸려있는 선조의 교지教旨가 주인의 취향과 집안의 전통을 말해준다. 함께 간 아내는 콘텐츠가 잘 갖추어진 집이라고 찬사를 한다.

정현종 시인은 '사람이 온다는 건 실로 어마어마한 일이다. 그는 그의 과거와 현재, 그의 미래와 함께 오기 때문이다. 한 사람의 일생이 오기 때문이다.'라고 방문객을 노래했지만, 나는 나의 부부를 초대해준 친구를 예찬하는 글을 써야겠다는 생각을 해본다. 집은 바람이나 햇빛을 막아주고 몸을 보호하는 것이 기본적인 용도이지만, 세대를 이어갈 자녀를 출산하고 양육하는 삶의 터전이며, 여생을 편안하게 지낼 수 있게 하는 보금자리다. 가족 간의 정신적 안식처이며, 현재진행형의 휴양처다. 가족 특유의 고유문화가 생성되는 독자적인 비밀 공간이며, 집안의 본래면목이 살아있는 역사박물관이다. 문화가 발달하면서 사람들은 보다 쾌적하고 견실한 주거 환경을 마련하기 위해 노력했다. 내 집 마련이 하나의 꿈이라고 할 정도가 됐다.

우리 젊을 때는 집으로 놀러 가는 일이 참 많았다. 방학이나 휴가 때가 되면 친구네 집에 가서 부모님께서 차려주는 밥을 먹기도 하고, 며칠씩 뒹굴며 놀기도 했다. 결혼을 하고는 집들이다, 돌맞이다, 세배다, 핑계를 만들어 집으로 찾아다니곤 했다. 그러던 것이 어느 때부터 민폐가 된다는 조심스러움 때문인지 집으로 찾아가는 일은 줄어들게 되고, 식당이나 찻집에서 밥을 먹거나 커피를 마시면서 허튼소리나 하다 헤어지는 것이 일상화됐다.

사실 나는 낯가림이 심한 편이어서 모르는 사람들과 어울려 와자하게 식사하는 것이 조심스럽고 불편하기 그지없다. 어쩔 수 없는 경우를 제외하고는 집밥이 최고라며 은근히 아내를 힘들게 한다. 이런 습벽 때문인지 자주 있는 일은 아니지만, 집으로 초대되는 일이 유달리 기억에 남게 되고, 초대해준 분에게는 남다른 정의를 느끼게 된다.

나는 가족과 떨어져 생활한 적이 거의 없다. 그러다가 나이 들어 직장 일로 거제에서 한 해 반을 생활해야 하는 딱한 처지가 됐다. 마치 유배라도 가는 기분이었다. 새로운 생활환경이어서 한편으로는 재미가 있기도 하였지만, 식사를 해결하는 일은 힘들기만 했다. 그래서인지 딱 두 번, 집으로 식사 초대를 받은 일이 생생하게 기억에 남아 있다. 한번은 학교 이전 문제로 민원이 있는 학교 현황을 파악하기 위해 이른 새벽 부근에 근무하는 주무관에게 안내를 부탁했더니, 현지답사가 끝난 후 집으로 밥을 먹으러 가자는 것이었다. 폐가 된다며 사양하였으나 거듭 청한다. 지나치게 거절하는 것도 예가 아닌 듯하여 따라갔더니, 정갈하게 차린 밥상이 나왔다. 단아한 집안 분위기와 안주인의 음식 솜씨도 깔끔했다. 예기치 못한 아침이었는데, 정말 기분 좋은 식사였다. 또 한 번은 저녁 식사다. 함께 근무하는 장학관께서 집으로 초대한 것이다. 건강이 좋지 않아 부인이 바닷가에 집을 지어주었다며, 아담한 양옥으로 안내한다. 잘 꾸며진 정원과 서재, 난실까지 갖추고 있어 주인의 격조 높은 삶의 모습을 엿볼 수 있었다. 평소에 돈후한 인품을 느끼고 있었는데, 집으로 초대되고 보니 그의 폭넓은 사유 세계에 대한 연유를 알 수 있을 것 같았다. 간혹 식당에서 값비싼 생선 요리나 불고기를 대접받은 경우도 있었지만, 누구와 먹었는지 무슨 이야기를 하였는지 아롱한데, 집으로 초대받은 경우는 주인의 마음까지 대접받은 것 같아 기억에 또렷하게 남아있다.

중국 대표부 대사관 노재원 대사의 조찬 초대를 잊을 수 없다. 국교가 정상화되기 전인 1991년 북경에서 한국문인협회가 주최하는 제

2회 해외문학 심포지엄이 열렸다. 작고하신 이석 시인과 김병총 소설가, 김건일 시인과 나는 예기치 않게 대사관저에 초대되는 행운을 갖게 됐다. 10여 평 남짓한 거실에 작은 소파와 식탁이 있고, 김치와 된장국, 배추 나물, 갈치구이, 계란 프라이, 김구이 등으로 차려진 소박한 밥상이었다. 대표부 대사관의 식사라고 하기에는 소찬이었지만, 향료가 진한 중국 음식을 먹으면서 질려 있던 뒤끝이라 한국식 밥상이 너무 맛있었던 기억이 지금도 선연하다.

산책을 하고 돌아와 조금 늦게 참석한 친구 부부와 함께 식탁에 둘러앉았다. 며느리가 보내준 것이라며, 자랑하듯 막걸리를 내놓는다. 갓 구운 해물파전이 올라온다. 정갈하면서도 맛깔스럽다. 한잔하는 맛이 예사롭지 않다. 권주가가 필요 없다. 주인의 따뜻한 재담과 배려가 술맛을 절로 나게 한다. 일배일배부일배一杯一杯復一杯. 단숨에 세 병을 마신다. 안주를 다 먹어갈 양이면 정성과 솜씨가 담긴 또 다른 안주가 연이어 나와 입맛을 돋구어준다. 부인들도 덩달아 기분이 좋아 보인다. 소소한 일상에 대한 이야기가 오간다. 나는 마음 맞는 친구와 술을 마시며, 의미 없는 이야기를 나누는 것이 취미라고 호언하고 다닐 정도여서 모처럼 즐거운 시간을 가지게 된다. 흉허물 없이 이야기를 나누다 보니 잠시 잠깐 대여섯 시간이 흘러간다.

아내의 입장을 생각하면 할 말이 아니지만, 나도 친구를 집에 초대하여 같이 마시고 어울릴 수 있으면 더없이 큰 즐거움이겠다. 소찬이면 어떤가. 분수에 맞게 계절 음식과 막걸리 한두 잔으로 세상 사는 이야기를 나눌 수 있었으면 참 좋겠다. 그 또한 노탐이라면 어쩔 수 없는 일이지만….(2019. 1)

그림자의 말

거제의 봄은 특이하다. 기온은 높지만, 체감 온도는 낮다. 비가 잦은 편이다. 바람을 동반하는 경우도 많다. 비와 바람이 부는 날은 추웠다. 거제에서의 생활은 낯설었다. 가족이 없는 생활이어서 을씨년스러웠다. 낮에는 바빠서 다른 생각을 할 겨를이 없었지만, 퇴근 후의 시간은 적막했다. 집으로 돌아오면 출입문에서 거실까지의 거리가 너무 멀었다. 마치 어둡고 텅 빈 동굴 속으로 들어가는 것 같았다. 넓은 공간에서 숨을 쉬며 나를 기다리는 건 오래된 시계와 풍란 한 촉 정도가 있을 뿐이다. 나는 혼자 생활에 익숙하지 못했다. 지금까지 혼자서 살아온 시간은 거의 없었다. 내가 나를 의지해야 한다는 사실이 힘겨웠다. 그리운 이름을 헤는 시간이 늘어났다.

혼자 생활의 쓸쓸함을 달래기 위해 산책을 했다. 독봉산 앞 둑방 길은 좋은 산책로였다. 운동 삼아 자주 나갔다. 이른 아침이나 늦은 저녁에는 조명등이 있어 산책하기는 안성맞춤이다. 혼자서 걸었다. 그러던 어느 날이다. 불빛 반대편으로 두 개의 그림자가 따라 다닌다는 사실을 알게 됐다. 백열등 불빛은 진한 그림자를, LED 조명은 연노랑의 부드러운 실루엣을 만들어 주었다. 두 개의 불빛이 교차하면서 빚어내는 그림자는 새로운 느낌을 준다. 그림자는 빛의 진로를 방해하면서 생기는 자연현상이지만, 나를 돌아보고 성찰하는 계기가 됐다.

눈은 마음과 함께하는 건가 보다. 새삼스레 나를 따라 다니는 그림자가 있다는 사실을 알게 된다. 낮에는 보이지 않았지만, 마음의 여유를 갖게 되는 산책로에서는 유독 적극적으로 따라다녔다. 차츰 그림자와의 만남을 즐기게 됐다. 나는 혼자가 아니었다. 그림자는 무의식 속에 잠재된 나 자신의 다른 모습이었다. 위안이 됐다. 그림자와의 대면을 통해 나는 나 자신의 모순과 갈등의 해결방안을 모색하고, 스스로를 돌아보게 됐다. 일상생활의 긍정적인 면과 부정적인 면을 되돌아보면서 새로운 에너지를 얻게 되고, 덤으로 한 편의 시조까지 빚게 된다.

뒤쳐져 따라오다 슬며시 앞서가다
도연陶然한 발걸음에 시위하는 몸짓으로
권좌의 반대편에서 평생을 함께했다

저건 나 아니다
내 이상이 아니다

안되는 게 많은 세상 버릇처럼 뒤를 보며
말없이 살아온 지혜 켜켜이 쌓은 거다

지나온 삶의 흔적 느슨해진 일몰 마냥
무심히 내린 어둠 단색으로 그려내어

한 몸 된 약속을 위해 낮은 데로 걸어간다.

　　　　　　　　　　　　　　　　－ 김복근, 「그림자의 시詩」 전문

　그랬다. 그림자는 뒤에서 따라오다 빛의 방향이 바뀌면 슬며시 앞
서가기도 한다. 나를 주체하지 못해 도연하게 걷는 경우라도 생기
게 되면 내 마음의 주조정실 반대편에서 나를 따라다니며, 시위하듯
나를 흔들어 깨웠다. 마음먹은 대로만 된다면 삶은 재미가 없을 것
같다. 때로는 좌절하고, 때로는 고뇌하고, 때로는 성취하면서 살아
가는 지혜를 배우게 된다. 낮은 데서 평생을 함께해준 나의 그림자에
게 고마움을 느끼면서 내 발걸음이 낮은 곳으로 향하고 있음을 본다.
　한 해가 지난 지금, 거제의 봄은 정겹다. 비바람도 견딜 만하다.
독거 연습이 마무리되어가는 증좌인가 보다. 주름이 늘고 머릿결이
희끗희끗하지만, 그림자처럼 내 삶의 동반자가 되어준 아내가 있다
는 사실이 새삼스럽다. 아내는 내 삶의 진한 그림자일까. 부드러운
실루엣일까. 나와 삶을 함께해준 아내가 있다는 사실이 나를 안도케
한다.(2012. 5)